Wustrower Himmelfahrt

Gero Große

WUSTROWER Himmelfahrt

HINSTORFF

1 Blauer Würger

Die ersten Akkorde der 5. Sinfonie Ludwig van Beethovens erklangen aus seiner Brusttasche, als Alexander Parler aus dem Südeingang des Rostocker Hauptbahnhofs trat. Die Sonne stand an ihrem höchsten Punkte. Ein warmer Wind strich über den Platz. Er zog das Smartphone heraus, sah die Nummer auf dem Display, streckte den Zeigefinger aus und stoppte ihn kurz vor der Ruftaste. Die Melodie begann gerade von vorn.

»Wer das Schicksal so oft umsonst anklopfen lässt, den wird es schneller ereilen als gedacht! Denken Sie an meine Worte, junger Mann!«

Parler wandte sich um und starrte auf eine leuchtende Bernsteinkette. Sie schlang sich um einen dürren, langen Hals, dessen Haut seitlich des Kehlkopfes in Falten lag wie die zurückgezogenen Vorhänge eines Zimmerfensters. Ein Kopf mit wachen Habichtaugen saß auf dem Hals, das Gesicht gerahmt von weißem, schütterem Haar. Die Dame mochte seit 90 Jahren auf diesem Planeten weilen.

»Danke für den Tipp, gnädiges Fräulein«, entgegnete Parler ironisch. »Sie kennen die Schicksalssinfonie also, aber noch mehr Schicksal als bisher ist mit mir nicht mehr zu machen.«

Sie mochte über die Bedeutung des letzten Satzes rätseln. Parler wollte es mit einem tiefen Blick in ihre Augen ergründen, doch schon war sie an ihm vorüber und verschwand in der Bahnhofshalle. Ein Menetekel? ›Was für ein Quatsch!‹, befand er, blickte erneut auf das Display und ein verschmitztes Lächeln erschien in seinem Gesicht.

Detlef Klein rief an, ein Freund aus Kindertagen, den er vor ein paar Tagen zufällig in Rostock auf der Straße getroffen hatte. Nach über zwanzig Jahren. Es klingelte erneut. Parler nahm das Gespräch an und verlieh seiner Stimme den seriösen Ernst eines Nachrichtensprechers: »Telefonseelsorge. Wie kann ich Ihnen helfen?«

Detlef Klein stand 25 Kilometer entfernt vor dem Eingang der Kühlungsborner Marina, beobachtete eine Lachmöwe, die auf dem Geländer vor ihm saß und ihre Flügel streckte, ein Räkeln nach kurzem Schlaf. »Ökumenischer Studentenpfarrer Klein. Wat los? Kommste nun? Wir woll'n gegen halb zwei ablegen.«

»Hm«, Parler räusperte sich, »muss ich eigentlich nicht haben.«

Ihm schien es, als ließe ehrliche Empörung Kleins Stimme versagen, denn eine Pause entstand. Bei Schnellsprecher und Quasselstrippe Klein ein Zeichen mühsam beherrschter Wut. Damals. In den alten Zeiten. Plötzlich donnerte es stakkatoartig aus dem Telefon: »Himmelfahrt! Vatertag! Herrentag! Segeln! Grillen! Angeln! Ehrlicher Suff unter Männern! Nur einmal im Jahr! Ehrwürdige Tradition! Frauenfreie Zone!«

»Ich liebe Frauen!« Mehr brachte Parler nicht heraus. Der Umzugsstress wirkte nach, und Schnellschwätzer Klein war er nicht mehr gewohnt. Und da sagte man, Mecklenburger seien wortkarg. Aber Klein ließ sich in kein Klischee pressen, schon damals nicht, in Kindertagen.

»Ich auch«, beeilte sich Klein zu versichern. »Aber nicht heute. Was is' denn los mit dir? Sieh zu, dass du kommst!«

»Ich muss noch einiges erledigen. Umzugskartons auspacken, Regale aufbauen, Bilder aufhängen.«

»Bullshit, Alter! Hasenfuß! Du warst doch früher keiner Party abgeneigt. Du warst 25 Jahre weg. Haben dich die 100 Jahre im Staatsdienst weichgekocht? Wird Zeit, dass du gleich mal ein paar Leute triffst, die du noch von früher kennst.«

»So? Wen denn?«, fragte Parler neugierig.

»Überraschung. Überzeug dich selbst! Kannst es dir ja noch mal überlegen und nachkommen. Der Wind soll auffrischen. Halbwindkurs. Werden etwa gegen vier oder fünf auf Wustrow sein, schätze ich. Etwa einen Kilometer hinter dem Tor am Strand.«

»Tor? Immer noch?« Die Halbinsel Wustrow zwischen Wismar und Rostock war jahrzehntelang von der Roten Armee besetzt gewesen.

»Genau da, wo früher die Russenwache war!«, rief Klein. »Es hat sich noch nicht viel verändert. Nur sitzt jetzt 'n deutscher Wachschutz da. Gesperrt für die Öffentlichkeit. Aber du bist ja 'n Bulle. Was hätte aus dir werden können!«, seufzte er. »… und wirst 'n Bulle!«

Ärger kochte hoch in Parler. »Alter Freund, jetzt höre mir mal zu …!«

»Bring Angelzeug und Schlafsack mit! Und natürlich mindestens 'n Sixpack Bier und 'ne Flasche Blauen Würger.«

»Blauer Würger?« Parler war erstaunt. »Kristallwodka?! Das Brechmittel aus DDR-Zeiten? Gibt's den noch?«

»Alter Wein aus neuen Schläuchen. Wollte dich nur an die alten Zeiten erinnern. Weißte noch? Beim Einsenden von hundert Blauer-Würger-Etiketten spendierte die Krankenkasse die Kosten für ’nen Blindenhund. Wie sieht’s aus, alter Meister? Es gibt viel zu erzählen.«

Das stimmte allerdings. Parler rang sekundenlang mit einem Entschluss. Sein Blick fiel auf zwei stumme Trinker, die sich an einem weißen Plastiktisch wortlos gegenüberstanden und auf ihre Bierflaschen stierten. »Ich komme nach!«

2 Blackbeard

Detlef Klein verstaute sein Smartphone, betrat mit einem Sechserpack Bier unterm Arm den Kai der Kühlungsborner Marina und steuerte auf einen knallgelben Halbtonner zu.

Der hochgewachsene, stämmige Udo Blomann stand breitbeinig an Deck des »Postbootes«, wie der Halbtonner von den heimischen Seglern genannt wurde, und schoss eine Leine auf. Silbrige Strähnen durchzogen Blomanns üppigen schwarzen Vollbart.

›Wie Lametta an einem verkohlten Weihnachtsbaum‹, dachte Klein. Wenn er sich jetzt aus dem Gewusel noch ein paar Strähnen flocht und anzündete, ging er als Piratenkapitän Blackbeard Teach durch. Er grinste. »Skipper!«

»Smutje«, dröhnte Blomann.

Smutje! Wie antiquiert! Und schon defilierte vor Kleins innerem Auge neben Teach der schmierige Koch Mugridge aus dem »Seewolf«, doch er witterte auch Lob für seine eigenen Kochkünste, schließlich existierte ja auch dieser andere weltberühmte fiktive Schiffskoch, und aus Kleins Mund sprudelte es: »So wie dich habe ich mir immer Käpt'n Flint aus der ›Schatzinsel‹ vorgestellt, der in Verfilmungen ja selten zu sehen ist, weil schon tot. Aber weißt du, wer die eigentlich faszinierende Figur in der Geschichte ist: nicht der kleine Jim Hawkins, nicht Livesay, Trelawny und wie die glatten Typen alle heißen, sondern Long John Silver, der einbeinige Koch. Weißt du …«

»Steiner kommt auch gleich«, unterbrach Blomann, der wusste, diese Information würde Kleins Redefluss automatisch stoppen.

»Wie bitte? Davon hast du nichts gesagt. Warum lässt du Steiner mitkommen?«

Blomann überging die Frage. »Das Sechserpack ist nicht nötig.«

»Herrentag!«, fauchte Klein.

»Zieh mal die Persenning runter!«, rief Blomann.

Klein zog an der Persenning. »Wow! Ein 50-Liter-Fass.«

3 Poseidon

Auf dem Parkplatz vor der Marina hielt ein blauer VW Passat. Rolf Steiner, ein untersetzter, braunhaariger Mann mittleren Alters, stieg aus, ging um den Wagen herum und öffnete die Beifahrertür.

Eine kleine Blondine mit Löwenmähne, die ihr bis in Höhe ihrer Lendenwirbel herabfiel, himmelblauen Augen und schön geschwungenen, üppigen Lippen entstieg dem Fahrzeug und umarmte Steiner. Es war Barbara Techel, die ihn nun sanft bis auf Armlänge von sich schob, um ihn ausgiebig zu mustern. »Skippermütze, Seesack, Isländer. Schmuck und zünftig siehst du aus!«

Steiner grinste hilflos. »Und wenn ich wieder über Bord gehe?«

»Dann fischt dich Blomann wieder raus. Er hat ja schon Übung darin. Außerdem ist kaum Wind, und die Ostsee schon recht warm. Kann also nichts passieren. Es ist euer Tag, Rolf. Ein wunderschöner Maientag.« Sie bemerkte Steiners Verstimmung. »Recht glücklich siehst du nicht aus.«

»Ganz wohl fühle ich mich nicht bei dem Gedanken, dich allein zu lassen«, sagte Steiner. Was er dachte, war: ›… von dir allein gelassen zu werden.‹ Wie gern hätte er jetzt sein Gesicht zwischen ihren großen prallen Brüsten vergraben. Wie war es ihm nur möglich gewesen, diese Löwenmähnenblondine heimzuführen?

»Die Drohung war an dich gerichtet, nicht an mich. Ich kann auf mich selbst aufpassen«, sagte sie bestimmt.

»Du hast wohl recht«, gestand er ein. »Ich nehme das zu ernst.«

»Nun geh! Ich möchte nächste Woche doch einen Seemann heiraten«, sagte sie lächelnd und küsste ihn.

»Bis dann, Schatz!« Steiner glaubte plötzlich, eine Sorgenfalte in ihrem Gesicht auszumachen, und wandte sich ab. Er hasste lange Abschiede. Allein, er war ja nicht aus der Welt.

Er stieg die Treppe zum Bootssteg hinauf und trottete in Richtung POSEIDON.

4 Poetus laureatus

Udo Blomann stand an Deck und hatte ihm den Rücken zugekehrt.

»Hallo Käpt'n.« Steiner bemühte sich um eine möglichst tiefe Tonlage.

»Den Düwel ook, Steiner. Schön, dass du dabei bist. Hauptsache, ich muss dich nicht wieder aus dem Teich ziehen.«

»Das werde ich dir niemals vergessen.« Steiner blickte ihn dankbar an. Doch er hielt Blomanns hartem Blick nicht lange stand und senkte den Kopf. ›Die Planken müssten mal wieder geschrubbt werden‹, ging es ihm durch den Sinn. Er erhielt einen Stoß gegen den Rücken und fuhr herum.

Lutz Borgward, ein großer, muskulöser Blondschopf in seinen Dreißigern, stand vor ihm und grinste. »Keine Angst, Steiner, ich bin diesmal auch dabei.« Der Mann trat an ihm vorbei und begrüßte Blomann mit Handschlag. »Skipper.«

Die Kajütentür öffnete sich. Detlef Klein lugte heraus, legte eine bärbeißige Miene auf und rief: »Steiner!«

»Klein!«, rief Steiner. »Hätte ich das gewusst, wäre ich nicht mitgekommen.«

»Ihr liebt euch also«, konstatierte Blomann. »Das konnte ich nicht ahnen. Wenn ihr Zwist habt: Nicht hier und heute!« Und zu Klein: »Wat is' nu mit deinem Kommissar? Kommt der noch?«

»Vielleicht kommt er nach.«

Blomann hob die gestreckte Hand horizontal über sein linkes Auge. »Da vorn kommt Krüger. Unser Poetus laurus.«

»… laureatus«, verbesserte Klein.

»Meinetwegen«, knurrte Blomann. »Hauptsache Krüger ist nicht jetzt schon besoffen. Dann lasst uns die Segel klarmachen und ablegen.«

5 Petermännchen

Die POSEIDON lag vor der Küste Wustrows. Der Wind hatte aufgefrischt und kleine Wellen schwappten gegen das Haupt eines dunkelbraunen Findlings in Ufernähe. Eine große Mantelmöwe saß auf ihm und putzte ihre schwarzen Schwingen. Drei Tage zuvor hatte es heftig gestürmt, verwesender Blasentang säumte den Strand und verströmte einen herben Geruch. Angeln und Angelzeug lagen vorn am Wasser. Posen schwammen in Sichtweite in der Ostsee. Die Männer saßen auf Campingstühlen um einem kleinen weißen Plastiktisch am Strand und ließen den Stiefel kreisen. An den Dünen stand ein Bierfass. Schlafsäcke und kleine Zelte daneben. Das Gespräch ging um die Zukunft Wustrows. Eine Bürgerinitiative lag im Clinch mit einer Investorengruppe, die die Halbinsel großflächig bebauen wollte.

»Ich sag euch«, verkündete Borgward, »in zehn Jahren sieht das Idyll hier aus wie Mallorca: Ballermann 6, Beton und Wohnsilos.« Er übernahm den gläsernen Stiefel, setzte ihn an. Eine Lache Bier schwappte über und ergoss sich auf sein Gesicht.

»Du musst den Stiefel rechtzeitig drehen!«, rief Klein.

Steiner starrte auf die Pose, sprang auf und lief los. »Da ist was dran.«

Die Männer folgten ihm.

Steiner holte die Angel ein und drillte einen etwa 30 Zentimeter langen, seitlich abgeflachten Grundfisch mit Augen an der Kopfoberseite ab. »Was ist denn das?«

»Vorsicht«, rief Blomann, »ein Petermännchen!«

Zu spät! Ein markerschütternder Schrei zerriss die Stille.

»Wunde auslutschen. Sofort! Und dann draufpinkeln!«

»Was?« Steiner starrte ihn ungläubig an.

»Draufpinkeln! Oder soll ich gegen deine Wunde strullen?«, rief Blomann.

»Das Gift des Petermännchens ist ein Eiweiß und wird durch Hitze denaturiert«, erklärte Klein.

»Klein, hol die Sanitasche aus der Kajüte! Im Schrank links oben. Borgward, setz einen Topf Wasser auf!«, kommandierte Blomann. Er schien ganz in seinem Element. »Petermännchen! Die kleinen Bastarde fühlen sich sauwohl in unserer alten Ostsee.«

Ärger stieg in Klein hoch, gab doch dieser Riesenwaldschrat auch an Land Befehle. Aber er fügte sich und stieg ins Beiboot.

6 Posaunen von Jericho

Alexander Parler passierte die gotische Kirche in der Kleinstadt Rerik und fragte sich, ob am Ende der Auffahrt rechts Bäcker Graf immer noch seine exzellenten Brote buk oder ob das Anwesen an der Steilküste nicht längst in der Ostsee versunken war, so wie es schon die Großväter der Großväter prophezeit hatten. Doch nein, davon hätte er gehört. Vermutlich war seewärts einfach ein Wall aus tonnenschweren Steinen aufgeschüttet worden.

Parler fuhr langsam westwärts. Auf dem kurzen Damm, der die Halbinsel Wustrow mit dem Festland verband, stoppte er, stieg aus, sog den Geruch von fauligem Tang und Meeresfeuchte ein, den der Wind ihm entgegenblies, und genoss das uralte Rauschen des Meeres. Die indigoblaue Ostsee kontrastierte scharf mit dem hellblauen Himmel. Wolkenberge waren von Westen herangezogen, ihre Schneegipfel ragten in die höchsten Stufen der Himmelsleiter. Die Meereshaut zitterte. Schaumkämme erschienen und verglommen wie Sternschnuppen, ein wildes, weißes Gefunkel. Plötzlich brach Licht durch die Wolken, die Sonne warf wandernde Strahlen auf das Meer, als suchte sie etwas in ihm. Es war Parler, als säße er in der Loge des Göttlichen Theaters, satt zu sehen sich am ausgelassenen Spiel der Elemente, und der Gedanke, dass es wunderbar und gut war, gerade jetzt zu leben und an diesem Ort zu sein, spielte wie eine süße Melodie in ihm. Ein sanfter, wohliger Schwindel hatte ihn erfasst und entließ ihn umgehend wieder.

Parler drehte sich um. Linkerhand lag das Salzhaff blaugrau und in Ufernähe glatt, so als ginge der Wind es nichts an. Er setzte sich wieder in seinen Wagen, startete den Motor, fuhr los und hielt kurz darauf vor einem Zaun.

Ein blauuniformierter Wachmann trottete aus seinem Häuschen.

Parler zückte seinen Dienstausweis. »Wir haben Hinweise auf eine Straftat.«

Der Wachmann zog die Augenbrauen hoch. »Kripo? Hier?«

»Geht um nichts Gravierendes. Ein kleiner Fall von Umweltkriminalität. Ich will der Sache kurz nachgehen.«

»Was soll ich machen?«

»Tor öffnen! Sonst nichts. Ich will nur was nachschauen.«

»Hat einer die Eier aus dem Uhunest in der alten Ruine hinten geklaut?« Der Wachmann lachte schallend, als wäre das ein guter Witz, und öffnete das Tor.

»Schau an, hier brütet ein Uhu?«, rief Parler interessiert.

»Aber klaro doch.«

»Gut.« Parler nickte zum Gruß und sagte: »Sie können sich jetzt wieder hinlegen.«

Der Wachmann schaute irritiert.

»War nur Spaß, Mann!« Parler ging zum Wagen, dann drehte er sich noch einmal um: »Sitzt aufm Baum und ruft laut ›Aha‹ – was ist das?«

Der Wachmann zuckte mit den Achseln.

»Ein Uhu mit Sprachfehler.«

Das Gelächter dröhnte wie die Posaunen von Jericho.

Parler war froh, diesen vertrockneten alten Sparwitz erfolgreich vertickt zu haben. ›Aber witzig war's doch!‹, dachte er.

7 Geisterstadt

Parler stellte seinen Golf zweihundert Meter hinter dem Tor ab und stieg auf einer löchrigen, alten Straße zwischen verfallenen Gebäuden aus. Eine kleine Geisterstadt. Vielleicht die einzige in Deutschland. Noch? Bei dem ihm unverständlichen Run auf die Großstädte könnte es bald mehr davon geben. Er schaute sich um. Es war, als atmete der Boden hier Geschichte: jahrhundertelang Weideland, Flakschule der Nazis, Stützpunkt der Roten Armee zu DDR-Zeiten, heute Spielwiese für Spekulanten. Der Kampf zwischen Bürgerinitiative und Investorengruppe war immer noch unentschieden. Parler begann, sich durch einen Urwald aus modernden Stämmen, dichtem Unterholz und stachligen Sträuchern zu kämpfen. Endlich erreichte er eine kleine Anhöhe und prompt erblickte er einen schaukelnden Mast. ›Punktgenau getroffen‹, frohlockte er. Es mussten nur noch wenige Meter bis zum Strand sein.

Er beschleunigte seine Schritte. Als er aus dem Dickicht trat, erstarrte er. Zwischen Grill, Tisch und Campingsitzen lagen fünf Männer regungslos auf dem Sand. Was, zum Teufel, war hier geschehen? Einer lag auf dem Bauch, die Arme gespreizt und die Hände in den Sand gekrallt. Ein weiterer hing in einem der Campingstühle, das Gesicht auf die Brust gesackt. Zwei von ihnen krümmten sich auf der Seite liegend in Embryohaltung. Ein Fünfter starrte himmelwärts wie eine aufgebahrte Leiche. Parler rannte nun der Szenerie entgegen, und kurz darauf kniete er sich neben einen großen, muskulösen Blondschopf und überprüfte Puls und Atmung. Der Mann lebte, war lediglich bewusstlos. Parler lagerte ihn auf seiner linken Körperseite, überstreckte seinen Kopf, legte den angewinkelten linken Arm so unter seinen Kopf, dass dieser auf dem Handrücken ruhte, zog den rechten Arm unter den Körper durch nach hinten und wiederholte die Prozedur mit einem Schwarzbärtigen und einem untersetzten Kurzbeinigen mit gewaltigem Schädel, denn sie lebten ebenfalls.

Dann erblickte er Klein. »Was machst du für Sachen, Klein!«, rief er und legte den Jugendfreund ebenfalls in die stabile Seitenlage.

Schnell wandte er sich einem Fünften zu, auf dessen Kopf verquollenes Blut mit den Kopfhaaren zu einem hügeligen Klumpen verschmolzen war. Ein blutgetränkter Stein lag daneben. Hier war nichts mehr zu machen! Der Mann war tot.

Plötzlich begann Klein zu würgen und zu röcheln. Er drehte und wandte sich wie wild.

Der Polizist schüttelte ihn.

Kleins Gesicht lief dunkelblau an.

Parler blickte sich suchend um. Ein Königreich für ein Messer! Neben dem Grill lag ein spitzer Dolch. Parler ergriff ihn und stach kurzerhand in Kleins Kehlkopf zwischen Schild- und Ringknorpel. Dann griff er in seine linke Brusttasche, doch der Kugelschreiber war nicht an seinem angestammten Platz. »Verdammt!« Hektisch tastete er sich komplett ab und fand ihn der Hosentasche. Er schraubte das Schreibgerät auseinander und steckte den rohrförmigen Griff in die Wunde.

Kleins Brustkorb hob und senkte sich. Ein paar tiefe Atemzüge röchelten durch das Röhrchen in seinem Hals.

Erschöpft ließ sich Parler neben Klein in den Sand fallen.

8 Zornesröte

Der gewaltige Feuerball in der Ferne war gewachsen und stand nun dicht über dem Horizont, der Wind hatte abgeflaut und die See lag dunkelblau und ruhig, nur ein leichtes Plätschern war hörbar, wenn eine zarte Welle auslief.

Parler dirigierte die Beamten der Spurensicherung, um die Auffindeposition der Überlebenden zu markieren. Kurz zuvor waren Blomann, Borgward, Krüger und Klein ins Krankenhaus Bad Doberan gebracht worden. Vor der Leiche kniete eine weißhaarige, knochige Gerichtsmedizinerin, die kurz vor der Pension sein mochte. Ein großer Polizist sperrte den Tatort mit Flatterband ab.

Parler erhielt einen leichten Stoß in den Rücken. Er fuhr herum.

»Kerstin Ahlers. Kripo Rostock.«

Wenige Zentimeter vor seinen Augen schwebte ein Dienstausweis der Kriminalpolizei, gehalten von einer feingliedrigen Frauenhand. Noch bevor er Einzelheiten erkennen konnte, verschwand der Ausweis in einer Jackentasche.

Er räusperte sich und legte eine gleichgültige Miene auf, doch es gelang ihm nicht, seine Überraschung zu verbergen.

Eine hübsche Frau in ihren Dreißigern, mit großen jadegrünen Augen und braunen Haaren, die sie wie einst Coco Chanel als Bob trug. Zur Frisur passte auch der dunkelbraune Anorak von Jack Wolfskin. »Hallo! Sind Sie noch da?«, fragte sie schnippisch.

Parler signalisierte Anwesenheit.

»Wie kamen Sie hierher?«, fragte sie forsch. »Was hatten Sie hier zu suchen?«

Parler erzählte und endete mit einer ausführlichen Beschreibung seiner Heldentat. »... sonst wäre er erstickt. Koniotomie. Auch Kehlkopfschnitt genannt.«

»Sind Sie Arzt?«

»Nein.« – ›... Ihr neuer Kollege‹, wollte er hinzufügen, unterließ es aber, um noch etwas mit ihr zu spielen. »Jede Arztserie, die etwas auf sich hält, bringt das irgendwann in irgendeiner Folge.«

»Sie sind kein Arzt und trauen sich zu, so etwas zu machen?! Donnerwetter!«, sagte sie seltsam gleichmütig, sodass Parler sich fragte, ob daraus Anerkennung sprach oder ein Vorwurf wegen Fahrlässigkeit.

Er lächelte und nickte leicht, als wollte er sagen: So bin ich nun mal.

»Tom!«, rief Ahlers.

Ein dürrer, ellenlanger Rotschopf mit Sommersprossen und einer ausgewachsenen Akne vulgaris trat näher.

»Nimm seine Personalien auf!« Sie wandte sich wieder an Parler. »Dann danke ich Ihnen dafür, dass Sie Erste Hilfe geleistet haben. Möglicherweise haben Sie dem Mann das Leben gerettet.«

»Nicht nur möglicherweise«, antwortete Parler.

»Vielen Dank noch einmal. Wir werden Sie in den nächsten Tagen noch einmal gründlich befragen. Sie können jetzt erst einmal gehen, Herr ...?«

»Parler«, sagte Parler. Der Groschen war noch immer nicht gefallen. War er nicht angekündigt worden? Wohl kaum.

Sie hatte sich schon weggedreht und steuerte nun auf die Gerichtsmedizinerin zu. »Todesursache?«

»Ich sage mal: Schädel-Hirn-Trauma, wenigstens zweiten Grades. Der Stein dort.«

Neben einem blutverkrusteten Stein, etwa dreißig Zentimeter vom Kopf der Leiche entfernt, steckte eine kleine Fahne.

»Wann ist es ungefähr passiert?«

»Vor drei bis vier Stunden.«

»Vor mindestens drei Stunden und 14 Minuten«, warf Parler ein.

»Danke, und wie gesagt: Sie können jetzt gehen!«, versetzte Ahlers. »Wir melden uns bei Ihnen für eine ausführliche Zeugenaussage.«

»Ohne mich werden Sie hier nicht klarkommen«, sagte er sachlich.

»Wie? Was? Warum?«

»Weil ich einen hohen IQ und auch sonst einiges zu bieten habe. Und ich bin ein Mann.« – ›Jawoll!‹ Die chauvinistische Frechheit hatte gesessen. Parler wollte sehen, wie sie reagieren würde.

Prompt stieg Zornesröte in Kerstins Gesicht. Sie schürzte die Lippen, doch dann verengten sie sich zu einem harten Strich.

Parler interpretierte es als Zeichen mühsam beherrschter Wut. ›Wow!‹, dachte er. ›Eine prächtige Amazone. Eine, die sich beherrschen kann.‹ Doch noch bevor sie explodierte, zückte er seinen Polizeiausweis.

9 Todesbote

Sie hielten vor einem Einfamilienhaus am Stadtpark in Kühlungsborn West.

»Werden Sie damit klarkommen?«, fragte Kerstin Ahlers.

»Ich war schon oft der Todesbote«, antwortete Parler. »Es ist immer wieder hart, aber man darf es nicht zu nahe an sich rankommen lassen.«

»Das meine ich nicht. Mit mir?«

»Sie sind eine attraktive Frau.«

»Eine Frau, die wesentlich jünger ist als Sie ...«

»Das kommt noch dazu.« Er lächelte gequält. »Welcher Mann wünscht sich das nicht?!«

Sie zog die Augenbrauen hoch. »... die Ihre Chefin ist, meine ich. Chefin!«, wiederholte sie.

»Das geht in Ordnung«, log er.

»Sie gelten als ausgezeichneter Ermittler, Herr Kollege.«

»Sie haben also doch schon meine Akte gelesen.«

Sie schüttelte reumütig den Kopf. »Der Name war am Strand weg. Wer kann ahnen, dass ausgerechnet Sie die Leiche finden.«

»Allerdings. Schöner Einstand.« Parler runzelte die Stirn.

»Worauf ich hinaus will: Sie sind viel erfahrener als ich. Sie müssten eigentlich ...«

»Eigene Schuld!«, sagte Parler kurz.

»Schade. Ein Ausraster, nehme ich an? Und jetzt sind Sie 49.«

»49 sind die neuen 25.«

Sie musterte ihn.

Parler bemerkte, dass ihr Blick auf seine Hände fiel, also verschränkte er seine Arme.

Sie schaute ihm ins Gesicht. »Schöne, braune Augen haben Sie«, sagte sie unvermittelt.

»… mit Gold durchwirkt«, setzte er hinzu.

Ihr heiteres, helles Lachen wirkte ansteckend. »Na ja, fast. Nun denn. Auf geht's!«

Sie stiegen aus und klingelten am Tor.

10 Kälteschock

Barbara Techel, eine hübsche, vollbusige Frau Mitte bis Ende dreißig mit blauen Augen und bastblondem Haar, das in Wellen tief herabfiel, öffnete die Tür. Ein edles Burgfräulein im Mittelalter musste in Parlers Vorstellung so ausgesehen haben. Doch statt einer historischen Tracht samt spitzem hohen Hut, wie er sie erstmals als Adeleide in der Ritter-Runkel-Serie der genialen Mosaik-Comics erlebt hatte, trug sie einen roten Jogginganzug.

›Ein wenig zu klein geraten und zu kräftig gebaut, sonst hätte sie modeln können‹, dachte Parler.

Die Frau führte das Polizistenduo Ahlers und Parler ins Wohnzimmer. Weiß gestrichene Raufaser. Einrichtung von der Stange. Kerstin brachte ihr die Todesnachricht behutsam und schonend bei, und Barbara Techel begann bitterlich zu weinen. Die beiden Beamten warteten geduldig, bis sie aufgehört und die letzte Träne unter dem Auge verstrichen hatte.

Techel zündete sich eine Zigarette an. »Ich habe ihn erst vor einem Dreivierteljahr auf der Arbeit kennengelernt«, sagte sie schluchzend.

»Wenn Sie wollen, kommen wir später wieder«, bot Ahlers an.

»Geht schon. Fragen Sie, was Sie fragen müssen!«

In einem mannshohen, in viele Quadrate unterteilten IKEA-Regal – Parler hatte das gleiche – stand eine Vinylplattensammlung. Im obersten Regal links erkannte er eine

Platte der Reriker Heulbojen, einem landesweit bekannten Männerchor aus dem gleichnamigen Ostseebad. Die Vorderseite des Covers in den Raum gerichtet. Ein kleines Ölgemälde an der gegenüberliegenden Wand zeigte eine Ansicht Reriks. ›Das muss an der Schustertreppe sein‹, vermutete Parler. Ein kurzes Lächeln umspannte seine Lippen.

Ahlers warf ihm einen vorwurfsvollen Blick zu. »… auf der Arbeit kennengelernt«, wiederholte Ahlers. »Sie arbeiten als …?«

»Altenpflegerin. Nie habe ich jemanden erlebt, der sich rührender um seine Mutter … ähm, Stiefmutter gekümmert hat«, verbesserte sie sich. »Am Freitag wollen … wollten wir heiraten. Wer tut so etwas? Warum?«

»Wir werden es herausbekommen, Frau Techel«, versicherte ihr Ahlers. »Kennen Sie die anderen Herren der Herrentour?«

»Blomann, den Skipper.«

Parler setzte einen fragenden Gesichtsausdruck auf.

»Der Mann mit dem buschigen Bojarenbart«, sagte sie. »Segellehrer. Habe bei ihm das Segeln gelernt, letztes Jahr. Feiner Kerl. Er hat Rolf vor acht Wochen das Leben gerettet.«

»… das Leben gerettet?«, warf Parler erstaunt ein. »Ich meine, wann rettet schon mal jemand einem anderen das Leben heutzutage, in unseren Breiten.«

»Rolf nahm ebenfalls Segelunterricht bei Blomann. Er ging über Bord. Ende März. Das Wasser war eiskalt. Bei Blomann auf der Jacht war Tage zuvor eingebrochen worden. Unter anderem wurden auch die Schwimmwesten geklaut.

Die aufblasbare, die Blomann vor dem Törn noch schnell besorgt hatte, war defekt. Er warf ihm einen Rettungsring zu. Der Kälteschock war so groß, Rolf konnte ihn nicht greifen. Die Sinne schwanden. Blomann sprang hinterher ins eiskalte Wasser. Selbstlos. Mutig. Ein feiner Kerl.«

Ahlers und Parler nickten anerkennend.

»Kennen Sie Herrn Borgward?«, forschte Ahlers weiter.

»Er war lange mein Kollege im Altersheim. Wir waren auch lange ein Paar. Aber nachdem ich Rolf kennengelernt hatte, …«

»… trennten Sie sich?«, vervollständigte die Kommissarin.

»Ja.«

»Ist er womöglich immer noch …?«, fragte Ahlers.

»Ich glaube nicht, er hat's auch recht locker genommen. Aber kann man's wissen?«

»Wer langsam zürnt, zürnt lange«, warf Parler ein.

»Und Detlef Klein?«, fragte Ahlers.

»Nur entfernt.«

»Hatte Ihr Mann Feinde?«, fragte Parler.

Techel holte etwas aus einer Schublade und reichte es dem Kommissar. Ausgeschnittene Zeitungsbuchstaben waren auf ein DIN A4-Blatt geklebt worden. *STEINER, DU MIESER SPITZEL. ICH WERDE DICH TÖTEN.*

»Haben Sie Anzeige erstattet?«, fragte Parler.

»Nein. Wir haben das nicht ernst genommen«, entgegnete Techel.

»Haben Sie eine Vermutung, wer dahinterstecken könnte?«

Techel schüttelte den Kopf.

»Denken Sie nach, Frau Techel!«, bohrte Parler. »Auch Kleinigkeiten können wichtig sein. Irgendjemand muss das ja geschrieben haben.«

»Rolf war bis vor einem halben Jahr Privatdetektiv. Oft bei Verfehlungen in Partnerschaften. Oder unangenehme Sachen. Schwarzarbeiter überführen. Vorher war er Polizist. Bleibt man da ohne Feinde?«

»Wo waren Sie selbst gestern am Spätnachmittag?«, fragte Parler und setzte schnell hinzu: »Wir müssen das fragen.«

Ein vorwurfsvoller Blick Barbara Techels traf ihn, und sekundenlang fühlte er sich schuldig, empathielos.

»Wir wollten Freitag heiraten.«

Ahlers schwieg.

Parler blickte aus dem Fenster. Die Fichten des Stadtwaldes standen einträchtig und still beieinander.

»Ich hatte Spätschicht. Von 14 bis 22 Uhr.«

Während Ahlers verständnisvoll die Hand auf Techels Schulter legte, tütete Parler das Drohschreiben ein und wechselte einen Blick mit seiner neuen Chefin, die mit dezentem Kopfdrehen in Richtung Tür andeutete, dass es für heute genug sei. Sie verabschiedeten sich von Barbara Techel.

»Die Pneumatikblondine hat Ihnen gefallen, was?!«, raunte Ahlers Parler zu.

Der überging das. Am Gartenzaun hörten sie, wie Barbara Techel im Haus bitterlich zu weinen begann, herzzerreißende Klagelaute, die noch lange in Parler nachhallten.

Und so saßen die neuen Kollegen noch bis kurz vor dem Seeheilbad Heiligendamm schweigend nebeneinander im Auto. Ja, dachte Parler plötzlich, es stimmte, dass Schweigen die höchste Blüte der Geselligkeit war, wie er kürzlich bei Marie von Ebner-Eschenbach gelesen hatte.

11 Talisman

Der Mann hauchte einen bläulichen Ring aus Zigarettenrauch gegen die Windschutzscheibe und schnipste den Zeigefinger gegen seinen Talisman, ein Minol-Pirol-Männchen. Nicht länger als eine Zigarettenlänge, nachdem er hier in der Straße geparkt hatte, dauerte es, bis seine Zielperson aus dem Dunkel aufgetaucht war. Perfektes Timing. Er hatte bereits mit dem Mann gerechnet, denn er war eben an ihm vorübergefahren. Doch er hatte ihn nicht gleich stellen können, weil dort mehrere Passanten auf der Straße herumlungerten. Wie gut er doch war!

Der eitle, alte Pfau war zwar noch mindestens einhundertfünfzig Meter entfernt, aber der schnelle Gang und die bleistiftgerade Haltung, vor allem aber der alberne Schlapphut ließen schon, als er schnell an ihm vorbeigefahren war, keinen Zweifel daran, dass er es war: Maximilian Faber.

Der Mann drückte die Zigarette in den Aschenbecher, stieg aus dem Wagen, überquerte die Straße, blieb auf dem Gehweg stehen und streifte sich Quarzsandhandschuhe über die schwieligen, großen Hände. Das erhöhte zusätzlich die Schlagkraft. Hatte er natürlich gar nicht nötig, überflüssig wie ein Kropf, aber sicher war sicher. Er ballte die Faust, streckte sie wieder aus, zog den Handschuh noch straffer nach hinten und blickte ins Dunkel.

Faber kam näher und näher.

Hinter Hecken und Zäunen schimmerte nur vereinzelt Licht durch Fenstervorhänge. Die Nacht war mondhell.

Myriaden Sterne standen am Himmel. Im Schein der Laterne warf eine Buche verkrüppelte Schatten auf Straße, Gehweg, Zäune und ihn selbst: den großen, schweren Mann. Er überragte Faber um Haupteslänge, er war der Besitzer doppelt so breiter Schultern und zwanzig Jahre jünger als sein über 50-jähriger Gegner, trotzdem war er sich seiner Sache plötzlich nicht mehr so sicher. Irgendetwas beunruhigte ihn, und er fragte sich, ob es der Gang und dieser komische Schlapphut waren, durch den Faber wie eine Gestalt aus einem anderen Jahrhundert wirkte, irgendwas zwischen Vogelscheuche und Militär. Der große, schwere Mann straffte und fasste sich. Seine Erscheinung allein reichte aus, dem mickrigen Kerlchen das Schlottern zu lehren. Aber ein Schlottern Fabers war dem Mann heute nicht genug. Er hatte ihn gewarnt. Nun setzte es schwere Prügel.

Faber war mittlerweile bis auf wenige Meter herangekommen.

»Jetzt mache ich dich alle! Gewarnt habe ich dich lang genug«, rief der große, bullige Mann.

Faber blieb stehen und musterte ihn. Der Brustkorb des Riesen vor ihm, gehüllt in eine schwarze Bomberjacke, blähte sich auf und pumpte wie ein Blasebalg. Seine Schultern hoben und senkten sich, die behandschuhten Fäuste waren geballt. Die ganze Erscheinung strahlte die Kraft einer unter Dampf stehenden Lokomotive aus, von der Faber nun unerbittlich überrollt würde. Mochte die entfesselte Wut des Kolosses ihn zerreißen, er blieb fest und sternestet.

Sternestet? ›Dieses Wort gibt es nur in einem Benn-Gedicht, oder?‹, überlegte Faber, während er sein Gegenüber gleichmütig fragte: »Was willst du Schwuchtel von mir?«

Einen tiefen Grunzlaut ausstoßend, stürzte der große, schwere Mann mit erhobenen Fäusten auf Faber zu.

12 Lemurenaugen

Im ersten Stock des Gebäudes der Rostocker Polizeiinspektion in der Ulmenstraße befand sich Alexander Parlers neuer Arbeitsplatz. Er parkte ein paar hundert Meter entfernt, um noch ein wenig frische Luft zu schnappen. Drei Jahre zuvor hatte er es aufgegeben: Der übermächtige Wunsch, jetzt eine Zigarette zu rauchen, war ein Verräter. Es zeigte ihm einmal mehr, dass ihn der Neustart nicht kalt ließ. Zwar ging es ihm nicht wie jenem berühmten Dirigenten, der seine Nervosität bekämpfte, indem er das Publikum leise mit »Ihr Arschlöcher« beschimpfte, bevor er den Taktstock schwang, aber nach 17 Jahren bei einer Berliner Mordkommission hatte ihn der Gedanke an den ersten Tag in einem anderen Arbeitsumfeld mit ihm völlig unbekannten Mitarbeitern die vorausgegangene Nacht schlecht schlafen lassen. Und so murmelte er jetzt halblaut die Zauberformel vor sich hin: »Ödet ihr Fische mich an, haue ich wieder ab.« Es war ein irrationales Spiel mit seinen Möglichkeiten, die sich auf zwei reduziert hatten, aber er wusste natürlich, dass er auch bei den Zweien keine Wahl hatte.

Als er fünf Minuten später erstmals die Tür zu den Räumen seiner neuen Arbeitsstelle öffnete, blickte er in ein Großraumbüro mit nicht separierten Arbeitsplätzen. Eine Bahnhofshalle! Statt einer Heimstatt für Arbeit, Ruhe, Ordnung, Disziplin und Konzentration ein Biotop für neugierige Schwätzer mit Elefantenlauschern und Lemurenaugen. Zu warm hier, viel zu warm. Diese Weichkekse heutzutage brauchten das wohl. Und der Geruch erst! Eine penetrante Mischung aus abgestandener Luft, Deo und einer Prise Schweiß. Was würde wohl geschehen, wenn es hier wirklich mal Stress geben sollte? Benötigte er dann eine Gasmaske mit Spezialfilter?

Am südseitigen Schreibtisch stand Kerstin Ahlers, beugte sich gerade nach vorn und zog mit dem Finger mehrere unsichtbare Arabesken in der Luft vor einem Flachbildschirm nach. Parler trat an den Tisch. Eine kräftige Frau mittlerer Größe mit Igelschnitt saß davor, in ein blaues Kapuzenshirt gehüllt. Ihre Haare waren an den Spitzen schwarz, an den Wurzeln blond. Sie strömte nordische Kühle aus.

»Moin!«, sagte Parler selbstbewusst hanseatisch.

»Morgen!«, kam es Hochdeutsch zurück.

»Sehr schön hier«, quälte Parler sich mühsam ab.

»Uns gefällt es auch«, sagte Ahlers.

Parler konnte es sich nicht verkneifen: »Ich meine … wie soll ich das sagen? Aber nicht, dass ihr zu viele Buddy-Movies aus den 80ern geschaut habt? – So sahen die Fernsehkrimibüros im Amerika aus«, ergänzte er, nicht nur um irgendetwas zu sagen. Er zwang sich zu einem Lächeln. »Nein, nein, wie gesagt, sehr schön hier.«

»Hat sich bewährt«, sagte Ahlers. »Neueste Standards. – Nein, nein, wird umgebaut. Normalerweise sitzen wir oben.« Und an die stämmige Frau im Kapuzenshirt: »Der neue Kollege: Hauptkommissar Alexander Parler aus Berlin.«

Alle nickten Parler zu.

Parler nickte zurück.

»Hier haben wir Birthe Klaasen, genannt Pummel. Innendienst. Recherche. Verbindung zu Spurensicherung und Labor.«

»Alexander!«, rief Birthe und streckte dem Verblüfften die Hand entgegen.

»Wir duzen uns hier alle«, erklärte Kerstin Ahlers.

»Das habe ich gerade gemerkt, P...P...Pummel!«, erwiderte Parler.

»Da drüben sitzt Angie.«

Eine dezent geschminkte Brünette um die 30 kam heran und reichte Parler die Hand, während sie weiterhin energisch ein Telefongespräch führte. »..., wenn Sie nicht kommen, kommen wir!«, fauchte sie in die Muschel.

»Angie ist so 'ne Art Sekretärin und arbeitet hauptsächlich für Abteilung 2 drüben«, fuhr Ahlers fort.

»Überschaubar«, sagte Parler. »Ich kannte mal jemanden, der war der einzige Lehrling unter lauter Mädchen: Bürokaufmann wollte er werden. Als er fertig war mit der Ausbildung, war er selbst ein Mädchen.«

»Keine Angst«, sagte Ahlers, »da ist männliche Verstärkung für dich, unser Tom.« Sie deutete auf den dürren, langen Rotschopf vom Wustrower Strand, der soeben in das Großraumbüro kam, näher trat und Parler wortlos die Hand gab.

»Dort sitze ich.« Die Kommissarin deutete auf einen separierten gläsernen Verschlag. »Und dein Schreibtisch steht hier. Die Leute aus der 2 drüben stelle ich dir ein andermal vor. Ich bin die Kerstin. Wollte damit warten, bis wir hier sind.«

»Ich bin der liebe Alexander«, antwortete Parler.

An alle gewandt, rief sie: »In zehn Minuten im Konferenzraum!«

13 Attentate

»Pummel, was haben wir über das Opfer?«, begann Kerstin, als sich die vier im Konferenzraum versammelt hatten.

»Bei dem Toten handelt es sich um Rolf Steiner. Geboren am 5. Juli 1981 in Pforzheim. Taxifahrer. Früher Polizist. Dienst quittiert, kurzzeitig Kneiper, dann bis zu seinem Tod Privatdetektiv. Nicht vorbestraft.«

Die Tür öffnete sich. Angie streckte den Kopf herein und sagte: »KtU hat gerade angerufen. Die Fingerabdrücke eines Detlef Klein sind am Tatwerkzeug, einem Stein.«

Parler war überrascht, gleich in mehrerlei Hinsicht. »Ihr habt sie ihm schon abgenommen?«

Pummel schüttelte den Kopf: »Im AFIS gespeichert. Der Mann ist vorbestraft.«

Parler runzelte die Stirn. Klein in der DNA-Datenbank? Das hätte er nicht für möglich gehalten. »Weshalb?«

»Moment!« Sie blätterte in einem Schnellhefter. »Anstiftung zu Aufruhr, Schwarzfahren, Ruhestörung, gefährlicher Eingriff in den Straßenverkehr, Hehlerei, Urkundenfälschung, Beleidigung, Beamtenbeleidigung, Erregung öffentlichen Ärgernisses.«

»Na, das geht ja noch«, entschlüpfte es Parler, der froh war, dass sich nicht noch größere Abgründe auftaten, und erntete die ungläubigen Blicke seiner neuen Kollegen.

Kerstin fand als Erste ihre Stimme wieder. »Das Opfer, Rolf Steiner, hat Klein vor einem Jahr im Auftrag seiner Frau Ehebruch nachgewiesen. Sie ließ sich daraufhin von Klein scheiden. Klassiker: Rache. Der Verdächtige ist vorbestraft. Die Fingerabdrücke am Stein. Blut an Kleins Hemd. Ich glaube, diesen Fall werden wir schnell abschließen können.«

»Moment mal!«, protestierte Parler. »Ich kenne Klein. Das mickrige Kerlchen ist ein Loser, ein Tunichtgut, eine Flasche, eine Nullnummer. Detlef Klein, schon der Name sagt alles, aber ein Mörder ist er nicht. Auch wenn alles gegen ihn spricht.«

»Du kennst ihn?«, fragte Pummel erstaunt.

»Ein Freund aus Kindheitstagen.«

»Freund sogar. Soso«, sagte Kerstin.

»Kindheit, Kindergarten, Grundschule«, sagte Parler. »Fünfundzwanzig Jahre nicht gesehen! Also bin ich nicht befangen. Wir kommen beide aus Meschendorf. Klein ging ein paar Jahre in meine Klasse in der Grundschule. Unser Klassenclown. Der hibbelige Typ, der von morgens bis abends Faxen macht, laufend über seine eigenen Schnürsenkel stolpert und dem in der fünften Klasse immer noch der Schnodder aus der Nase läuft. Aber belesen, gebildet und keinesfalls auf den Kopf gefallen! Wir haben uns dann später in Bad Doberan wiedergetroffen und zusammen Abi gemacht. In derselben Klasse. Damals konnten nur die Besten Abitur machen.«

»Was soll denn das heißen?«, meinte Pummel verärgert.

»Wir werden sehen«, sagte Kerstin. »Die Untersuchung des Blutes an seinem Hemd steht noch aus. Und wer weiß, was die KtU noch bringt.« An Tom gewandt: »Hast du das Drohschreiben in die KtU gebracht, Tom?«

»Aye aye, Madam.«

Kerstins Smartphone klingelte, sodass die anderen entspannen konnten. Tom döste vor sich hin. Pummel spielte mit den Kordeln ihrer Kapuze. Parler starrte auf die Neonröhren an der Decke und war plötzlich wieder der kleine Junge, der an einem schönen Sommertag in den 70ern neben Klein zitternd an der Steilküste hing, einen Meter unterhalb des Weges, der oben am Rande entlang führte. Ein gähnender Abgrund unter ihnen. Ein paar Touristengören hatten Schwäne mit Steinen beworfen. Also hatten Klein und Parler oben vom Steilufer aus die Tierquäler mit Lehmklütern beworfen und zielgenau getroffen. Nur dass die dort unten wesentlich älter waren als die beiden Sechsjährigen. Blitzschnell waren sie die Treppe hinaufgesprintet und hatten das angrenzende Wäldchen abgesucht. Exakt einen Meter über Parler und Klein trafen ihre Verfolger zusammen. »Wo sind die Schweine? Wo sind sie? Weg. Mist!« Ein Jahr später, im Alter von sieben Jahren, gründeten Parler und Klein die AUB, die Anti-Urlauber-Bewegung, eine Terrororganisation nach dem Vorbild von ETA und IRA, die es sich zum Ziel gesetzt hatte, die Touristenflut an der Ostsee einzudämmen. Höhepunkt einer Serie von Attentaten in Form von Klingelstreichen und Silvesterböllern, die sie von der Steilküste auf die Strandkörbe hinunterwarfen, war ein brillant geplanter Angriff auf den Reifen eines Wartburgs mit sächsischem Nummernschild. Sie ließen dem Reifen die Luft raus … Parler lächelte. Wie aus weiter Ferne hörte er: »Alexander? Alexander!« Dann erwachte er aus seinem Tagtraum.

Alle starrten ihn an.

»Alles in Ordnung bei dir, Alexander? Was gibt's zu grinsen?«, fragte Kerstin.

»Entschuldigung«, antwortete Parler.

»Das war es erst mal, Leute«, rief Kerstin.

Sie kehrten ins Großraumbüro zurück. Parler räumte seinen Schreibtisch ein und schraubte seinen Stuhl auf eine optimale Höhe. In der Mittagspause fuhr er den Computer hoch und schaute sich im internen Netz die Biografien seiner Mitstreiter an. Tom war ein abgebrochener Schiffstechnikstudent, Pummel hatte Abitur gemacht und anschließend eine Lehre als Außenhandelskauffrau absolviert, bevor sie zur Polizei gegangen war, und Kerstin hatte nach dem Abitur erst ein Jahr als Kellnerin gearbeitet, dann sechs Monate in Neuseeland auf einer Farm verbracht, war zurückgekehrt und hatte Kriminalistik studiert.

»Wir machen alle mal einen Fehler«, sagte Kerstin lächelnd und zwinkerte ihm zu. Parler hatte nicht bemerkt, dass sie schon eine Weile hinter ihm stand. Sie warf ihm die Autoschlüssel auf den Tisch. »Dein Dienstwagen. PO 2425. Steht hinten im Hof. Klein ist schon vernehmungsfähig. Am besten, du holst ihn ab, Alexander.«

Parler mochte den süffigen Geruch von Desinfektionsmitteln in Krankenhäusern, der die Illusion von Keimfreiheit erschuf. Als er das Zimmer betrat, in dem Klein lag, stand dieser in der Ecke und zog sich hastig an. »Nanu, wir sind in Eile? Wo wollen wir denn hin?«, fragte Parler.

»Dir entgegenkommen, was sonst!«

»Nicht nötig. Ich biete einen kostenlosen Transfer.«

Klein setzte sich auf das Bett und starrte ins Leere. »Ich habe es schon gehört. Um Gotteswillen! Ich mochte den Kerl nicht, aber das tut mir leid. Wer war der Täter? Hast du den Fall? Gut. Dann ist ja alles gelaufen.«

»Gar nichts ist gelaufen, Klein!« Er konnte den Namen Detlef nicht ausstehen, erst recht nicht Kleins Spitznamen Schrolle, darum hatte er ihn auch früher schon immer mit Nachnamen angeredet. »Deine Fingerabdrücke sind am Stein. Und Blut ist an deinem Hemd.«

»Ja? Verdammt! Das gibt's doch gar nicht. Ich kann mir nicht erklären …«

»Du könntest nicht einmal das Verschwinden eines Dübels in einem vorgebohrten Loch erklären!«

»Also das würde ich so nicht sehen. Ich habe …«

»… keine Probleme beim Sprechen, wie ich sehe. Dann habe ich den Schnitt perfekt gesetzt«, verkündete Parler nicht ohne Stolz.

»Ach, du warst das, Mensch! Ich hatte einen Filmriss. Mann! Mann, Aldeer!«

»Wie bitte?!«, rief Parler entrüstet. »Ja, ich war das. Ich habe dein verdammtes Leben gerettet.«

»Danke, danke, aber wie sehe ich denn jetzt aus?! War es unbedingt nötig, mir die Kehle aufzuschlitzen, Aldeer?«

Parler stieß einen fatalistischen Seufzer aus. »Ich hätte es besser bleiben lassen.«

14 Sic transit gloria mundi

Während der Fahrt nach Rostock wurde Klein nicht müde, seine Unschuld zu beteuern. Hinter Sievershagen verstummte das Gespräch zwischen Parler und ihm. 25 Minuten lang saßen sie schweigend nebeneinander. Das hätte es früher nie gegeben. Offenbar hatten sie sich nichts mehr zu sagen. Einst Freunde, waren sie sich fremd geworden. Die Zeit hatte ihren Tribut gefordert, und das Faustische »Aus den Augen, aus dem Sinn« bewahrheitete sich einmal mehr.

Auf dem Revier in Rostock steuerte Klein sofort auf Angie zu. »Darf ich Ihre Hand küssen, Madame …?«

»… Schmidt«, sagte Angie. »Bitte sehr!«

Klein verbeugte sich und gab ihr einen Handkuss. »Sehen Sie, ich bin noch ein Gentleman alter Schule. Aussterbende Gattung. Sic transit gloria mundi, hätten die alten Lateiner gesagt. Kennen Sie nicht? Und so vergeht die Herrlichkeit der Welt.« Und er deklamierte: »›Wer die Schönheit angeschaut mit Augen, ist dem Tode schon anheimgegeben.‹ Nicht von mir, aber trotzdem nicht schlecht. August Graf von Platen. Und diese Zeilen eines Dichters sind nur Worthülsen, um zu beschreiben, was ich empfinde, wenn ich Sie anschaue, gnädiges Fräulein. By the way: Die Gerüchte, die über mich in puncto Frauen im Ostseeraum im Umlauf sind, stimmen. Ich habe nie etwas anbrennen lassen.«

»Los! Weiter, Klein!«, rief Parler genervt und schob ihn sanft in Richtung Verhörzimmer. »›By the way‹, ›by the way‹«, repetierte Parler ironisch. »›Nie was anbrennen lassen.‹ Spinner!«

Indes spürte Klein, dass der prüfende Blick Pummels an ihm herunter glitt. Er wandte sich zu ihr um. »Immer zu Diensten, junge Dame! Ebenfalls eine sehr schöne Erscheinung. Elegant, kühl, unnahbar. Diese Haltung! Diese stählerne Entschlossenheit! Sie müssen die Chefin sein.«

»Los, rein da, Klein!« Parler schubste Klein in den Verhörraum und schloss die Tür von außen.

Von hinten näherte sich Kerstin, die sich im Hintergrund gehalten hatte. Sie hatten ausgemacht, dass die Kommissarin das Verhör allein führen würde.

Parler versicherte zwar, nicht befangen zu sein, aber die Bekanntschaft zu ihm hätte Kleins Verhalten beeinflussen können. »Geh nicht zu grob mit ihm um!«, bat er sie.

»Wie bitte?« Kerstin schaute ihn mit fragenden Augen an. »Du bist gut. Warum quasselt der wie aufgezogen?«

»Er redet immer viel und schnell, aber so schnell nie.«

»Warum jetzt?«

»Angst.«

15 High noon

Parler verfolgte die Befragung des Verdächtigen von draußen durch die getönte Scheibe. Die Zeiger der Wanduhr im Verhörraum ragten himmelwärts und standen exakt übereinander. High noon.

»Herr Klein, Detlef, wohnhaft in Rostock.«

»Wo sonst?!«, unterbrach Klein, nicht ohne Stolz.

»Da haben Sie recht«, sagte Kerstin.

Parler glaubte, bei ihr den Anflug eines beinahe unmerklichen lokalpatriotischen Lächelns auszumachen.

»Abgebrochenes Pädagogikstudium. Dann Vollmatrose«, fuhr Kerstin fort, »danach Festmacher, jetzt Lascher im Überseehafen. Schön. Aber Sie sind mehrfach vorbestraft.«

»Kleinigkeiten, Kleinigkeiten. Wer ohne Sünde ist, der werfe den ersten Stein.«

»Diesmal geht es um Mord, Herr Klein! Was hat sich an dem Abend zugetragen?«

Klein erzählte lang und ausführlich, bis er endlich zu den eigentlichen Geschehnissen kam. »Der Stich des Petermännchens hatte kaum Wirkung gezeigt. Nachdem wir Steiner behandelt hatten, ließen wir wieder den Stiefel Bier kreisen. Wir waren schon ziemlich blau. Ehrwürdige Traditionen. Sie wissen schon.«

»Allerdings.«

»Dann legten wir den Stiefel weg und füllten immer mal wieder Humpen, während wir vorn am Wasser angelten. Irgendwann gingen wir wieder nach hinten, stießen mit den Humpen an. Plötzlich begann vor meinen Augen alles zu rotieren. Und dann löste sich alles in Schwärze auf. Out and over.«

»Wer hat die Humpen gefüllt?«

»Das waren Maßhumpen wie bei den Bayern. Jeder füllte mal nach. Und jeder von uns hätte irgendwann was reinschütten können. Wir saßen ja mit dem Rücken dazu.«

»Wer hat zuletzt nachgefüllt?«

»Ich.«

»Wer hat zuerst einen der letzten Humpen ergriffen?«

»Borgward, Steiner, Blomann, Krüger und ich.« Er grinste.

16 Totalausfall

Bei Reinhold Krüger war es zu Komplikationen gekommen, also wurde er in ein künstliches Koma versetzt, aber Lutz Borgward und Udo Blomann waren ein paar Stunden später vernehmungsfähig.

Um 16.23 Uhr läutete Borgward das Ende seiner Schilderung des Mordtages ein: »Wir stoßen mit den Humpen an. Und zack: Totalausfall! Null, nada, niente, nichts mehr! Feierabend!«

»Herr Borgward«, sagte Kerstin, »Rolf Steiner hat Ihnen Ihre Frau ausgespannt!?«

»Barbara, meine Frau? Unsinn! Wenn schon, dann Freundin. Wir haben ohne Schein zusammengelebt. Sie konnte gehen, wann immer es ihr beliebte.«

»Trotzdem nicht angenehm, wenn sie genau das tut und Sie ausziehen müssen. Sie hat sie quasi rausgeschmissen ...«

»So würde ich das nicht sagen, keinesfalls ... aber ja, hm, ich musste raus.«

»... und wenig später einen guten Bekannten einziehen lassen: Rolf Steiner«, setzte Kerstin nach.

Borgward beugte sich vor und straffte seinen Rücken. »Das gebe ich zu: Ich kam aus dem Staunen nicht mehr heraus. Sie legt großen Wert auf gutes Aussehen, und sie steht auf große Männer. Ich bin eins neunzig, und sagen Sie selbst: Habe ich nicht ein bisschen was von Gary Cooper? Stattdessen zieht es sie zu einem dicklichen Wicht, der aussieht wie das Gesäß eines hundertjährigen Waldesels.«

»Es reicht! Herr Steiner hat Ihnen monatlich 400 Euro überwiesen. Wofür?«

»Tilgung eines Privatkredits, den wir per Handschlag abgeschlossen hatten.«

»Wann?«

»Vor einem Jahr. So war unser Verhältnis vorher.«

»Vorher?«

»Nein, natürlich auch nachher. Ich hatte eine kleine Erbschaft gemacht. Er wollte eine Kneipe aufmachen. Es hätte mir klar sein müssen: Der Versager kriegt nichts auf die Reihe.«

»Warum blieben die Zahlungen in den letzten Monaten aus?«

»Der Versager kriegt nichts auf die Reihe.«

»Rolf Steiner konnte also den Kredit nicht zurückzahlen. Er wollte die Frau heiraten, die Sie für sich selbst vorgesehen hatten. Das konnten Sie nicht ertragen!« Ihr Ton war laut und forsch und aggressiv geworden.

Borgward atmete tief ein, blickte sie demütig an und seiner Kehle entrann ein tiefer Seufzer. »Also gut, es hat ja doch keinen Sinn, ich werde Ihnen jetzt die Wahrheit sagen.«

Kerstins Anspannung fiel sichtbar ab. Ihre Muskeln erschlafften. »Ein vernünftiger Entschluss«, sagte sie ruhig, »das wird beim Strafmaß berücksichtigt.«

Eine Pause entstand. Borgward beugte sich vor, als dürfte nur Kerstin erfahren, was er ihr nun zu sagen hatte. »Ich … ich …« Borgward rang nach Worten.

»Ja?!«

»Ich«, sagte Borgward nun langsam und in kristallklarem Hochdeutsch, jedes einzelne Wort betonend, »war es nicht.«

17 Fischfutter

Kommissar Parler war des Stehens müde, aber da die anderen auch standen, vermied er es ebenfalls, sich zu setzen.

Der Zeiger der Uhr stand auf der Sechs, als Skipper Udo Blomann im Verhörraum sagte: »Ich setzte den Humpen an und dann war Schicht im Schacht.«

»Sie wurden besinnungslos«, übersetzte Kerstin.

»In der Mitte meines Sichtfeldes ein dunkler Fleck. Der wurde größer und größer. Buff!« Er ließ die senkrecht nach oben ausgestreckte Hand auf die Tischplatte fallen.

»Wer könnte das Mittel in die Humpen verbracht haben?«, fragte Kerstin.

»Jeder von uns. Vielleicht hat sich auch jemand an uns herangeschlichen.«

»Es war noch hell.«

»Ja, aber das Fass stand ganz hinten, wir waren vorn am Wasser.«

»Gut.« Kerstin räusperte sich. Scheinbar hatte sie den Faden verloren. »Hm. Sie sind gelernter Schlosser …«

»War mir zu schmutzig auf Dauer.«

Parler kam urplötzlich die Textzeile eines uralten Songs von Udo Lindenberg in den Sinn: ›… am Tage bin ich Schlosser, das ist 'n ziemlich mieser Job‹. Als sechzehnjährige Pennäler hatten sie es gesungen, als sie das erste Mal aus einer Kneipe gekommen waren. Der Goldbroiler. An der Fernverkehrsstraße 105. Szenen jenes Tages formten sich am Rande seines Bewusstseins zu verschwommenen

Bildern: erster Schultag, zehnte Klasse, EOS Bad Doberan. Rituale der Diktatur: Fahnenappell. Der Klassenlehrer, ein linientreuer Kommunist, brüllte wie zu Beginn jeder Stunde: »Freundschaft!« – Die Klasse brüllte: »Freundschaft!« – »Setzen!« – Einer hatte sich einen Bart wachsen lassen. »Wie lange wollen Sie noch mit der Visage rumlaufen?« Ein schmieriger Lehrer. – Die heftigste Arbeit des folgenden Abends: Biere stemmen. Rausch. Wanken. Internat Stülower Weg. Ein williges Mädchen in der Nacht. Die heftigste Arbeit der Nacht: Das erste Mal.

»... und arbeiten jetzt als Segellehrer«, hörte er Kerstin wie aus der Ferne sagen.

Parler schüttelte sich. ›Verdammter Nostalgietrip! Seit ich wieder hier oben bin‹, schalt er sich und konzentrierte sich auf das Verhör.

»Wie kamen Sie darauf, ausgerechnet Detlef Klein, Rolf Steiner, Reinhold Krüger und Lutz Borgward auf die Himmelfahrtstour einzuladen?«

»Borgward hatte die praktische Prüfung für den Segelschein bei mir gemacht. Sympathischer Mann. Steiner? Seine Frau hatte mich schon vor Monaten gebeten, ihren Zukünftigen ein wenig unter die Fittiche zu nehmen. Sie hat nichts dagegen gehabt, dass er mitkam. Er ist eine wasserscheue Landratte, sie jetzt Seglerin. Da ist es natürlich angebracht, wenn es der Partner auch ist. Blöderweise ging er gleich bei seinem ersten Törn über Bord. Ich sprang hinterher und wäre selbst beinahe Fischfutter geworden. Eiskalt das Wasser.«

»Ihr selbstloser Einsatz ehrt sie, Herr Blomann«, sagte Kerstin ernst. »Wusste jeder der Männer, wer mitkommen würde?«

»Steiner nicht von Klein und möglicherweise umgekehrt, sonst wussten alle voneinander.«

»Möglicherweise umgekehrt?«

»Ja, Gott, die kennen sich alle untereinander, spricht sich schnell rum so was.«

»Wer wusste noch davon?«

»Faber war eingeladen, hat aber kurz vorher abgesagt.«

»Faber?«

»Maximilian Faber. Der Schriftsteller. Kenn'n Se nich'?«

»Doch. Und woher kennen Sie Detlef Klein?«

»Vom Segeln. Woher sonst?! Ich wollte ihn ursprünglich als Springer engagieren. Is' 'n guter Segler. Auch 'n guter Koch. Tipp von 'nem Kumpel.«

»Ursprünglich?«

»Fehltipp.«

»Warum?«

Blomann seufzte. »Ich hätte nicht für möglich gehalten, dass es jemanden gibt, der einem so dermaßen auf den Geist gehen kann.«

18 Kreuzung des Lebens

Nachdem Udo Blomanns Befragung beendet war, las sich Kommissar Parler Sektionsbefund und toxikologisches Gutachten durch. Beides hatte ihm Pummel auf den Schreibtisch gelegt. Er ging in Kerstins Büro. »Um es kurz zu machen: Die einzigen Verletzungen bei Steiner sind ein Hämatom in der linken Regio orbitalis, also ein blaues Auge, und ein stumpfes Trauma am linken Schläfenbein. Vermutliche Todesursache: das akute subdurale Hämatom darunter.«

»›Vermutliche‹?«, fragte Kerstin.

»Andere Möglichkeit: Herzversagen durch Hyperkaliämie. Sie haben eine frische Punktionsstelle an der Vena mediana cubiti, also der Ellenbogenvene, gefunden. Steiner hatte einen signifikant erhöhten Kaliumspiegel im Blut. 9,8 Millimol pro Liter. Oha! So wurde vermutlich schon oft der fast perfekte Mord verübt. Kalium injizieren. Extreme Hyperkaliämie führt zum Herzstillstand. Schwer nachweisbar. Kalium ist körpereigen und verflüchtigt sich recht schnell.«

Kerstin sagte: »Ich habe heute Morgen Barbara Techel angerufen. Steiner litt an Morbus Addison, einer Erkrankung der Nebennierenrinde.«

»So?!«, rief Parler erstaunt aus. »Er hatte also sowieso immer einen etwas erhöhten Kaliumspiegel. Und Steiner musste vorgestern noch eine Blutprobe abgeben. Das erklärt vielleicht die Punktionsstelle.«

»Warum? Gab es einen besonderen Grund?«

»Im Rahmen der jährlichen Kontrolluntersuchung.«

»So oder so: Mord ist es sowieso«, resümierte Kerstin.

»Richtig«, erwiderte Parler. »Hier. Rot unterstrichen. Signifikant erhöhte Werte von GHB, also 4-Hydroxybutansäure und 7-Aminoflunitrazepam. KO-Tropfen und ein Schlafmittel. Die Mischung macht es.« Bei den anderen sieht's so ähnlich aus.«

»Alkoholpegel?«

Parler grinste. »Alle zwischen 1,9 und 2,6 Promille.«

»Ganz schön viel. Klein kippt das Zeug bei den anderen ins Bier, sie fallen um und sind narkotisiert, dann erschlägt er Steiner und verpasst sich selbst 'ne Ladung. Gleiches Recht für alle.«

»Jeder der anderen hätte es ebenso machen können, um es dann so zu arrangieren, dass es auf Klein passt«, sagte Parler. »Einfach seine Finger auf den Stein drücken. Das ist sogar wahrscheinlicher. Oder glaubst du, Klein ist so doof und wischt nach einem Mord nicht die eigenen Abdrücke ab?«

»Die Fingerabdrücke sind abgewischt worden, aber recht schlampig, ein halber ist drauf geblieben.«

»Auch das könnte exakt so von einem der drei anderen inszeniert worden sein«, beharrte Parler. »Immer vorausgesetzt, es ist nicht doch jemand von außen gekommen, schließlich dämmerte es, sie saßen mit dem Rücken zu den Humpen, und sie waren schon recht angetrunken.«

»Wir haben keine weiteren Spuren gefunden.«

»Weil sich die Abdrücke im Sand nicht signifikant einer Person zuordnen lassen«, erklärte Parler. »Ein Außenstehender müsste vorher gewusst haben, wo die fünf zu finden sind, aber es ist eher unwahrscheinlich, dass einer von draußen kam, um diese Nummer abzuziehen. Obwohl natürlich viele davon wussten. Konzentrieren wir uns also erst einmal auf die Segler: Wir haben theoretisch folgende Varianten: a, b, c, d.«

»Plus ab, ac, ad, bc, bd, cd«, ergänzte Kerstin.

»Plus abc, abd, acd, bcd«, sagte Parler.

»Plus abcd.«

»Macht fünfzehn«, sagte Parler. »Aber die letzte Variante dürfte in jedem Fall ausfallen.«

Kerstin nickte. »Richtig, vier verschworene Personen gegen Steiner. Sie hätten ihm was über den Schädel gezogen und einfach über Bord geworfen.«

»Auch bei den Dreiervarianten. Einer hätte den Unbeteiligten in der Kajüte abgelenkt, der andere hätte ihn erschlagen und über Bord geworfen. Und Leichen sinken oft sofort, bis die Faulgase sie manchmal wieder nach oben an treiben.«

»... um dann endgültig zu versinken«, vollendete Kerstin. »Wo führen mehrere Wege zusammen?«

»Im Altersheim«, sagte Parler. »Da arbeiten Barbara Techel und Lutz Borgward. Und da lernte sie Rolf Steiner kennen. Ich fahre hin.«

»Morgen. Mach' Feierabend!«

»Noch Lust auf'n Bier? Ich gebe einen aus. Einstand.« Parler schaute sie erwartungsvoll an. Eine Hoffnung flammte kurz auf. Was scherte ihn ein Gespräch mit ihr beim Bier. Ein Kennenlernen, Beschnuppern unter Kollegen? Das hatte keine Eile. Er würde wahrlich noch oft genug mit ihr zu tun haben, und zwar jeden verdammten Arbeitstag. Vielleicht aber ließe sich hier gleich was anderes machen. Sexueller Notstand. Sex konnte man sich auch kaufen, aber um bloßen Sex ging es ihm nicht. Mit seiner Chefin? Wie vermessen. Er war sich seiner Wirkung auf Frauen bewusst. Auch im fortgeschrittenen Alter. Er hatte immer noch ein geckenhaft hübsches Gesicht, obwohl das Alter Falten hineingeritzt und graue Flecken auf seinen dunkelbraunen Haarschopf getupft hatte.

Sie schüttelte den Kopf. »Ich habe eine Tochter, Alex. Die wartet.«

»Ach, schade. Wie alt?«

»Sechs.«

»Familie hatte ich auch mal«, sagte er. Trauer schwang in seiner Stimme.

»Was ist passiert?« Neugierig beugte sich Kerstin vor.

»Meine Frau ist an einer Kreuzung falsch abgebogen.«

»Oh, ein Verkehrsunfall?! Das tut mir leid.«

»An der Kreuzung ihres Lebens. Sie ist wohlauf, nur mit dem falschen Mann verheiratet.«

»Kinder?«

Er stach mit dem Zeigefinger Richtung Westen. »Über den großen Teich. Meine Tochter ist mit ihr gegangen.«

Sie verabschiedeten sich. Parler war wieder allein, und als er kurz darauf in Richtung Bad Doberan fuhr, bemerkte er, dass man immer noch so lange durch Rostock brauchte wie zu DDR-Zeiten.

Eine Dreiviertelstunde später passierte er die Todeskurve am Doberaner Münster. Im Laufe der Jahrzehnte waren hier viele Menschen ums Leben gekommen. Sie war immer noch gefährlich, wenngleich sie offenbar entschärft worden war. Rechterhand die Mauer des Klostergeländes, linkerhand, dräuend, der Buchenberg. Parler fragte sich, ob es die richtige Entscheidung gewesen war, auszusteigen, dem hassgeliebten, bombastischen Moloch Berlin den Rücken zu kehren. Zurückkehren konnte er immer, denn er besaß ein Haus in Berlin, das er momentan vermietete. Eigentlich hatte er es veräußern und sich hier oben ein Grundstück kaufen wollen, aber Parler wollte erst einmal abwarten, was die Zeit bringen würde.

19 Innocenz

Die Dampfpfeife des Molli pfiff. Parler schreckte aus einem mörderischen Traum auf. Nach kurzer Verwirrung wurden die Konturen des Zimmers klarer, und er schalt sich einen Idioten. Ein ach so typischer Treppenwitz seines Lebens: Da war er nun aufs Land gezogen, um Menschenmassen, Betonwüsten, Hektik, Stress, Chaos und Lärm der Großstadt zu entfliehen, und quartierte sich ausgerechnet in Mecklenburgs lautester Straße ein.

Parler sprang auf, schlug eine Rechts-Links-Kombination in die Luft, wich einem imaginären Gegner aus, stürzte zum Bücherschrank und nahm das Tuch vom Käfig, in dem ein grün-gelber Wellensittich nun das Köpfchen unter dem Flügel hervorzog. »Morgen, Dicker«, brummte er zärtlich, wechselte das Trinkwasser seines kleinen Gesellen namens Innocenz, warf die Kaffeemaschine an und legte eine Scheibe Weißbrot in den Toaster. Er schaltete das Radio ein. Die kannte er doch. Ah ja, The Strokes. Satter, handgemachter Garagenrock, genau das Richtige, um auf Touren zu kommen.

Parler warf einen kurzen Blick ins Zimmer: Bücherschrank, Schreibtisch, Bett und Kaktus. Das Häuschen in Pankow unterschlagend, konstatierte er: So weit hatte ihn seine 25-jährige Karriere bei der Polizei geführt. Bis in eine winzige Einliegerwohnung eines Bad Doberaner Reihenhauses aus den Dreißigern. Immerhin hauste über ihm keine Familie mit einem halben Dutzend lärmender Gören, sondern eine etwa 1000-jährige, schwerhörige Greisin, aus deren Wohnung kein Laut drang. Das war die Personenbeschreibung der verschmitzt lächelnden Immobilienmaklerin bei der Besichtigung gewesen, gesehen hatte er die Nachbarin jedoch immer noch nicht. Groß und breit sollte sie sein. Eine Riesenoma.

Parler ging ins Bad. Innocenz flog hinterher und setzte sich auf seine Schulter, denn sein Besitzer schickte sich an, unter die Dusche zu gehen. Dünne Wasserstrahlen strömten aus der Brause und perlten auf Parlers Rücken ab. Er bot dem Vogel den Unterarm und führte ihn langsam unter die Brause. Innocenz plusterte sich auf und trippelte unter das Wasser. »Du bist ja so niedlich«, rief Parler. Der Vogel badete kurz und versuchte wegzufliegen, doch er landete auf den Fliesen. »Mit nassen Flügeln kann man nicht fliegen, mein Sohn!«, rief er. Der Vogel war ein verdammtes Genie mit den Emotionen eines Menschen, aber hier hatte er Nachholbedarf, und Parler meinte es beinahe ernst, als er sagte: »Ich glaube, ich muss dir mal eine Physikstunde geben.« Es war sein dritter Wellensittich innerhalb von 15 Jahren. Die liebenswerten, temperamentvollen Zwerge hatten nicht viel Zeit auf dieser Welt, und es schien beinahe so, als wüssten sie es und freuten sich unablässig des Lebens: ein endloses Fiepen, Pfeifen, Gurren, Flöten, Singen und Sprechen. Und nährten die genügsamen Tiere nicht erfolgreich in ihm die Illusion, nicht einsam zu sein?, fragte er sich zuweilen. Nein, es war dies ein Alleinsein, ein Bei-sich-sein-wollen, und wer hätte das Alleinsein weniger nötig als er, sagte er sich, jedoch: Einmal an sich selbst gewöhnt, hatte er Gefallen daran gefunden, auch war ihm der persönliche Einsatz im Moment noch zu hoch für ein Comeback der Zweisamkeit. Doch er musste aufpassen, dass er sich nicht zu sehr daran gewöhnte. Um so schwerer fiele ihm dann möglicherweise ein späteres Zusammenleben mit einer Frau.

Parler brachte den Vogel zurück in den Käfig, duschte danach ausgiebig, zog sich in Windeseile an, und als er die Wohnungstür öffnete, vernahm er wie jeden Morgen seit vier Wochen den herzzerreißend-traurigen Moll-Klagelaut seines Wellensittichs, der genau wusste, dass er nun den ganzen Tag allein bleiben würde. Die Härchen an Parlers Unterarmen richteten sich auf. Er schüttelte sich kurz und drehte sich um: »Versprochen, Innocenz, sobald ich Zeit habe, besorge ich dir eine neue Lukrezia. Noch in dieser Woche!«

Parler warf die Tür hinter sich ins Schloss. Lukrezia, Innocenz' Partnerin, war vier Wochen zuvor an einem Tumor verstorben. Ein schmerzlicher Verlust für Innocenz und Parler. Nestjung gekauft, hatte sie sich irreversibel auf ihn fixiert. Keine Frau auf diesem Planeten konnte einen Mann so zärtlich kraulen wie Lukrezia es getan hatte.

»Oh Mann!«, rief Parler plötzlich aus. Ein Gedanke bohrte sich wie ein Dolch in sein Hirn. Wie weit war es mit ihm gekommen! Er weilte nun seit 50 Jahren auf diesem Planeten und fragte sich jetzt, ob es stimme, was Goethe so spielerisch hingeworfen hatte: »Das Alter macht nicht kindisch, wie man spricht, es findet uns als wahre Kinder.«

Zum Glück waren die Gedanken frei und Kollegin Kerstin konnte sie nicht erraten, schon gar nicht auf diese Entfernung hin. Als er auf der Straße war, blickte er sich noch einmal um: ein schmuckes Reihenhaus mit weißgetünchtem Kratzputz und gepflegtem, stilvoll kombiniertem Steingarten zur Straße hin. In Berlin waren die Mieten innerhalb weniger Jahre explodiert, hier war es ihm gelungen, eine bezahlbare Wohnung zu ergattern. Was wollte er mehr?

Als er bereits kurz vor Heiligendamm war, klingelte sein Telefon.

»Vergiss das Krankenhaus in Kühlungsborn«, sagte Kerstin müde. »Halt dich fest: Wir haben einen neuen Fall!«

»Wie bitte?«

»Hier passiert 100 Jahre lang nichts. Gar nichts! Kaum tauchst du auf, geht's hier voll ab.« In ihrem Ton schwang ehrliches Unverständnis. »Nicht nur, dass es zwei Morde gab, seit du hier aufgekreuzt bist. Bei einem bist du auch gleich der Erste vor Ort. Ist irgendwas mit dir? Gibt es da noch etwas, das du uns erzählen solltest? Ziehst du den Tod magisch an oder so etwas in der Art?«

Hatte sie das ernst gemeint? Allein er selbst hatte schon oft darüber nachgedacht, ob er nicht wie kein Zweiter Murphys Law unterworfen war und das Pech anzog, allein, es relativierte sich zumeist ein wenig, er bewegte sich nur am Rand der Gaußschen Glockenkurve, deren Mitte den Durchschnittspechvogel anzeigte.

»Aber im Ernst«, sagte Kerstin. »Bad Doberan, Stülower Weg 9, männliche Leiche. Ein Maximilian Faber.«

»Der Maximilian Faber?«

»Der Schriftsteller. Ja, der.«

»Was ist mit dem Steiner-Fall?«

»Gelöst. Aber …«, das »Aber« rief sie hinaus, da sich Parler anschickte, Widerspruch anzumelden, »Tom macht damit weiter. Ich habe Haftbefehl gegen Klein beantragt. Und einen Durchsuchungsbefehl für seine Wohnung. Die Rekonstruktion in der KtU hat ergeben, dass der Schlag mit hoher Wahrscheinlichkeit von ihm geführt worden ist. Und das Blut an seinem Hemd ist Steiners Blut.«

»Das ließe sich auch arrangieren«, sagte Parler und murmelte, »wenngleich unwahrscheinlich.« In ihm arbeitete es. Klein? »The times they are a-changin'«, sang Dylan einst. Und auch Menschen veränderten sich. Das Leben konnte einen Mann härter machen oder doch auch weicher, besser oder böser, aber einem wie Klein, der als Junge so oft einen ausgeprägten Gerechtigkeitssinn offenbart hatte, war ein Mord nicht zuzutrauen. Aber trug nicht ein jeder die Anlage dazu in sich, wenn auch die Allermeisten nie einen Mord begingen? Wen kennt man schon genau? Er hatte nicht einmal Christiane gekannt, mit der er fünfzehn Jahre zusammengelebt hatte. Parler schüttelte den Gedanken an seine Exfrau ab wie den an einen unangenehmen Zahnarzttermin. Auch Maximilian Faber war ihm kein Unbekannter, wenn auch nur entfernt bekannt. Faber war in der EOS im Jahrgang unter ihm gewesen. Er hatte lange als Mediziner gearbeitet und sich dann als Autor einen Namen gemacht. Alexander Parler hatte seine Karriere verfolgt und einiges von ihm gelesen. Auch Faber war zu dem Vatertagstörn eingeladen worden, hatte aber kurz vorher abgesagt. Nun war auch er tot. Gab es da einen Zusammenhang? Der Kommissar wendete seinen Wagen und fuhr nach Bad Doberan zurück.

20 Leichengeruch

Die Haustür war aufgebrochen worden. Ein süßlich-fauliger, morbider Geruch schlug Parler entgegen. Der Gestank des Todes. Leichengeruch. Im Wohnzimmer der mondänen Villa aus den Gründerjahren lag die Leiche von Maximilian Faber rücklings an die holzvertäfelte Wand gelehnt. Erschlaffte Züge aber weit aufgerissene, starr auf das Fenster gerichtete hellblaue Augen, ein Blick so eindringlich, als lebte hinter dieser Stirn noch etwas.

Am Haaransatz der Stirn, etwa zehn Zentimeter über der Nasenwurzel, war ihm eine große Platzwunde zugefügt worden. Auf dem Schädeldach eine zweite. Blutrotes zwischen weißblondem Haar – ein gelungenes Farbenspiel, befand Parler, nicht umsonst stand Blondinen rot so gut. Er wischte den makabren Gedanken weg wie ein lästiges Stechinsekt. Der Kommissar hatte schon zu viele Leichen gesehen, es war eine bewährte Bewältigungsstrategie, denn an Gewalt hatte er sich noch immer nicht gewöhnt, wenn er sie auch selbst immer mal wieder ausgeübt hatte. Blutspritzer rings auf dem Teppich. Die Schubfächer und Schranktüren waren aufgerissen geworden. Der Inhalt lag verstreut davor.

Die weißhaarige Gerichtsmedizinerin begrüßte ihn. »Ich hoffe, das wird hier nicht der Beginn einer wundervollen Freundschaft«, sagte sie und kniff ein Auge zu.

Parler machte eine »Genau das wollte ich auch gerade sagen«-Geste.

»Stumpfes Trauma am Os frontale«, sagte sie. »Vermutlich anschließende Hirnblutung. Die Tatwaffe ist ein schwerer, stumpfer Gegenstand.«

»Vermutlich hat er sie mitgenommen«, ergänzte Müller von der Spurensicherung. »Wir haben hier nichts gefunden.«

»Der Täter war vermutlich ein Linkshänder«, sagte die Gerichtsmedizinerin.

»Wann?«, fragte Parler.

»Etwa eineinhalb bis zwei Tage her. Genaueres nach …«

»Jaja«, knurrte Parler, »nach der Obduktion.« Genau diesen kurzen Dialog um den Todeszeitpunkt ließen die Amateure der Vorabendkrimis in jeder zweiten Folge ihre Schauspieler sprechen, und das ärgerte Parler.

An der Wand unter einer Aufhängevorrichtung hob sich eine weiße, exakt rechteckige Fläche erst nach längerem Hinschauen minimal von der schneeweißen Tapete ab. »Hier hing ein Bild«, sagte er mehr zu sich selbst als zu irgendwem im Raum.

Kerstin kam aus der Küche und gab ihm die Hand. »Die Haushälterin wartet.«

21 Viel Feind, viel Ehr

Kommissarin Ahlers und die Haushälterin, eine drahtige, gut gewachsene Frau Mitte bis Ende siebzig, saßen sich am Küchentisch gegenüber. Tränen standen in ihren Augen.

»Frau Ahlgrimm, das hier ist Kommissar Parler. Wir machen da weiter, wo wir aufgehört haben. Sie mochten Herrn Faber.«

Sie breitete die Arme wie einen Fächer aus, als wolle sie die Herrlichkeit der Welt preisen. »Oh ja, Herr Faber war charmant, gutaussehend, erfolgreich und von ausgesuchter Höflichkeit, ein richtiger Mann von Welt«, schwärmte sie. »Ach, wenn ich doch noch fuffzig Jahre jünger wär!«

»Hatte er eine feste Beziehung?«, fragte Kerstin.

»Viele Damen hatten etwas von ihm.«

»So so.« Kerstin hüstelte. »Kennen Sie einige der Damen?«

»Nein, er hat sie nur abends gelegentlich mitgebracht.«

»Ist Ihnen hier im Haus etwas aufgefallen? Fehlt etwas?«

»Das Gemälde an der Wand, die Goethebüste und sein Laptop, der immer aufm Tisch steht, so ein weißer.«

»Mit einem Apfel drauf?«

»Ja.«

»Gut, wir nehmen das zu Protokoll. Wenn die Spurensicherung weg ist, wäre es schön, wenn Sie sich noch mal umschauen würden.«

»Hatte Faber Feinde?«, übernahm Parler, nachdem ihm Kerstin zugenickt hatte. »Haben Sie irgendwas mitbekommen?«

»›Viel Feind, viel Ehr‹, pflegte er zu sagen.«

»Wen konkret, Frau Ahlgrimm?«

»Krüger zum Beispiel, dieser andere Schriftsteller.«

»Reinhold Krüger?«

Sie nickte. »Der ist hier einmal betrunken vor dem Haus erschienen und hat lautstark rumgepöbelt.«

»Und Herr Faber?«

»Herr Faber war gerade zu Hause. Er hat nur gelacht und dann die Polizei gerufen.«

Die Ermittler sahen sich an. Reinhold Krüger als Teilnehmer der Himmelfahrtstour war der Einzige, der noch nicht befragt worden war. Jetzt gab es ein zweites Mordopfer und sein Name tauchte erneut auf.

»Sonst noch wer?«, fragte Parler.

»Ein großer, kräftiger Mann hat ihn bedroht.«

Der Kommissar machte eine fragende Geste, indem er die rechte Augenbraue hochzog.

»Herr Faber solle seine Tochter in Ruhe lassen, hat er gebrüllt, sonst kriegt er Schläge. Herr Faber könnte ihr Großvater sein.«

»Kennen Sie den Mann?«

»Noch nie gesehen vorher.«

»Können Sie den Mann beschreiben?«

»Groß, kräftig. Braune, kurze Haare. Seitenscheitel. Trug so einen schwarzen Anorak, wie sie ihn vor zehn, zwanzig Jahren alle getragen haben.«

»Bomberjacke?

Sie zuckte die Achseln.

»Und Herr Faber? Wie hat er reagiert?«

»Herr Faber hat nur gelacht. Er hat mir dann, als der weg war, versichert, dass er nichts mit der Tochter hätte, er war nur eine Art großer Bruder oder Ersatzvater für sie.«

»Glauben Sie ihm das?«

»Ein Mann wie Herr Faber lügt nicht!«

»Noch wer?«

»Nicht, dass ich wüsste. – Bevor ich es vergesse. Ist vielleicht wichtig.« Sie verstummte, wartete auf eine Aufforderung, weiterzumachen.

»Ja?«

»Es kann ihm ja nun egal sein: Herr Faber liebte auch Männer.«

›Sieh an‹, dachte Parler. »Hat er hier Herrenbesuch gehabt?«

»Ja. Aber ich habe die nie gesehen. Die kamen immer nur nachts.«

»Hat er ihnen das erzählt? Woher wissen Sie das denn?«

»Eine Frau merkt so etwas. Er hat es mir aber auch erzählt.« Sie warf einen romantischen Blick aus dem Fenster. »Wir hatten ein ganz besonderes Verhältnis zueinander.«

»Sonst noch was Außergewöhnliches?«

»Es gab mehrere anonyme Drohbriefe.«

»Drohbriefe? Warum hat er keine Anzeige erstattet?«

»Herr Faber hat nur gelacht. ›Meine Groupies verschwenden ihre wertvolle Lebenszeit‹, hat er immer gesagt. – Augenblick!« Die Haushälterin stand auf und holte mehrere Briefumschläge aus dem Wohnzimmer.

Kerstin zog vorsichtig einen Brief aus einem Umschlag. Weißes Pulver hatte sich an ihre Fingerkuppen geheftet, weißes Pulver verstreute sich auf dem Tisch. »Was ist denn das?«, fragte sie irritiert, nahm den Brief und las laut vor: »*Wenn du nicht aus Bad Doberan verschwindest, bist du tot. Bist du sowieso: Das hier ist ANTHRAX.*« Kerstin ließ den Brief fallen und fuhr erschrocken zurück. Mit angstgeweiteten Augen starrte sie auf das Papier, als stünde ihr Todesurteil darin.

Die Haushälterin hob den Brief auf, schob den Zeigefinger in den Mund, tippte ihn auf das weiße Pulver und leckte ihn ab. Und mit einem triumphierenden Lächeln flötete sie: »Ich weiß doch wohl, wie Backpulver schmeckt.«

22 Platzhirsch

Rostock. Ulmenstraße. Großraumbüro. Parler und Pummel standen vor Kerstins Schreibtisch. Angie stritt sich am Telefon mit einem Anonymous. Geschäftiges Stimmengewirr aus dem hinteren Bereich des weitläufigen Raumes. Gelächter an einem Schreibtisch. Dröhnte in Parlers Trommelfelle.

»Maximilian Faber, Studium der Medizin, bis vorletztes Jahr tätig als Kardiologe in der Charité Berlin. Jetzt freiberuflicher Autor«, eröffnete Pummel das Briefing.

»Der aufsteigende Stern am Literaturhimmel!«, rief Parler begeistert. »Seit dem Erfolg seines Romans ›Der Schlüssel‹. Er hat sogar den Schiller-Preis dafür bekommen. Ich kenne sein Werk ziemlich genau. Viel Blut-und-Boden-Quatsch drin, aber ansonsten ganz gut.« Er bemerkte, dass Kerstin ihn erstaunt ansah. Vielleicht konnte er mit dem Literatur-Trip bei ihr landen. Zwei Drittel der Leser waren Frauen und somit ganz offenbar eben doch die besseren Menschen im Durchschnitt. Kerstin war Alleinerziehende, wie er rausgekriegt hatte.

»Ledig und kinderlos«, fuhr Pummel fort.

»Sieht alles nach Raubmord aus: das aufgebrochene Schloss, die durchwühlten Schubfächer. Eine Schatulle, Laptop, Gemälde und eine Goethebüste fehlen – mindestens«, sagte Kerstin. »Könnte fingiert sein. Wir ermitteln natürlich erst mal in alle Richtungen.«

Die Tür öffnete sich. Tom, dessen rostrotes Haar Farbe in seine Persönlichkeit brachte, wie Parler befand, stakste hinzu und richtete seine hellblauen Augen auf Kerstin. »Backpulver!«

Kerstin atmete tief aus. »Habt ihr sonst noch was?«

»Am Brief selbst nicht«, sagte Pummel. »Im Haus jede Menge Fingerabdrücke, die wir durchs AFIS jagen.«

»Gut«, sagte Kerstin, »einer muss Reinhold Krüger aufsuchen. Sowieso. Er ist der Einzige aus der Himmelfahrtstour, mit dem wir noch nicht gesprochen haben.«

»Krüger?«, fragte Tom.

»Der ortsansässige literarische Platzhirsch«, erklärte Parler. »Bis Faber kam.«

»Krüger schreibt Heimatromane und Liros«, sagte Pummel.

»Liros?«, fragte Parler.

»Liebesromane. Zumeist mit tortured Heros.«

Parler musste lachen. »Wie bitte?«

»Schöne Männer, tapfere Männer, leidende Männer. Männer, die leiden, richtig leiden, aber nicht klagen, Männer, die durchhalten, also keine Weicheier«, erklärte Pummel.

»Danke für diesen Fundamentaleinblick in die weibliche Psyche«, spöttelte Parler. »Er schreibt also Heimatschnulzen und Liebesromane für Hausfrauen. Oder weibliche Polizeibeamte. Und das als Mann«, betonte er nachdrücklich, »wohingegen Faber … Und das soll ein Mordmotiv sein?«

»Faber war kein Engel«, meinte Pummel, »um es vorsichtig zu sagen. Eher ein gemeiner Typ. Hier, aus einem Interview mit dem Ostseekurier, Faber über Krüger: *»Da ist null, nix, gar nix. Hausfrauenlektüre. Dieser flachköpfige, schlaffe Schmonzettenlieferant, der nicht schreiben, sondern* *nur Wortdurchfall ausscheiden kann und im Stile eines zehnmal sitzen gebliebenen Hauptschülers die deutsche Sprache mit jedem Satz weit hinter die Merseburger Zaubersprüche zurückwirft, ein solcher literarischer Schweinigel steht exemplarisch für den Kulturverfall in diesen Zeiten, dieser Hanswurst sollte auch aus den Bibliotheken verbannt werden. Um ein Wort des großen Mark Twain über Jane Austen ins postmoderne Zeitalter zu transferieren: ›Jede Bibliothek, in der kein – in Anführungsstrichen – Buch von Reinhold Krüger steht, ist eine gute Bibliothek, auch wenn in ihr sonst kein anderes Buch steht.«*

»Ich kann Krüger verstehen«, sagte Kerstin.

»Durchaus ein Motiv. ›Wo die Eitelkeit anfängt, hört der Verstand auf‹«, zitierte Parler. »Marie von Ebner-Eschenbach.«

Kerstin wandte sich an Tom: »Du fährst ins Altersheim und machst im Fall Steiner weiter! Pummel, du befragst die Nachbarschaft von Faber! Vielleicht ist dem einen oder anderen etwas aufgefallen. Alex, du als hiesiger Feuilletonchef nimmst dir diesen Krüger vor! Er ist bereits aus dem Krankenhaus entlassen worden und für morgen einbestellt. Aber du kannst das gleich vor Ort machen! Kommt sowieso nichts anderes raus als bei den anderen drei Suffköppen.«

»Vatertagsausflügler.«

»Na ja, dann meinetwegen nur Vatertagssuffköppe.«

Sie verließen den Konferenzraum.

Parler ging zum Automaten, um sich einen Kaffee zu ziehen.

»Der ist kaputt!«, kam es wie aus einem Munde aus drei kaffeedürstenden Kehlen.

Er hob die Fäuste und schlug synchron beidseitig einmal gegen den Automaten. Umgehend flog ein Becher in den Halter und füllte sich mit dem schwarzen Saft. »Ich glaube, wir werden Freunde«, sagte Parler und erinnerte sich des legendären Kaffeeautomaten in »Kottan ermittelt«, der fiesesten Maschine seit Menschen auf diesem Planeten Maschinen bauten.

Parler sortierte seine Unterlagen am Schreibtisch neu, druckte sich noch zwei Interviews mit Faber aus, holte dessen Tagebücher aus der KtU und fuhr los.

23 Feuerzangenbowle

Parler wollte Krüger in dessen Wohnung überraschen, aber um diese Uhrzeit würde er ihn dort noch nicht antreffen. Darum fuhr der Kommissar nach Hause und baute seine neuen IKEA-Möbel auf.

Die Sonne schien und die Temperaturen kletterten auf über 20 Grad, also verließ er am frühen Nachmittag die Wohnung in Richtung Buchenberg. Parler war ein passionierter Fußgänger. Der Traum zu Wandern war noch wach in ihm. An den Schienen entlang ging er ins Zentrum der Stadt. Wenig später betrat er den Kamp, das grüne Herz der Stadt, auf einem Spazierpfad, der von Linden gesäumt war. Ein sanfter Wind fuhr in ihre Äste, die Blätter raschelten. Aus einer Kuhweide war dieser Park auf Initiative des mecklenburgischen Herzogs Friedrich Franz, der in Doberan die herzogliche Sommerresidenz errichten ließ, gegen Ende des 18. Jahrhunderts entstanden. Parler steuerte auf den großen, schneeweißen Pavillon zu, einen graziösen Bau in Oktagonform samt Umgang aus 24 Säulen in einer Mischung aus klassizistischem und ostasiatischem Stil. Hier gab es in den Achtzigern zu Pennälerzeiten das beste Würzfleisch der Stadt, damals, als das Bier in den stets menschengesättigten Kneipen noch 50 Ostpfennige kostete und jedermann Uniform trug: Blue Jeans und einen grünen Parka. Südlich davon der kleine Pavillon, ursprünglich eine Ausschankstätte, heute eine Galerie und vor dreißig Jahren die Bibliothek der Stadt. Auf der Bank vor dem rötlichen Gebäude lümmelten ein paar Jugendliche herum und rissen obszöne Witze, als eine Blondine vorbeistöckelte. Etwas entfernt dahinter saßen zwei alte Männer und spielten Schach. Regungslos starrten sie auf das Brett. Parler trat näher und betrachtete die Stellung. Ein Barhäuptiger, der die weißen Figuren führte, blickte kurz auf und zog eine Zigarette der Marke F6 aus der Schachtel. »F6 schmeckt gut«, sagte Parler, »aber F2 schmeckt besser.« Und überließ die beiden Schachspieler ihrer Passion.

Nachdem er etwa 50 Meter gelaufen war, brüllte ihm der Kontrahent des Barhäuptigen ein »Arschloch!« hinterher, und es entwickelte sich ein lautstarker Streit zwischen den beiden Spielern, ob das nun gelte oder nicht. Parler lachte, überquerte am südlichen Ende des Parks die Straße und lief auf eine kleine Bronzebüste zu. Er war höchst gespannt, welchem großen Sohn die Stadt ein, wenn auch sehr bescheidenes, Denkmal errichtet hatte. Ehm Welk, dem Heimatschriftsteller? Severin, dem Baumeister des Herzogs, der viele der herrlichen Gebäude entlang des Kamps geschaffen hatte? Parler trat näher. Wer zum Henker war das? Den kannte er doch. Frank Zappa. Wie kam die legendäre Rockröhre aus den Staaten hierher? Nun, das würde er schnell herauskriegen. Parler wandte sich ostwärts und stand nach wenigen Schritten vor dem Gymnasium, in dem er sein Abitur abgelegt hatte. Auch dieser Bau eine Mischung verschiedenster Stile.

Und er blieb stehen und sank in Bilder längst verflossener Tage. Sah den 15-jährigen Parler in die Stadt einziehen, die ihm damals so riesig wie Berlin oder London erschien, sah sich zum ersten Mal den Beischlaf vollziehen, sah sich selbst in den kleinen Räumen sitzen. Damals, als alles noch Anfang, Traum und Mythos war und der Gedanke an eine unbestimmte, dunkle, aber große Zukunft oft zu einem ahnungsvollen Rausch wuchs. Es war die beste Zeit.

In den Klassenräumen der Vorderfront genoss er das unvergleichliche Privileg eines Fensterplatzes, und während vorne sein Klassenlehrer schweinslederne Witze riss, der Staatsbürgerkundelehrer von der historischen Mission der Arbeiterklasse fantasierte, die Russischlehrerin die Schüler mit kyrillischen Buchstabenfolgen quälte, der Lateinlehrer Latein Latein sein ließ, stattdessen auf Deutsch über römische Geschichte referierte und die Schüler in Ruhe ließ, der Mathematiklehrer mit Formeln um sich warf, konnte er nebenbei das Leben draußen beobachten. Parler grinste, als er daran dachte, wie die Spaßvögel der 11. Klasse in militärisch korrekter Ein-Mann-Reihe einer arglosen Dame auf dem Fuße folgten, liefen wenn sie lief, stehen blieben, wenn sie stehen blieb und sie sich schließlich mehrfach umwandte und verwundert am Kopfe kratzte, solcherart noch einmal zu einer militärischen Führungspersönlichkeit befördert zu werden …

Gleich parterre der Klassenraum rechts, da verurteilte einst der Musiklehrer mit zynischem Grinsen im DDR-schnauzbärtigen Gesicht die gebeutelten Schüler dazu, bis zur darauffolgenden Woche ein Dutzend irgendwann vorher schon einmal gelernter Lieder vortragsbereit zu repetieren.

Parler hatte damals lange überlegt. In der erste Stunde fand die Examination statt. Also einfach eine Stunde später erscheinen? Es konnte ausnahmsweise schon einmal passieren, dass man den Bus verpasste. Eigentlich undenkbar in einer Schule des autoritären Staates, aber da er es noch niemals vorher getan hatte und er gewiss der einzige Schüler sein würde, konnte man das riskieren. Es begann damit, dass er Klein am Bus traf.

»Was zum Teufel machst du hier, es ist längst Schule?«

»Wollte ich dich auch gerade fragen.«

So betraten sie dann pünktlich zur dritten Stunde den Klassenraum der Erweiterten Oberschule Bad Doberan und kamen aus dem Staunen nicht mehr raus: Acht weitere Schüler waren erst zur dritten Stunde erschienen. Fassungslos ob des unerhörten Vorgangs schlug der Klassenlehrer das Klassenbuch auf und befragte jeden Einzelnen nach den Gründen.

»Bus verpasst. Zu früh losgefahren.«

»Verschlafen.«

»Molli verpasst.«

»'nen Platten.«

»Verpennt.«

»Verschlafen.«

»Sprit ist alle.«

Nur Klein wartete mit einer völlig abwegigen Geschichte auf, die er bis ins Detail ausschmückte, denn er hatte einen morgendlichen Überfall – Überfälle kamen im Sozialismus nur einmal in 100 Jahren vor – verhindert, indem er den

Aggressor in die Flucht geschlagen, anschließend erste Hilfe geleistet und dann das Opfer zum Arzt gebracht hatte.

›War das witzig?‹, fragte sich Parler, als er beim Anblick des Gymnasiums zuallererst dieser bescheidenen Vorfälle gedachte. Nur ein »wenziger Slock« Babyboomer-Feuerzangenbowle, aber Ausbrecher aus den Gefängnissen geregelten Schulalltags. Er dachte an das Glück, als Einzelkind mit 15 Jahren in einem Internat zu wohnen, auf dem gleichen Flur mit den Mädchen der Klassenstufe. Er dachte an die gleichaltrige, sexuell schon erfahrene Kathleen Brügemann, die auch ihn anlernte. Ein verdammtes Glück für Parler, Müller, Weiss, Walter, Lehmann, Gösemann, Schmitt, Fabian, Scheller und Klein. Denn früh übt sich … Größere Abenteuer fanden an den Wochenenden in den Diskotheken statt, vor allem aber danach. Die größten Ereignisse aber fanden still, tief innen statt …

24 Seneca und Euripides

Nach einer Dreiviertelstunde gemächlichen Fußmarsches hatte er die Stadt durchquert. Im ersten Stock eines Wohnblocks in der Plattenbausiedlung am Buchenberg klingelte er an der Wohnung *Krüger*. Die Tür flog auf und ein Geruch aus Schweiß und kaltem Rauch schlug ihm entgegen. Vor Parler stand ein kompakter, breitschultriger Mann mit viel zu kurzen Beinen, kleinen Händen und einem imposanten Schädel, der von einem Schopf fettiger, brauner Haare gekrönt wurde. Krüger trug Filzpantoffeln und ein hellgelbes T-Shirt, das weit vor seiner Hose herabhing. Parler zückte seinen Ausweis und Krüger brummte: »Die Schergen des Systems geben sich die Ehre, so so. Was wünscht der Herr Polizist, sofern es meiner Wenigkeit gestattet ist, eine Frage zu stellen. Mich dünkt, ich muss doch erst morgen im Sodom der Büttel des Systems verweilen.«

»Das klingt gar nicht wohl in meinen Ohren«, entgegnete Parler ironisch, um dann in einen drohenden Bass zu fallen. »Es geht möglicherweise um eine Anzeige wegen Beamtenbeleidigung, Herr Krüger. Gewöhnen Sie sich ganz schnell ein anderes Vokabular an! Noch einmal Büttel, und ich nehme sie mit«, sagte der Kommissar, der sich das »auseinander« gerade noch so eben verkneifen konnte.

»Das Vokabular! Exquisit für ein Gehirn im Staatsdienst.« Krüger streichelte seinen Schmerbauch.

»Ihr Präludium hingegen nicht«, sagte Parler ruhig. Eigentlich hätte er jetzt gern ein »Du unterbelichtete Nachtjacke. Hab nicht so ein großes Maul, sonst trete ich dir in den Arsch!« hinzugefügt, aber er besann sich, allerdings auf nur sehr wenig Eleganteres: »Nicht entschuldbar. Schlechter Stil. Autor! Dass ich nicht lache. Aber heutzutage ist ja jeder Autor. Auch wenn er nur Liebesschmonzetten oder einen Einkaufszettel verfasst. Autor eines Einkaufszettels eben.«

»Sie … Sie …« Krüger lief puterrot an und machte einen Schritt auf Parler zu.

Der blickte ihn kalt an: »Es geht um Ihren Zwist mit Herrn Maximilian Faber. Kann ich reinkommen?!«

Krüger trat wortlos beiseite und öffnete die Tür ganz.

Beidseitig flankiert von Bücherregalen lief Parler Slalom durch den Flur, um riesige Bücherstapel herum. Im Wohnzimmer müffelte es noch wesentlich intensiver nach Fußschweiß und kaltem Rauch. Neben dem Fenster hingen Plakate von Krügers Büchern: »Wiedersehen in Bad Doberan«, »Eine Liebe ohne Grenzen« und »Der Pirat und die keusche Nymphomanin«. Auf einem flachen, quadratischen Plastiktisch stand ein hoffnungslos überladener Aschenbecher zwischen einem halben Dutzend leerer Bierbüchsen.

Parler umgriff eine, schüttelte sie leicht und begann Lessing zu zitieren:

»Ein trunkner Dichter leerte
Sein Glas auf einen Zug;
Ihn warnte sein Gefährte:
Hör auf! du hast genug.

Bereit vom Stuhl zu sinken,
sprach der: Du bist nicht klug.
Zu viel kann man wohl trinken, …«

»… doch nie trinkt man genug«, donnerte Krüger trotzig.

»Können Sie vom Schreiben leben?«, fragte Parler.

»Was meinen Sie, wie viele Leute vom Schreiben leben können? Bei 90000 Neuerscheinungen im Jahr. Und in diesen geistlosen Zeiten, in denen immer weniger gelesen wird, nicht nur die Bildschirme und Handys werden flacher und kleiner, in diesen Zeiten, da jeder grenzdebile Analphabet sein Romanäquivalent ins Netz stellen kann. Und dann in Zeiten von Smartphonegeneration *wisch*, deren Aufmerksamkeitsspanne keine fünf Sekunden hält. Die Gören sind doch dumm wie ein Sack Badewannenstöpsel. Bald wird gar nicht mehr gelesen.« Er hatte sich in Rage geredet, war erneut puterrot angelaufen und ließ sich auf einen Stuhl fallen.

»Wovon leben Sie?«

»Im Hauptberuf bin ich Waste Removal Engineer.«

»Waste Removal Engineer?«, wiederholte Parler. »Wenn mich mein Englisch nicht im Stich lässt, ist das …«

»Müllmann, ja. Ein würdevoller Beruf.«

»Das ist wahr«, sagte Parler und meinte es auch so.

Nachdem Krüger beteuert hatte, auch er sei urplötzlich besinnungslos geworden, dass er die meisten der Mitsegler kenne und von Blomann eingeladen worden sei, kam Parler zu seinem jüngsten Fall: »Sie sind vor dem Haus von Herrn Faber aufgetaucht, haben lautstark rumgepöbelt und ihn bedroht.«

»Wissen Sie, was der mit mir gemacht hat? Lächerlich gemacht, hat er mich, ohne Ende. Und dabei interessiert niemanden, was der da zusammenschmiert. Schauen Sie sich mal das Video von seiner Lesung in Rostock an. Tomaten und Bananenschalen haben sie auf ihn geworfen.«

Parler hatte davon gehört. »Warum eigentlich?«

»Weil niemanden interessiert, wie ein Autor auf zehn Seiten beschreibt, wie er sich die Schnürsenkel zubindet. Und das soll nun Literatur sein!«

»Ich glaube nicht, dass aufgrund dessen …«

»… und weil er ein arrogantes, dummes Nestbeschmutzerschwein ist, das seine ehemaligen Mitschüler in den Dreck zieht.«

»Ein Video existiert? Wer hat das aufgenommen?«

»Ich.«

»Wir brauchen die Aufnahmen.«

»Ich hab's ins Netz gestellt. Das war der Brüller.« Krüger zeigte ein breites Grinsen und entblößte eine gelbe Kauleiste. »Geben Sie einfach den Namen *Faber* auf YouTube ein, und Sie werden fündig. Irgendwann wird er auch drauf stoßen.«

»Sie wissen es noch nicht?! Faber ist ermordet worden. – Wo waren sie gestern Abend zwischen 21 und 0 Uhr?«

»Im Hecht.«

»Kann das jemand bezeugen?«, fragte Parler.

»Der Wirt. Rache ist nicht mein Stil. Rache bedeutet das Eingeständnis einer Kränkung. Euripides.«

»Seneca! Wann sind Sie gegangen?«

»Gegen halb eins.« Krüger bemühte Google. »Seneca. Verdammt! Sie haben recht. Hören Sie: Dass es mir leid tut, dass jemand dieser niederträchtigen Bildungsbürgerruine Faber den Hals umgedreht hat, kann ich nicht behaupten. Das gebe ich zu. Aber ich habe damit nichts zu tun.«

»Sie sagten, Faber wurde mit Tomaten beworfen. Kennen Sie die Leute?«

»Für 30 Silberlinge bin ich nicht zu haben. Aber es saßen ja nur drei drin im Saal. Das werden Sie schon rauskriegen.«

25 S51

Später fuhr Parler noch die etwa 30 Kilometer über Kröpelin nach Wustrow. Er genoss es, über Land zu fahren. In Rerik angekommen, stellte er seinen Wagen am Tor zur Halbinsel ab und lief bis zum Tatort, der bereits komplett von den Absperrungen geräumt war. Das Meer lag still und hatte sich einen halben Meter zurückgezogen.

Ganz vorn, am nassen, sandigen Saum, lag etwas Weißes, Kleines, das nicht zu den sonstigen Kieseln gehörte. Der Kommissar trat näher. Eine Einwegspritze aus Plastik. Die Spurensicherung hatte sie nicht gefunden, also musste die See sie erst kürzlich angespült haben. Gut möglich, dass sie jemand weggeworfen und während der Arbeit am Tatort im Wasser gelegen hatte. Da Parler keine Plastiktüte dabei hatte, wickelte er sie in ein Taschentuch und verstaute sie in der Tasche seines Parkas. Dann blickte er sich um. Was hatte sich hier abgespielt?

Er richtete seinen Blick gen Ostsee, stapfte ein paar Meter durch den groben Seesand, stapfte wieder zurück, zitierte die betrunkenen Vatertagsausflügler und hob imaginäre Humpen. Ein nicht eingeweihter Beobachter hätte gemutmaßt, dass es sich bei Parler um einen Verrückten handeln musste, aber der Ermittler stellte nur die Handlungen und Dialoge der Akteure nach, soweit er sie aus den Verhören kannte, um ein Gefühl für das Geschehen zu entwickeln. Wer war der Täter? Der bärtige, raue, umsichtige Kapitän Blomann, der Steiner kurz zuvor nachweislich das Leben gerettet und sein eigenes dabei aufs Spiel gesetzt hatte? Extrem unwahrscheinlich, im Affekt vielleicht, aber diese Tat war geplant. Der große, blonde Sonnyboy Borgward, Steiners ehemaliger Kumpel? Das kleine Zappelmännchen Klein? Oder der schwer gebeutelte, undurchschaubare Schmonzettenlieferant Krüger, bei dem zusammengewachsen war, was nicht zusammengehörte?

Das brachte Parler nicht weiter, und so lief er südwärts, kämpfte sich durchs Gestrüpp und war erstaunt, dass er das Ufer des Salzhaffs bereits nach einer Viertelstunde erreicht hatte. Ein Segler der Drachenklasse lief schmal und lang und spitz wie ein Speer ein paar hundert Meter südlich auf dem Haff nach Rerik. In der Ferne surrte der Motor einer kleinen Wochenendjacht. Der Täter konnte auch von dieser Seite gekommen sein. Das Haff wurde ständig befahren. Vielleicht hatte jemand hier zum Zeitpunkt der Tat ein Boot ankern sehen. Gehörte es einem Täter, dann musste es gemäß des Tatablaufs jemand gewesen sein, der Kenntnis davon hatte, dass Wustrow das Ziel der Himmelfahrtstouristen war. Für einen Täter von außerhalb der Gruppe sprach, dass es für einen Teilnehmer freilich 1000-mal klüger gewesen wäre, den Mord anderswo zu verüben. Durch die Tat während des Ausflugs gehörte er automatisch zum Kreis der Verdächtigen. Aber das alles hatte Parler schon vorher gewusst.

Ob die Fahrt hier heraus sich gelohnt hatte oder nicht, würde die Analyse der Spritze ergeben, resümierte er, der nicht bemerkte, wie es zu dämmern begonnen hatte. Die

Umrisse des »Drachen« verschmolzen geisterhaft mit dem Panorama. Plötzlich spürte Parler das Weichen des Lichtes so intensiv wie seit seiner Kindheit nicht mehr. Und dieser Übergang vom Tage zur Nacht, die schwindenden Konturen und das raumgreifende Dunkel mit seinen schwarzen Schatten und Erscheinungen an diesem Ort eines Verbrechens, verlieh ihm kurz das längst verloren geglaubte Gefühl des Wunders, wie er dies dunkle, große Erahnen eines allumfassenden Zusammenhanges immer genannt hatte. Es war dies sein persönlicher Mythos, ganz so, wie er es als Kind empfunden hatte, nur ein paar Kilometer von hier entfernt in Meschendorf, wo er aufgewachsen war. Damals, als die Kinder ihre Kindheit noch an der frischen Luft und nicht vor einem Monitor verbracht hatten.

Parler kehrte zum Wagen zurück und fuhr nach Bad Doberan, die alte Strecke über Westhof, Boldenshagen, Kröpelin und Reddelich, die er als Schüler so oft mit seinem Mockick S 51 zurückgelegt hatte und die es als befahrbaren Weg mindestens seit dem Dreißigjährigen Krieg gab.

26 »Blut und Boden«

Seit einer zweimonatigen Wildnistour in Kanada vor Jahren war es ihm nicht mehr möglich, dem Licht den Weg zu versperren, also seine Fenster mit Gardinen oder Vorhängen abzudecken, sodass nun der Vollmond groß und weiß in sein Wohnzimmer hineinschien. Parler füllte einen Humpen mit Bier und stellte ihn auf den Schreibtisch.

Innocenz wurde aufmerksam und flog johlend zum Humpen, setzte sich auf den Rand und tauchte das Köpfchen in den Schaum. »So, das reicht, mein Freund, sonst bist du am Ende noch hackedicht«, sagte der Kommissar und brachte den Vogel zum Käfig. Angesäuselt säuselte Innocenz unverständliches Zeug vor sich hin. Parler schloss die Tür des Käfigs und knipste die Leselampe an. Vor ihm lagen Fabers Notizbücher. *Bad-Doberan-Projekt* stand auf einem. Er blätterte darin. Eine Sammlung von Zitaten aus Büchern oder Zeitschriften, die der Autor jeweils kurz kommentiert hatte. Auf der ersten Seite hatte er in Stichpunkten aufgeschrieben, was er offenbar zu tun beabsichtigte:

- die Stadt meiner Ahnen; ein Denkmal will ich ihnen errichten

- ein epochaler Heimat-Roman über fast ein Jahrtausend hinweg

- in der Art von Micheners Romanen, nur besser soll es sein: große Literatur!

Ein *Friedrich Lisch* hatte geschrieben: *Die Doberaner Kirche ist wohl unstreithig die schönste im Lande Mecklenburg.*

Mögen andere Kirchen in den Ostseelanden auch ernster, oder größer oder schmuckreicher sein, die Doberaner Kirche im reinsten Spitzbogenstil übertrifft alle anderen an Schönheit der Formen, an fast unbegreiflicher Schlankheit und Kühnheit der Glieder; bei aller Harmonie und Würde des Ganzen. Staunend und bewundernd blickt das Auge nach allen Richtungen, und die Seele fühlt sich begeistert durch dieses Werk, welches ein Meisterwerk im Ziegelbau ist. Aber es ist nicht allein der Bau selbst, der entzückt, sondern auch die Einrichtung der Kirche ist so ausgezeichnet, daß es wohl wenige gibt, die ihr in dieser Hinsicht gleichzustellen wären.

Darunter Fabers Notizen:

- anhand des Münsters: Kultivierung des Landes, Zisterzienser, Flagellantismus, Reformation, Schließung des Klosters, 30-jähriger Krieg, Friedrich Franz …

- in die Fußstapfen des Juden Mendelssohn tretend, der hier fast 200 Jahre zuvor zum Sommernachtstraum inspiriert wurde, wandelte ich gestern auf dem Pfad entlang des Münsters, das so viel gesehen. Zeit, dies unfassbare Ding.

›… des Juden Mendelssohn!‹ Offenbarte sich hier ein ekelhafter antisemitischer Zug? In seinen Büchern hatte Faber das vermieden. Wer weiß, was da jetzt noch kommen würde.

Es ging weiter mit dem Treiben der höfischen Gesellschaft zuzeiten des Herzogs Friedrich Franz, eines typischen Barockmenschen: *Es ist die klare Anmut des Goethestils, die der kleinen Sommerresidenz ihren Rahmen schuf. Schlicht und kühl die Maße, ruhig abgewogen, zurückhaltend in ihren*

Ausdrucksformen, lichtfreudig mit einer spielenden Bewegtheit bei sparsamst verwandter Ornamentik. Schade, dass nicht alle Gebäude das zarte Silber des einfachen Kalkanstriches behalten haben. Was für ein Leuchten lag über dem grün gehegten Platz, wenn das strahlende Tagesgestirn hinter dem Quellholz untertauchte, die hohen Kronen der Bäume sich dunkler gegen den dämmernden Seidenglanz des Himmels abhoben, und nun alles Licht von den graziösen Bauten auszuströmen schien. Lustig und leicht beschwingt lief das Leben dahin, anmutig umkränzt von der Kunst, die in Schauspiel und Musik hier gepflegt wurde … Draußen am Strand hielten Badeschaluppen, warteten die Badekarren auf die Besucher, und wen es gelüstete, konnte in dem alten Badehaus auch warme Seebäder nehmen. Mittags ging es zurück. Auf dem Kamp spielte die Badekapelle, im Logierhaus fand man sich in zwanglosen Gruppen zum Mittagsmahl zusammen, bei dem der Herzog präsidierte. Lustpartien nach Althof, Warnemünde und in die nähere Umgegend füllten die Nachmittage aus, Bälle und Feuerwerke die Abende.

- penetrante Idealisierung, ganz so, wie sich klein Fritzchen die gute alte Zeit vorstellt

- Privileg der 1%. Adel. Der Gemeine musste ackern und darben, das vergisst der Gute an dieser Stelle; deplatzierter stilistischer Schwung

Wo Faber recht hatte, hatte er recht, dachte Parler.

- erst 1820 Aufhebung der Leibeigenschaft in Mecklenburg auf Druck von außen (»… die Wohnung des mecklenburgischen Edelmannes, der seine Bauern legt, statt ihren Zustand

zu verbessern, kommt mir vor wie die Höhle eines Raubtieres, das alles um sich verödet und sich mit der Stille des Grabes umgibt.« Freiherr von Stein) Aus dem Gedächtnis zitiert, jedes Wort korrekt, wer ist genial, wenn nicht ich?

- erst der Nationalsozialismus bot dem Adelsspuk paroli

»Oho, daher weht der Wind«, murmelte Parler. Abgesehen von der historischen Unwahrheit, denn die Reichen blieben im Dritten Reich reich und der Adel blieb der Adel, wenn auch von Hitler und den Nazis misstrauisch beäugt: Hier taten sich Abgründe auf. Der Hang zu »Blut und Boden« war Parler schon in einem Frühwerk Fabers aufgefallen, doch offenbar ging das noch sehr viel weiter …

Über das sommerliche Treiben in Doberan zu jenen Tagen:

Doch zurück zu jenen schönen Wucherinnen mit ihrem Pfunde, die sich zu Doberan und dessen reizender Umgebung reichlich genug aus den verschiedensten Gegenden Deutschlands zu jeder Tageszeit auf allen Plätzen zeigen und ihr bona officia mit unbegrenzter Guthmütigkeit anbieten. Ihnen gesellen sich an Sonntagen noch scharenweise von Rostock her ebenso guthmütige Seelchen, die in der Regel äußerst ramponiert am Tage darauf mit reicher Beute beladen in ihre Standquartiere zurückkehren und dort ihre Industrie fortsetzen …

- unbekannter Verfasser, ein Kapitel wert, Hochkonjunktur des horizontalen Gewerbes in jenen Tagen.

- dem Mohren sind die Damen nicht abhold, man betrachte sich die Physiognomien des einen oder anderen Balges im Städtchen.

- Auf einem Obelisken in der Klostermauer:
»Friedrich Ludwig Carl Ulrich Caesar
Aus St. Croix
Starb den 30. August 1805
Ein schöner Moor
und treuer Diener«

- Obelisk leider nicht mehr da, dafür vierzig andere restaurierte Gräber

- daraus ließe sich was machen, von wegen wir Deutschen seien Rassisten, Obelisk für einen Neger! :-)

Parler schloss das Notizbuch, zündete eine Kerze an, öffnete das Fenster zum Stoßlüften, genoss das Flackern und anschließende Wabern der Flamme. Er goss sich den Rest des Starkbieres in den Humpen und starrte in den Feierschein. »Unglaublich!«, stieß er hervor und schüttelte den Kopf. Abgründe! Gab es das? »Blut und Boden« war eine Sache, aber Faber entpuppte sich klar als Rassist. Mit offensichtlicher Sympathie für das Dritte Reich. Und verfiel in den Humor eines zwölfjährigen Kindes. Lachte auch noch über diesen Mist. Wo er doch sonst gar keinen Humor besaß. Erst jetzt fiel Parler auf, dass ihm nie das Herz aufgegangen war bei der Lektüre von Fabers Werken. Knochenernst wie einst Hermann Hesse. Nur hatte es nicht auch nur einen Bruchteil von dessen Qualität, Herzenswärme und heiterer Gelassenheit. Und die flunderplatten Stichpunkte! War das derselbe Faber, der »Der Schlüssel« geschrieben hatte?

27 Lebenselixier

Kerstin liebte es, den Konferenzraum zu nutzen, obwohl es im Grunde nicht nötig war. Sie wollte den Treffen wohl einen Hauch von Bedeutung verleihen, vermutete Parler. Das Team hatte sich komplett um Pummels Laptop versammelt und wartete gespannt darauf, dass sie die Aufzeichnung starten würde.

Parlers Blick fiel auf eine Stubenfliege, die sich auf dem Gehäuse einer Neonröhre niedergelassen hatte und sich die Vordergliedmaßen rieb, als verfolge sie einen teuflischen Plan, der bald aufgehen würde. Flog der Laptop in die Luft, wenn Pummel den Startknopf drückte? Musca domestica, eine Überlebenskünstlerin. Die Art war schon fast verschwunden in diesen Breiten und dieser Höhe, aber im Gegensatz zum alarmierenden Trend des sonstigen Insektenartenschwunds war sie wieder aufgetaucht.

»Der Vortrag von Faber in Rostock«, erläuterte Pummel und startete den Clip.

Der Laptop flog nicht in die Luft, die Fliege hörte auf, sich die Hände zu reiben, und Parler wandte sich dem Monitor zu, auf dem jetzt der Lesesaal einer Bibliothek erschien: Faber saß an einem rustikalen Schreibtisch, trug einen eleganten Zweireiher und las aus einem Buch vor. Vor ihm stand ein Glas Rotwein. »›In vino veritas‹, sagten die alten Römer, und wahrlich, Goethe hielt sich an diese Formel«, sagte Faber, hob das Glas in Richtung eines Mädchens, das in der ersten Reihe saß, und nahm einen Schluck.

Sie lächelte verzückt, und Faber deklamierte: »›Ein Mädchen und ein Gläschen Wein,/kurieren alle Not,/und wer nicht trinkt/und wer nicht küßt,/der ist so gut wie tot!‹ Nun, wie für viele Poeten war auch für Goethe der edle Rebensaft Treibstoff, Lebenselixier und Inspiration zugleich. Am 25. Januar 1781 schrieb er in einem Brief: ›Gestern Abend habe ich eine Flasche Champagner ausgetrunken und der Literatur aufgeholfen.‹« Beifälliges Raunen. Das Publikum bestand nur aus etwa 20 Personen, die fast alle in den vorderen Reihen saßen. Es waren zumeist Damen und Herren mittleren bis gesetzteren Alters, bis auf das Mädchen, das Faber zu kennen schien, denn sie zwinkerte ihm immer mal wieder vertraulich zu. Dahinter fanden sich viele unbesetzte Stühle. Ganz hinten, in der letzten Reihe, lümmelten drei schwarz gekleidete Jugendliche mit bunten Haaren. Das Video zeigte einen Ort gediegener, geistiger Atmosphäre, an dem man gerne verweilen mochte. Doch plötzlich flog eine Tomate in Richtung Faber. Sie verfehlte ihn nur knapp. Ein Startschuss, denn ein Regen aus Tomaten, Eiern und Bananenschalen ging nun auf den Autor nieder. Faber sprang von seinem Schreibtisch auf, kam herum und stoppte. Die Jugendlichen strebten behände dem Ausgang zu und verschwanden. Ein Mann in der zweiten Reihe, ein Fünfziger mit Bürstenschnitt, schmetterte Faber ein »Arschloch!« entgegen, stand auf und ging ebenfalls. Faber kehrte an seinen Platz zurück, klappte das Buch zu und rief: »Der Vortrag war für eine Stunde veranschlagt. Die jungen Damen und Herren auf den billigen Plätzen hinten wollten mich wohl nur daran erinnern, dass ich bereits überzogen habe. Parbleu! Ich danke dem geneigten Publikum. Und nicht ohne einen Hauch von Selbstironie schließe ich mit den berühmten Worten Brechts, die weiland Großkritiker Reich-Ranicki für seine widerlichen Verrisse vor einem Millionenpublikum im Fernsehen nutzte: ›Wir stehen selbst enttäuscht und sehn betroffen/Den Vorhang zu und alle Fragen offen.‹« Und er verbeugte sich und ging nach hinten. Ein junger, elegant gekleideter, farbiger Mann folgte ihm und passte ihn an der Tür zu einem Nebenraum ab. Faber machte eine wegwerfende Handbewegung, verschwand im Hinterraum und schloss die Tür, doch der dunkelhäutige junge Mann riss sie wieder auf und ging hinterher. Man konnte sehen, dass sie kurz stritten, dann ging Faber ab, verschwand aus dem Blickfeld und der junge Mann kehrte in den Vortragsraum zurück. Abbruch.

Pummel drückte die Stopptaste. »Wisst ihr, warum so wenig Leute bei der Lesung waren? Ich meine, es war ja keine Lesung, sondern ein Vortrag über Goethes Lyrik«, sagte sie, schaute in die Runde und lieferte die Antwort hinterher: »Es gab einen Boykottaufruf, direkt vor der Bibliothek, als die Leser sie betreten wollten. Eine fingierte telefonische Absage an die Lokalzeitung und ein paar überklebte Plakate.«

»Ohne dich wäre das Leben ein Irrtum«, sagte Parler und verformte seine Lippen zu einem Kussmund.

»Das will ich auch hoffen«, antwortete Pummel. »Die Bibliothekarin kennt einen der Störer, es ist der Sohn eines

Taxifahrers in Bad Doberan. Der Taxifahrer war ebenfalls im Saal. Und ich habe noch mehr: Die Nachbarin von Gegenüber ist sehr neugierig und hat alles gefilmt, was vor Fabers Haus so abging. Leider ohne Ton.« Daraufhin startete sie den Clip.

Am helllichten Tage torkelte ein kompakter Mann mit kurzen Beinen auf der Straße vor Fabers Haus. Rüttelte am Zaun. Drehte sich zur Kamera hin. Brabbelte mit hasserfülltem Gesicht etwas vor sich hin. Drehte sich wieder zum Gartenzaun hin und brüllte weiter.

»Krüger!«, rief Parler, noch bevor der Clip endete.

»Ich weiß«, sagte Kerstin.

»Kaum zu glauben, dass dieser Mann so schöne Liros schreibt«, bemerkte Pummel.

»Weiter geht's, der nächste Faberfreund.« Ein weiterer Mausklick war zu hören.

Da drückte sich jemand vor Fabers Grundstück herum und hob sich nur schwach vom Hintergrund ab, es dämmerte schon, aber es war ein großer, schwerer Mann in Bomberjacke und Jeans dessen Gesicht nicht erkennbar war. Er schien unentschlossen, dann aber klingelte er bei Faber. Als niemand reagierte, schüttelte er ebenfalls mit beiden Pranken das Gartentor. Er wollte offenbar unbedingt rein. Auch er brüllte etwas. Wutentbrannt. Puterrot im Gesicht.

»Bomberjacke. Schnürstiefel. Vielleicht sollten wir mal in der rechten Szene suchen«, sagte Parler.

»Wäre möglich«, antwortete Pummel. »Wenn, dann richtiger Hardcoreproll. Die Intelligenteren hängen heutzutage nicht mehr in diesen potthässlichen Klamotten ab. Die Jungs machen mittlerweile wieder mehr auf bürgerlich.«

»Die Haushälterin sprach von einem großen, bulligen Mann, der Faber beschuldigte, etwas mit seiner Tochter zu haben«, sagte Kerstin.

»Das könnte er sein. Haben wir ein Handy von Faber gefunden?«

»Nein, das wurde vermutlich ebenfalls gestohlen«, entgegnete Tom.

Kerstin, die zuvor beantragt hatte, sämtliche Telefone der Himmelfahrtsteilnehmer zu überwachen, sagte: »Festanschluss überprüfen! Sämtliche Mobilfunkanbieter kontaktieren, Verbindungsnachweise! Die Tochter. Das müsste rauszukriegen sein.«

28 Atombombe

Kurz darauf erhielt Parler den Namen und das Fahrzeugkennzeichen des Bad Doberaner Taxifahrers. Er kontaktierte die Ehefrau, die ihm erzählte, dass ihr Mann in Kürze einen Fahrgast zur Bahn bringen werde. Also fuhr Parler zum Bahnhof und wartete.

Kurz darauf fuhr der Daimler vor, der Fahrgast stieg aus, Parler stieg ein. »Kripo Rostock«, und hielt ihm seinen Dienstausweis vor die Nase.

Die Überraschung stand dem Mann, einem Fünfziger mit Bürstenhaarschnitt, ins Gesicht geschrieben. Er trommelte mit den Fingern auf dem Lenkrad herum.

»Herr Müller, Sie haben bei der Lesung Maximilian Fabers gestört und Ihr Sohn hat Bananenschalen geworfen. Sie brauchen nichts zu leugnen, wir haben es auf Video. Warum?«

»Ähm … ähm«, druckste der Bürstenschnitt. Sein Gesicht nahm die Farbe des knallroten Stoffteufels an, der vor der Windschutzscheibe baumelte. »Das werde ich Ihnen sagen: Weil er ein arroganter Drecksack ist. Ein mieses, niederträchtiges kleines Arschloch.«

»Warum?«

»Lesen Sie seine Schwarte, seine Autobiografie. Einmal das Maul aufgemacht, schon zweimal gelogen.«

»Und deswegen fahren Sie extra nach Rostock? Warum haben Sie ihm hier nicht aufgelauert und eine kleine Abreibung verpasst«, hörte sich Parler plötzlich sagen. Er erschrak.

»Na, Sie sind gut.« Der Bürstenschnitt warf ihm einen Blick zu, als fordere der Kommissar ihn auf, eine Atombombe zu zünden. »Sie kennen Faber nicht.«

»Das war jetzt freilich nicht ernst gemeint«, sagte Parler. »Wer sind die anderen Störer?«

»Der eine ist mein Sohn, und der andere ein Kumpel meines Sohnes. Nehme ich auf meine Kappe. Hab gesagt, sie sollen das ruhig machen. Anzeige hat er nicht gemacht. Kann er ja nun auch nicht mehr.« Und er verfiel in ein meckerndes Gelächter.

»Wo waren Sie gestern Abend?«, fragte Parler.

»Auf meiner Frau!«

Parler bleckte sich die Lippen. Der Bürstenschnitt war ein halbes Jahrhundert alt und kam mit dem Spruch eines notgeilen Grünschnabels. »Gut, das war's erst mal.« Parler stieg aus und warf die Tür hinter sich zu.

Plötzlich flog die Fahrertür auf, Müller zwängte sich aus dem Wagen und erhob sich zu voller Körperlänge: »›Erbsenförmiges Hirnäquivalent‹ und ›unförmiger Schwabbel‹ hat er mich genannt. Schauen Sie mich an: kein Gramm zu viel!«

29 Sid Vicious

Am Abend machte Parler es sich gemütlich und goss eine Flasche Rostocker Pils in seinen Humpen. Vor ihm lag ein Interview mit Faber, das er im Netz gefunden und ausgedruckt hatte.

Ingrid Röder: *Herr Faber, der Kritiker Rudolf Gossmann vom Kölner Kurier bezeichnete Ihren ersten Roman, den sie während Ihres Medizinstudiums schrieben und der seinerzeit eine Kontroverse über die Grenzen und das mögliche Verbot ausführlicher Gewaltdarstellungen entfachte, als ›Unterschichtenkasperletheater‹. Und, ich zitiere: ›Faber hat seine Zukunft als Autor bereits hinter sich, denn er ist nicht übermäßig talentiert, sein Themenspektrum gering und nicht sonderlich verkaufsträchtig. Fabers Stil und Diktion ist das Gegenteil seiner Physiognomie: denn Faber ist, wenn schon nicht stattlich, dann wenigstens attraktiv.‹*

Maximilian Faber: *So ein Vollkoffer! Ich war 27, als ich es schrieb. Nun, dazu folgendes: Es war der Nobelpreisträger Harold Pinter, der da sagte, dass Kritiker Leute seien, die Henker werden wollten, ihren Beruf aber knapp verfehlt hätten. Nietzsche schrieb: ›Die Insekten stechen nicht aus Bosheit, sondern weil sie auch leben wollen: Ebenso unsere Kritiker; sie wollen unser Blut, nicht unseren Schmerz.‹ Was Gossmann betrifft: Vor vielen Jahren las ich die Autobiografie des bekannten amerikanischen Drehbuchautors Paul Wilson. Unvergesslich die Stelle, als er auf den famosen schwedischen Regisseur Ingmar Bergman zu sprechen kam. Es war eine Laudatio von bei-*

nahe poetischer Kraft. Wie sehr er Bergman bewundere! Dass Bergman in seinen Filmen die ganze Spannbreite menschlicher Gefühlszustände auf höchst subtile Weise auslote, Bergmanns Stil, seine Filigrantechnik, seine feine geistige Sensibilität. Aber wissen Sie, liebe Frau Röder, warum Wilson unseren guten alten Ingmar Bergman am meisten bewunderte?«

Ingrid Röder: *Nein.*

Maximilian Faber: *Um einer kleinen Begebenheit auf einer Theaterprobe wegen. Ein Eunuche tauchte plötzlich im Theater auf.*

Ingrid Röder: *Ein Eunuche?*

Maximilian Faber: *Ein Kritiker. Impotent. Selbst nicht in der Lage etwas zu schreiben. Also dieser Eunuche, der Wochen zuvor Bergmans neuesten Film verrissen hatte, betrat das Theater. Bergman sprang von der Bühne …*

Ingrid Röder: *Und?*

Maximilian Faber: *… und verpasste dem Kritiker einen gehörigen Fausthieb ins Gesicht!*

Ingrid Röder: *Herr Faber, ich würde Ihnen gern noch eine Frage stellen zu …*

Maximilian Faber: *Augenblick, Frau Röder, ich bin noch nicht fertig! Denn es gilt ja auch noch eine Maxime zu formulieren, gemäß des Kant'schen Kategorischen Imperativs, der da besagt: Handle so, dass die Maxime deines Willens jederzeit als Prinzip einer allgemeinen Gesetzmäßigkeit gelten könnte, und zwar in unserem Falle aus der Bemerkung Nietzsches einerseits und dem praktischen Handeln Bergmans andererseits. Die Maxime heißt: Wehre dich mit allen Mitteln! Wie-*

wohl ich kein Metöke bin, scheidet die Inanspruchnahme der Justiz in diesem Fall aus. Wie also soll ich's der von Ihnen zitierten desolaten Kritikerruine, die den schönen bürgerlichen deutschen Namen Rudolf Gossmann missbraucht, heimzahlen. Denn er verdient, um mich im Jargon eines Altphilologen aus den wilden Jahren des deutschen Bildungsbürgertums zu artikulieren, ›nicht meine misericordia, sondern meine vituperatio‹. Und ich zitiere, was einst Sid Vicious von den Sex Pistols über Mick Jagger von den Rolling Stones sagte: ›Wenn der mir mal über den Weg läuft, dann haue ich ihm eins auf die Fresse!‹ Wahrscheinlich sollte ich Gossmann einen Besuch abstatten. Nicht zuletzt dürfte eine kleine, beherzte physische Reaktion – boulevardpublizistisch aufbereitet – auch die Verkaufszahlen meines neuen Buches beträchtlich erhöhen. Eine alte journalistische Weisheit besagt: Even bad news are good news. Und Oskar Wilde schrieb einmal: ›Besser totgeredet als totgeschwiegen.‹ Wo wohnt denn dieser Gossmann?«

Innocenz flog auf den Tisch, landete auf Fabers Interview, sträubte die Kopffedern ein wenig, hob und senkte das Köpfchen, während er unverständliches Zeug brabbelte.

»Schon klar, Dicker«, rief Parler, »ein unangenehmer Zeitgenosse war dieser Faber. Reicht für heute mit dem Kerl.« Der Kommissar glitt mit dem Zeigefinger unter die seitlichen Kopffedern und streichelte den Unterkiefer des Vogels.

Wohlig gurrte Innocenz und verharrte regungslos.

30 Altar

Ein Anruf bei Krüger und die Mordkommission wusste um die Identität des jungen Mannes, der im Video Maximilian Faber gefolgt war. Mario Lattner war in Bad Doberan aufgewachsen und wohnte nun in Rostock, wo er als Immobilienmakler tätig war. Nach Rücksprache mit ihm führte die Sekretärin Parler in dessen Büro. Er selbst komme in wenigen Minuten nach. Offenbar war Lattner recht erfolgreich in seinem Maklergeschäft. Vom Fenster aus hatte man hier einen überwältigenden Blick auf den Hafen und das kühle, steril wirkende Büro, eine riesige Voliere aus Glas und Metall, deuteten darauf hin. Kühl? Ein Umstand führte den ersten Eindruck Parlers ad absurdum und schien ihm so fehlplatziert wie der Aufenthalt des Papstes in einem Hafenbordell: ein gülden gerahmtes Foto, das von zwei Kerzen flankiert wurde. Parler nutzte die Abwesenheit Lattners, um schnell hinter den Schreibtisch zu treten und das Konterfei einer hübschen Blondine mit Pagenschnitt zu betrachten. Just in diesem Moment trat Lattner ein und Parler erklärte reumütig: »Sorry! Die Kerzen. Beinahe ein Altar. Da war ich neugierig.«

Vor ihm stand ein mittelgroßer, kräftiger Mann, Ende zwanzig im blauen, maßgeschneiderten Anzug. Äußerst elegant. Ein 500-Euro-Anzug. Warum legten die Afrikaner so viel Wert auf gute Kleidung, fragte sich Parler. Das war ihm schon in Kenia aufgefallen. Und wenn sie null und nichts besaßen und nicht wussten, woher sie die nächste

Mahlzeit nehmen sollten, immer trugen sie ein sauberes, leuchtendes, schönes T-Shirt. Wollten sie damit einen scheinbaren Makel kaschieren?! Parler spürte, dass sein Gedanke selbst einer rassistischen Attitüde entsprang, sogar er war nicht ganz frei davon. Und natürlich war Lattner kein Afrikaner, sondern ein schwarzer Deutscher, und Parler ging mit sich selbst kurz, aber hart ins Gericht, dass er, der über einen ausgeprägten Gerechtigkeitssinn verfügte und sich über primitive rassistische Vorurteile erhaben glaubte, für einen Moment in antiquierte Stereotype verfiel, und ein Gefühl der Scham trieb ihm jetzt winzige Schweißperlen auf die Stirn.

»Ich warte?«, sagte Lattner. »Sie …« Er betonte das Wort eindringlich und wiederholte es noch einmal: »Sie wollen doch etwas von mir.«

Parler warf noch einen Blick auf das Konterfei der blonden Schönheit auf dem Schreibtisch.

Lattner steckte sich eine Zigarette an und hauchte einen blauen Ring in die Luft. »Das war meine Mutter. Sie ist vor einem Jahr an Krebs gestorben.«

»Das tut mir leid«, sagte Parler, dem jeder Mensch leid tat, der an dieser teuflischen Krankheit zugrunde ging.

Und in plötzlichem Crescendo rief Lattner: »Und bevor Sie jetzt die dumme Frage stellen: Mein Vater ist Angolaner. Er hat zu DDR-Zeiten hier studiert.«

»Lebt er …?«

»In Angola. Nie gesehen. Weiß nicht mal, ob er noch lebt.«

»Das ist schade.«

»Nicht wirklich. Ein Arschloch, das eine Frau schwängert und sie dann im Stich lässt, möchte ich nicht kennenlernen.«

»Sie haben sich mit Maximilian Faber bei dessen Lesung hier in Rostock gestritten. Worum ging es?«, fragte Parler.

Lattner blickte erstaunt auf und überlegte kurz. »Um sein Haus. Er hat meine Provision noch nicht vollständig bezahlt.«

»Kannten Sie Faber schon vorher?«

»Meine Mutter kannte ihn. Er war vor 1000 Jahren Trainer der Volleyball-Jugendmannschaft am Gymnasium in Bad Doberan. Meine Mutter war DDR-Meisterin. Darum wandte er sich auch an mich, als er wieder an die Küste ziehen wollte.«

»Wo waren Sie am Montagabend?«

»Zu Hause. Warum?« Lattner räusperte sich. »Ich habe davon gehört. Glauben Sie … absurd! Wegen einer Provision? Ihr seid schon lustig drauf. Und bevor jetzt kommt: ›Kann das jemand bestätigen?‹ Nur so viel: Ich war in bester Gesellschaft.«

»Die da wäre?«

»Meiner eigenen.«

31 Knurrhahn

Die gelbe Sonne stand am Himmel, ein freundliches Lüftchen wehte und das Meer lag glatt und klar. Knut Weber, 81, eingeborener Kühlungsborner in Top-Form, den viele mindestens zwanzig Jahre jünger schätzten, hatte nie verstehen können, warum die meisten Menschen, sowohl Einheimische als auch Touristen, im Meer lediglich schwammen, planschten und sich auf Luftmatratzen treiben ließen, paddelten oder segelten, warum sie von großen Steinen sprangen, sich gegenseitig bespritzten oder mit Ohrenquallen bewarfen, während sich direkt unter ihnen eine wunderbar andere Umgebung auftat. Es bedurfte nur einer Taucherbrille und eines Schnorchels, und schon konnte man hineinschauen in diese geheimnisvolle Unterwasserwelt. Und gerade hier in der westlichen Ostsee, wo das Meer klar und salzhaltig war, lohnte sich ein Tauchgang. In glücklichen Kindheits- und Jugendtagen hatte Knut Weber sich die Ostsee von Rerik bis Kühlungsborn betaucht, bis die DDR-Grenzer auch das verboten hatten. Keine Sandbank, kein größerer Findling im Wasser, den er nicht kannte. Dann hatten ihn sein Beruf und die Liebe fort von der Wasserkante geführt, doch er kehrte schließlich wieder zurück und fand die alten Stellen verwaist vor. Strandkrabbe, Scholle, Flunder, Aalquappe, Knurrhahn – wo waren sie geblieben? Miesmuscheln, Seesterne, Blasentang, Seegras – nur Reste und Rudimente. Wo waren sie hin? Wie hatte das Meer gelitten! Und nachdem Weber im Roten Meer, in der Karibik und am Great Barrier Reef getaucht war, nannte er die Ostsee nur noch: das tote Meer. Es war natürlich nicht so tot wie das Tote Meer zwischen Israel und Jordanien, das nicht ganz tot war und immerhin aerobe Bakterien und ein paar Pflanzen beherbergte, aber die Ostsee schien ihm doch beinahe so tot wie das Tote Meer. Er wusste, dass er der Ostsee, der Heißgeliebten, schwer Unrecht tat, aber die Enttäuschung in den Neunzigerjahren war zu groß gewesen. Nun, in seinen Achtzigern, kehrte Weber abermals zurück. Nicht nur der Mensch war schuld am Siechen der Ostsee, auch der fehlende Einstrom nähr- und sauerstoffreichen Salzwassers aus der Nordsee vergrößerte die Todeszonen, deren es weiter im Osten mehrere gab. Aber im Jahre 2014 sollte sich alles ändern. Ein Jahrhundertereignis. Salzwasser mit vier Gigatonnen Salz strömte in das Binnenmeer, mehr als in den gesamten 60 Jahren zuvor. Und ein Jahr später erneut ein gewaltiger Zustrom. Auch strengere Umweltschutzbestimmungen ließen hoffen. So zog Weber sich jetzt die Flossen an, spuckte in seine Taucherbrille, verrieb den enzymhaltigen Saft, spülte kurz nach und richtete sie vor Augen und Nase zurecht. Er spürte, wie sein Herz klopfte. Angesichts der großen, herrlichen Riffe in den Weltmeeren, diesen geheimnisvollen Orten pulsierenden Lebens, hatte es nie so laut gegen die Brustwände gehämmert, obwohl sie wild und gefährlich und traumhaft schön waren in ihrer grandiosen Sinfonie aus Myriaden Farben und Formen ihrer Bewohner, aber dies hier, jetzt im 16 Grad kalten Wasser, war eine Begegnung mit sich selbst, mit seiner Kindheit und seiner Jugend, und sein ganzes Herz hing an dieser kargen Komposition aus matten gelben, grauen, braunen und grünen Farbtönen.

Weber ließ sich fallen und tat einen ersten Blick hinein in diese altbekannte, ewig geheimnisvolle, zumeist stumme Welt. Ein Bett faustgroßer, glattpolierter Steine ganz dicht am Ufer. Es folgte ein Rasen aus Seegras, und je weiter er sich vom Ufer entfernte, desto öfter tauchten miesmuschelbewachsene größerer Findlinge auf. Nach ein paar Minuten entdeckte er die erste Strandkrabbe, kurz darauf die zweite. Sie waren also wieder in größeren Zahlen da, die Jungs. So ganz weg waren sie nie gewesen. Weber tauchte runter und hielt einer großen Krabbe die flache Hand entgegen. Drohend spreizte sie ihre Scheren. Dass auch er als Junge die Tiere gefangen, präpariert und an Touristen verkauft hatte, das hatte er sich erst spät verziehen. Auf der Sandbank, die Weber nun passierte, kam ein Schwarm silberner Tobiasfische aus dem Blau, vollführte synchron ein Wendemanöver und schoss querab an ihm vorbei. Ein gutes Zeichen. Doch nachdem er eine halbe Stunde an der Küste entlang getaucht war, wich die Hoffnung, es habe sich viel gebessert. Aalquappe, Aal, Flunder, Dorsch, der allerdings erst im September an die Küste kam, keine Großen des sanften Meeres waren zu sehen. Doch just als er resignierte, schoss ein Schwarm Hornhechte wie Pfeile an ihm vorbei.

Weber schwamm schon eine halbe Stunde in der Ostsee und hob nun den Kopf aus dem Wasser, um sich zu orientieren. Er war jetzt exakt in der Mitte zwischen dem

Elefantenstein, einem gewaltigen Findling an Land, und dem Meschendorfer Zeltplatz. Hier lagerten direkt in Ufernähe gewaltige Steinbrocken. Also schwamm er auf das Land zu. Früher standen zwischen den Findlingen Blasentangfelder, in denen sich Aale tummelten, doch vermutlich war das längst Geschichte. Plötzlich verengten sich Webers Pupillen, das Nebennierenmark schüttete Adrenalin aus. Ein rötlich schimmernder Gegenstand lag wenige Meter vor ihm zwischen zwei schwarzen Steinriesen. ›Was ist das?‹, fragte er sich. ›Ein Schatz? Vorn am Ufer?‹ Mit schnellem Flossenschlag näherte er sich. ›Eine Skulptur?‹ Ja, war denn das die Möglichkeit? Eine Büste, keine zwanzig Meter vom Strand entfernt. Und als er sie aufhob, entdeckte er einen Laptop darunter. Einige Meter entfernt: ein Gemälde. Knallchargen! Flachzangen! Ignoranten! Verbrecher! Lagerten ihren Privatmüll schon direkt in der Ostsee.

32 Marienbader Elegien

Nach zwei Tagen im Meerwasser landete Fabers Laptop nun im Sondermüll, aber ein Teil der Festplatte hatte das Desaster überstanden. »Da haben wir verdammtes Glück gehabt«, sagte Kerstin. »Und: Wir haben die Tatwaffe.«

»Die Goethebüste?«, fragte Parler.

»Wozu die alten Klassiker doch gut sind.« Kerstin zwinkerte ihm zu. »Eines dürfte jetzt klar sein, liebe Leute: Wer sein Diebesgut einfach in die Ostsee wirft …«

»… muss ein Hirnrissblindoid der Superlative sein«, ergänzte Parler.

»Vielleicht war er zugedröhnt«, rief Pummel und nestelte am Reißverschluss ihres weinroten Kapuzenshirts. »So dämlich kann man ja eigentlich nicht sein. In Ufernähe. Vergraben! Und gut ist. Das ist doch klar, dass es vorn im Wasser schnell gefunden wird.«

»Allerdings« erwiderte Parler. »Aber wer den Fundort kennt, der weiß, dass dort direkt in Ufernähe riesige Klamotten liegen ohne Ende. Du kommst zum Baden kaum ins Wasser. Ich weiß nicht, wie es heutzutage ist, aber früher war das ein Garant für eine menschenfreie Badezone. Eine letzte, kleine Bastion der Ruhe. Da geht niemand ins Wasser. Geheimtipp für Leute, die Einsamkeit suchen. Kaum Sand, aber dafür Steine, Steine, Steine. Ebenso schon vorn im Wasser. Also nur ein kurzes Stück Küste etwa 500 Meter östlich des Elefantensteins.«

»Elefantenstein?«

»Riesiger Findling am Strand, wenn er mittlerweile nicht vollständig eingesackt sein sollte. Wenn also da ein Laptop zwischen den großen Klamotten vorn am Ufer liegt, kann der da 100 Jahre liegen, ohne entdeckt zu werden.«

»Es waren ganze zwei Tage«, sagte Kerstin. »Du solltest deine Theorie noch einmal überdenken.«

Tom grinste. »Noch ein paar Stunden und die Festplatte wäre komplett im Eimer gewesen.«

»Deine Schwärmerei in Ehren, Alex«, meinte Pummel. »Aber das ist schon lange kein Geheimtipp mehr. Wir haben letztes Jahr in Meschendorf gezeltet. Ich bin oft die Strecke nach Rerik zu Fuß am Strand entlang. Dicht an dicht. Mensch an Mensch.«

»Yep«, sagte Tom.

»Sag mal, muss das ständige yep, cool, shit, aye aye sein? Four-letter-words. Wir sind hier doch nicht in der Bronx«, sagte Kerstin, und ihre Stimme schwoll gefährlich an.

»Okay«, erwiderte Tom.

»Danke, Kerstin«, sagte Parler. »Ging mir auch schon lange auf den Zeiger. Aber nachher heißt es: Der Grufti is' out of time oder so. Für jedes flapsige Neudeutsch einen Euro in die Kaffeekasse!«

»Kommen wir mal wieder zu unserem Fall.« Kerstin hatte den Laptopinhalt persönlich ausgewertet. »Wer sein Diebesgut entsorgt, hat einen Raubüberfall nur vorgetäuscht. Es ist also eine Beziehungstat. Etwas Persönliches. Und zwischen jeder Menge Gesäusel und Liebesgeflüster literarischer Groupies sticht heraus, was diese junge Dame hier an

Faber schreibt: *Das wäre doch nichts Besonderes, Maxi. Simone Rethel und Johannes Heesters. Er war 108, sie 62. Sechsundvierzig Jahre. Bei uns sind es nur 33. Ich liebe dich, und ich kann ohne dich nicht sein.* Und Faber schreibt zurück: *Der 74-jährige Goethe verliebte sich in die 19-jährige Ulrike von Levetzow. Sie wies ihn ab, aber immerhin inspirierte sie ihn zu den Marienbader Elegien. Nun denn! Du kannst vorbeikommen, Janine. Wir können uns unterhalten, mehr aber nicht!*« Das könnte die Tochter des Kolosses sein, der da vor Fabers Haus rumgebrüllt hat. Es handelt sich um Janine Küchenmeister, wohnhaft am August-Bebel-Platz. Süße 17. Willst du, Alex?«

Parler nickte.

»Ich komme mit«, rief Kerstin.

33 Bud Spencer

Eine Stunde nach dem Briefing im Konferenzraum standen Parler und Kerstin in Kühlungsborn West vor einem dreistöckigen Wohnblock. Nicht mehr taufrisch, aus den Siebzigern, aber frisch saniert und hellgelb gestrichen.

Im Flur der dritten Etage des Gebäudes waberte Knoblauchgeruch. Die beiden Polizisten warteten vor der Wohnung Küchenmeister und horchten, denn laute, erregte Stimmen drangen durch die Tür bis in den Hausflur hinein. Kakophonie aus Türenschlagen, Knoten-Bässen und Gekreisch. »Wo willst du hin? Das Mittagessen ist fertig«, rief eine Frau. »Mir ist der Hunger vergangen«, keifte eine trotzige Mädchenstimme. »Und so was ist meine Mutter.« – »Aber Schatz!« – »Nenne mich nie wieder so!«, rief das Mädchen. »Wie konntest du das tun? Ich hasse dich!« – Sie näherten sich, waren jetzt schon auf dem Flur der Wohnung. »Das stimmt nicht, Schatz, das ist Blödsinn.« – »Ich hab's doch schwarz auf weiß«, beharrte das Mädchen. – »Ich weiß nicht, wie die darauf kommen, aber das ist Quatsch, Unsinn, dummes Zeug!« – »Das ist doch keine Pommesbude.« – »Vielleicht doch.« – »Du Nutte!«, rief das Mädchen. – »Wie kannst du es wagen!« – Ein Klatschen. Fleisch auf Fleisch.

›Hui! Das muss gesessen haben‹, dachte Parler.

»Wenn man keine Argumente mehr hat, schlägt man, was?! Das nützt auch nichts, Nutte!« Ein Schluchzen. Der Schlüssel rumorte im Schloss.

Kerstin und Parler stiegen eilig ein halbes Stockwerk höher. Ein bildhübsches, braunhaariges Mädchen mit üppigem Schmollmund stürzte aus der Wohnung, warf die Tür hinter sich zu und rannte an den beiden vorbei die Treppe hinunter.

Parler lief ihr hinterher.

Kerstin klingelte an der Wohnungstür Küchenmeister.

Als Parler etwa zehn Meter hinter der Siebzehnjährigen auf der Straße war, verlor er kurz die Fassung und brüllte: »Redet man so mit seiner Mutter? Redest du so mit dem Menschen, der dich neun Monate in sich rumgeschleppt hat?«

Erschrocken fuhr sie zusammen, drehte sich zu ihm um, machte eine wegwerfende Handbewegung und wischte sich Tränen aus den Augen. Ihre linke Wange war rotweiß gesprenkelt.

›Für diese Kelle bräuchte die Alte einen Waffenschein‹, dachte Parler. ›Wer sagte das noch? Bud Spencer in ›Sie nannten ihn Plattfuß‹.‹ Auch in der DDR ein Held. Hatte Parler als Sechsjähriger erstmals gesehen, als die 2000-Einwohner-Kleinstadt Rerik noch ein Kino besaß. »Janine!«, sagte er ruhig, als er sie eingeholt hatte und neben ihr ging.

»Wer will das wissen?«, fauchte sie.

»Parler. Alexander Parler. Kripo Rostock.«

»Du siehst gar nicht aus wie ein Bulle.«

»Soll ich jetzt danke sagen?«

»Was willst du von mir?«

»Was wollen Sie denn von mir?«

»Was wollen Sie denn von mir?«

»Okay, wir bleiben beim Du.« Parler legte ohnehin keinen großen Wert auf Formen, nur auf der Arbeit war er es halt von früher gewohnt, und so kam er ihr vielleicht näher.

34 Rachel-Look

Nachdem Kerstin sich ausgewiesen und der Mutter, Corinna Küchenmeister, den Grund ihres Besuchs genannt hatte, fragte sie unvermittelt: »Sie hatten gerade eine Auseinandersetzung mit Ihrer Tochter?«

»Geht Sie gar nichts an!«, blaffte die Mutter und wischte sich die Tränen aus den Augen. Sie war das, was man in Mecklenburg eine dralle Deern nannte, nicht korpulent, aber stabil mit leichtem Bauchansatz. Sie hatte hellbraune Haare und große graublaue Augen. Corinna legte Wert auf ihr Äußeres, war dezent geschminkt und trug den Rachel-Look. Ihr Gesicht war nicht eben schön zu nennen, aber auf interessante Weise hübsch. Die Frau war nervös, denn sie arrangierte permanent ihre Bernsteinkette, die sie um den Hals trug, neu so wie man ein perfekt ausgerichtetes Bild schief und gerade und wieder schief und gerade ausrichtet.

»Was?«, erwiderte Küchenmeister. »Machen Sie sich nicht lächerlich!«

»Sie hatten Kontakt zu dem Verstorbenen. Beide. Sowohl Sie, als auch ihre Tochter. Wir haben den Mailverkehr auf Maximilian Fabers Computer ausgewertet.«

»Ich habe ihm gesagt, er soll meine Tochter in Ruhe lassen. Die hat sich vernarrt in dieses steinalte Fossil. In diesen Dandy aus der Gruft.«

»Bevor Sie das mitgekriegt haben, suchten Sie selbst Kontakt zu Faber.«

»Ja, Gott«, seufzte sie, »ich kannte ihn von früher. Wir haben uns zufällig auf der Straße wiedergetroffen nach zig Jahren. Er war früher Trainer der Volleyball-Jugend in Bad Doberan. Er hat mich trainiert. Nun kehrt er zurück als gefeierter Literaturstar. Da meldet man sich doch mal. Da wusste ich noch nicht, dass er hinter meiner Tochter her scharwenzelt.«

35 Tomoe Nage

Parler schlenderte mit Janine die Straße entlang.

»Meine Mutter kannte Faber noch von früher.«

»Und woher kanntest du ihn? Hat er sich mit deiner Mutter getroffen?«

»Quatsch!« In ihrer Stimme schwang Empörung. »Ich kannte ihn ausm Klub.«

»Was für ein Klub?«

»Ihr habt da wohl früher Disko zu gesagt. Irgendwann tauchte er da auf. Die haben ihn alle Opa genannt, aber das war ihm egal. Er hat trotzdem Schnitten ohne Ende abgeschleppt.«

»Auch dich?«

»Nein«, sagte sie kurz.

»Wir haben deine Mailkorrespondenz mit Faber gelesen.«

»Ich wollte, er aber nicht.«

»Wie?« Parler warf ihr einen fragenden Blick zu. »Er gilt als Schürzenjäger und hat hier die Möglichkeit, ein bildhübsches, blühendes Mädchen abzuschleppen über das der Staatsanwalt seine schützende Hand nicht mehr halten kann, und er will nicht?«

»Danke.« Sie schenkte Parler ein bezauberndes Lächeln. »Hat mich auch gewundert.«

»Du warst öfter bei ihm.«

»Ich kann mit diesen Bubis und Luschen nichts anfangen. Graue Schläfen, Lebenserfahrung, darauf fahre ich ab. Sie sehen übrigens auch nicht übel aus.«

»Danke.« Parler fühlte sich kurz, als wüchse er um zehn Zentimeter.

»Aber für ihn war ich irgendwie so 'ne Art Tochterfigur.«

»Wann hast du ihn zum letzten Mal gesehen?«

»Vor drei Tagen.«

»Entschuldige, ich muss dich das fragen: Wo warst du Montagabend zwischen 21 und 0 Uhr?«

Sie errötete. »Wwwarum? Zu Hause.«

Parler sah sofort, dass sie log. »Kann das jemand bestätigen?«

»Meine Mutter.« Ihre Hände zitterten. Sie zündete sich eine Zigarette an und hielt sie in der Linken.

›Es war vermutlich ein Linkshänder‹, hörte er die Gerichtsmedizinerin sagen. »Du hast dich gerade mit deiner Mutter gestritten.«

»Das kommt in den besten Familien vor. Nix Besonderes.«

»Du willst mir nicht verraten, worum es ging? Das ist schade. Ich bin aber von der Polizei. Ich muss das wissen«, meinte Parler, der nicht wusste, wie er ihr den Grund entlocken konnte.

»Will ich nicht. Aber weil du so neugierig bist: Papa ist gerade ausgezogen.« Sie wischte sich eine Träne ab, die tief auf ihrer Wange stand.

Parler strich ihr sanft übers Haar. Dann legte er seine Hand auf ihre Schulter. Eine freundschaftliche, behutsame Geste.

Bremsen quietschten. Ein blauer Golf stoppte jäh auf der anderen Straßenseite. Die Fahrertür flog auf. Ein bulliger Mann in Bomberjacke, der Parler um Haupteslänge überragte, sprang heraus und ging mit schnellen, kurzen Schritten auf ihn zu. Der Kommissar sackte fast ein, es schien ihm, als verflüssigten sich seine Kniegelenke, ja als schickten sich die Femurknochen an, in den Waden zu versinken. Aber das war immer so, kurz bevor die Party begann …

»Papa, hör auf!«, schrie Janine, doch der gewaltige Mann war schon heran und schoss mächtige, raumgreifende Schwinger auf Parler ab.

Der wich zurück, doch einer traf krachend seinen Schädel über dem linken Ohr und warf ihn beinahe um. Der Koloss drang weiter auf ihn ein, doch Parler fasste und straffte sich, und Janines Papa verfehlte seinen Gegner wieder und wieder, denn der wich in Boxerhaltung im Rückwärtsgang mit gekonnten Meidbewegungen aus.

Plötzlich blieb Parler stehen, schlug einen rechten Cross, ging blitzschnell in den Mann hinein, setzte mit einer Serie blitzschneller Geraden auf Nase und Augen nach, rammte ihm den Kopf am Stirnansatz gegen das Kinn, dass es krachte, schlug einen rechten Haken gegen die Schläfe und erneut eine Links-Rechts-Kombination auf die Nase des Mannes. Dann legte er sein ganzes Gewicht in einen gewaltigen Schwinger, der den Koloss im Gesicht traf. Der wankte, doch statt nachzusetzen trat Parler einen Schritt zurück und beobachtete fassungslos, dass der Riese immer noch stand und plötzlich wieder auf ihn zustürzte. Doch er hatte kaum noch die Kraft, die Fäuste zu erheben und zuzuschlagen, so packte er, vorwärtsdrängend, Parler mit beiden Händen. Der Kommissar umfasste seinerseits die gestreckten Arme des Riesen und ließ sich, dessen Schwung nutzend, rückwärts fallen, um im Fallen das Bein zu strecken und dem Riesen den Fuß in die Leistengegend zu stemmen, sodass der Mann kopfüber ging, über Parler hinweg flog und mit lautem Getöse auf dem Asphalt aufschlug.

»Was hast du getan?«, schrie Janine Parler an und wandte sich ihrem Vater zu. »Papa! Das ist ein Bulle!« Janine kniete sich neben ihren Vater und umfasste zärtlich seinen Kopf. »Papa!«

Benommen lag Wilfried Küchenmeister auf dem Boden. Blut schoss ihm aus der Nase. Um das rechte Auge schwoll das Gewebe an, weiß und bläulich, und bald würde Küchenmeister nur noch aus einem schmalen Schlitz herausblicken.

Parler ging auf die Knie und hechelte, Schwärze breitete sich vor ihm aus, er holte sein Asthmaspray aus der Jackentasche und nahm einen kräftigen Hub. Schnell kehrte die Welt zu ihm zurück, und er erhob sich wieder. Den Tomoe Nage hatte er vor 35 Jahren in Bad Doberan gelernt. Ob es den Judoverein noch gab? Später in Berlin hatte er geboxt. Beides zusammen zuzüglich Straßenkampferfahrung war eine exzellente Kombination. ›Nicht schlecht für einen alten Mann‹, dachte Parler. Im Ring würde er gegen einen jungen Kämpfer nicht eine Runde mehr durchstehen, aber auf der Straße ging alles ganz schnell.

36 Shotokan Karate

Minuten danach saß er mit Wilfried Küchenmeister in dessen blauem Golf. Er ließ dem Mann noch zwei Minuten Ruhe, um zu verschnaufen und seine Wunden zu lecken. Ein Auszug aus dem Interview mit Faber fiel Parler ein: ›Herr Faber‹, hatte der Journalist eher festgestellt als gefragt, ›Mediziner, Autor und Boxer, vorbestraft wegen Körperverletzung. Eine pikante Kombination.‹ – ›Nun, Boxen ist Schachspielen mit der Faust‹, hatte Faber geantwortet. Der Satz kam von George Foreman. Und der musste es wissen. Hatte ihn doch Muhammad Ali im Rumble in the Jungle auf faszinierende Weise zerstört. ›Aber was fasziniert bedeutende Autoren wie Lord Byron, Brecht, Shaw, Hemingway oder Nabokov am Faustkampf?! Die Ästhetik des Archaischen. Und es ist gleichsam eine Ode an die Fairness. Sagen Sie selbst: Wann in der Geschichte der Menschheit und wo heute geht es fair zu?‹ Worauf Faber entgegnet hatte: ›Ein gegenseitiges Belauern, Denunzieren, hinterrücks Übertölpeln, Ausstechen, Bescheißen und Unterdrücken. Beim Boxen geht es um den Kampf Mann gegen Mann. Faust gegen Faust. Und für mich selbst, da ich diesen Sport betrieben habe: Adrenalin! Schärft die Sinne. Mit geschärften Sinnen erfahre ich mich intensiver, entspreche somit der Forderung des Chilon von Sparta: ›Erkenne dich selbst!‹ Und: ›Der Mensch ist eben ein prügelndes Tier‹, sagt Schopenhauer in seinen großartigen ›Aphorismen zur Lebensweisheit‹, die ich hiermit jedem anempfehlen möchte.‹ – ›Aber Herr Faber,

Schopenhauer schrieb diesen Satz als Argument gegen die damals vorherrschende Duellpraxis.‹ Fabers Antwort: ›Es handelt sich um eine allgemeingültige Wahrheit und es gilt, ihr Rechnung zu tragen. Es ist ein erhabener Moment, ein zweibeiniges Untier niederzustrecken. Geben ist bekanntlich seliger denn Nehmen. Schon Nietzsche schrieb: ›Schreibe mit Blut, und du wirst erfahren, das Blut Geist ist.‹‹ – ›Aber Herr Faber, Nietzsche meinte das im übertragenen Sinne.‹ – ›Selbstverständlich, aber es ist auch wörtlich zu nehmen.‹ Und Faber grinste in die Kamera: ›Das hat ein Schreibtischhengst wie Thomas Mann nie erfahren. Ihm, dem Zauberer, dessen traumhaft schöne Sprache ich zu schätzen weiß, ja, er ist gewissermaßen mein Mentor, habe ich fast nichts geglaubt. Drum lese ich auch Krimis. Hammett und Chandler haben Einsamkeit und Brüche der postmodernen … postmodernen Gesellschaft, muss man mittlerweile sagen, schon beschrieben, als es den Begriff Postmoderne noch gar nicht gab.‹

Parler warf Küchenmeister einen fordernden Blick zu, der besagte: genug ausgeruht.

Küchenmeister rauchte. »Schon wieder so ein Zwerg von eins achtzig«, stöhnte er. »So 'n alter Zwerg. ›Das gibt's in keinem dreiteiligen Russenfilm‹, hätte mein Vater gesagt. Und jetzt sehe ich aus wie ein Schluck Wasser in der Linkskurve.«

»Wissen Sie was?!«, sagte Parler. »Bevor Sie jetzt in Depressionen versinken: Hauen sie irgendjemandem, der Ihnen dumm kommt, eine rein! Und schon ist die Welt wieder in Ordnung für Sie.«

»Wie bitte?« Küchenmeister schaute Parler aus schmalen Schlitzen heraus an.

»War ein Scherz, Mann!« Parler deutete auf ein großes Hämatom in der Regio orbitalis. Das aber war ich nicht«, sagte er. »Woher haben Sie das Veilchen?«

»Sag ich nicht«, antwortete Küchenmeister wie ein trotziges Kind.

»Machen Sie sich nicht lächerlich, Mann! Wir ermitteln hier in einem Mordfall. Sie haben den Verdächtigen bedroht.«

Küchenmeister seufzte. »Ja, ich gebe es zu, ich wollte Faber aufmischen. Neulich Abend. Ahnte schon, da ist was faul, als der alte Sack völlig entspannt mit seinem dämlichen Schlapphut ganz gemütlich angelatscht kommt. ›Was wollen Sie von mir, guter Mann?‹, fragte er mich. Hatte keine Muffe. Bin sofort auf ihn los, nicht getroffen, hat sich immer irgendwie weggeduckt wie Sie. Dachte noch: ›Das gibt's nicht!‹ Und dann so wie eben.«

»War auch keine wirklich gute Idee«, sagte Parler. »Faber boxte und hatte den 1. Dan im Shotokan Karate. Obwohl ich das klassische Boxen nach wie vor als effektiver einstufen würde. Vollkontakt und im Grunde wenige Mittel, aber höchst effektiv, weil der Boxer sie bis zur Perfektion und im Schlaf beherrscht. Und in der außerordentlichen Situation des Straßenkampfes, also der oft urplötzlichen Eskalation … ähm …« Parler räusperte sich. »Warum wollten Sie ihn, wie Sie es formulieren, aufmischen?«

»Er sollte meine Tochter in Ruhe lassen! Wissen Sie, als Janine sieben war, kam ich gerade noch rechtzeitig. Nicht hier, in Thüringen war's. So ein Dreckskerl wollte sie in sein Auto locken. Später kam heraus, dass dieses Schwein schon mehrere Kinder vergewaltigt hatte. So was vergisst man nicht.«

»Verstehe«, sagte Parler. »Kann ich gut nachvollziehen. Wo waren Sie am Montag zwischen 21 und 0 Uhr?«

»In Jena. Ich bin Fernfahrer. Überprüfen Sie es!«

»Werden wir. Das reicht fürs Erste, Herr Küchenmeister. Wir melden uns bei Ihnen.« Parler musterte den Mann hinterm Lenkrad und schickte sich an, aus dem Golf auszusteigen.

Küchenmeister blieb sitzen. Er war unschlüssig, schien noch etwas auf dem Herzen zu haben.

»Ist noch was?«, fragte Parler.

»Ähm, ja, wegen vorhin, kriech ich 'ne Anzeige? Ich mein' nur … Wie soll ich's sagen? Ich hab ja angefangen.«

»Vergessen Sie's!«, sagte Parler. »Das bleibt unter uns.«

37 Nebra

Tom war zum ersten Mal auf dem Buchenberg in Bad Doberan. Aufgewachsen in Rostock-Dierkow erschien es ihm hier wie eine Miniaturausgabe seines alten Stadtbezirks. Eigentlich hätte Parler die Befragung selbst übernehmen können, schließlich wohnte er jetzt in Bad Doberan, aber er war auf den anderen Fall angesetzt worden. Er wollte vermutlich auch nicht, dass jeder in seiner neuen Heimatstadt gleich wusste, dass er bei der Kripo arbeitete. Also stand Tom jetzt vor dem Vierstöcker und fragte sich, wer morgens um 10 Uhr wohl zu Hause sein würde. Reinhold Krüger in jedem Falle nicht, der leerte Mülltonnen irgendwo in der Stadt.

Unter Krüger wohnte eine steinalte Lady. Irgendwas zwischen fünfundneunzig und Friedhof. Sie hatte nichts mitbekommen, was zwingend logisch war, denn sie war fast taub. Entsprechend schwierig gestaltete sich auch die kurze Befragung der Frau. Schade, denn in diesen Häusern mit dünnen Decken und Wänden wäre ein Fußmarsch eines Schwergewichts wie Krüger durch die Wohnung für einen Menschen normalerweise unüberhörbar gewesen. Tom murmelte eine Abschiedsfloskel, hoffte, dass die alte Dame noch einige Jahre vor sich hatte, und stieg die Treppe zur zweiten Etage hinauf, in der auch Krüger wohnte.

Er klingelte an einer Tür, auf der ein üppig verziertes hölzernes Namensschild mit dem Namen *Schmidt* prangte. Ein kleiner Mann um die 40 öffnete. Verblüfft starrte Tom auf das Kopfhaar des Männchens: eine kahle, glattpolierte gebräunte Platte auf dem Scheitel. Rundherum ein Kranz aus grauen Borsten. Das hatte Tom so ähnlich schon einmal auf einem Bildnis Martin Luthers gesehen. Tonsur nannte man das wohl. Aber bei dem Männchen war das nicht ausrasiert. Keine Haaransätze waren erkennbar. Und mitten drin ein Kreis aus Stoppeln und eine Sichel aus Haaren. Hatte der kleine Mann sich die Himmelsscheibe von Nebra auf den Kopf kopiert?

»Was glotzen Sie denn so?«, rief das Männchen. »Is' was?«

»Ähm, nein … Herr Schmidt?«

»Alopecia arrantii!«, keifte er.

»Wie?«

»Is' 'ne Krankheit. Haarausfall nur an bestimmten Stellen.«

»Ja, ist mir gar nicht aufgefallen«, sagte Tom, hielt ihm seinen Dienstausweis vor die Nase und erklärte dem Mann sein Anliegen.

»Sehe ich aus wie ein Stasispitzel oder Blockwart? Meine Nachbarn interessieren mich null«, sagte Schmidt.

»Oh, das ist selten«, meinte Tom nur und entließ die Himmelsscheibe.

Auch ein Herr Schmitt gegenüber wusste nicht, ob Krüger zur ungefähren Tatzeit anwesend gewesen war oder nicht. Vielleicht würde Tom direkt darüber fündig werden.

Die Dame, die nun öffnete, eine grell geschminkte verblichene Schönheit, spektakelte los, als sie den Namen Krüger hörte. »Das Schwein! Der war bestimmt nicht da. War Freitag, da dreht der die Glotze auf bis morgens um vier. Mann,

Mann, sagen Sie, was ich tun kann, damit Sie den einlochen können, wegen was auch immer. Das stinkt im ganzen Haus nach dem. Die Sau! Hat mir mit Sekundenkleber das Schloss verklebt. Kann gar kein anderer gewesen sein.«

»Warum?«, fragte Tom.

»Angeblich hätte ich auf seinen Namen Zeug für mich bei Versandhäusern bestellt.«

»Wie? So was macht doch gar keinen Sinn.«

»Klar, um ihn zu ärgern. Bringt ihm jede Menge Stress. Hat sich einer einen Spaß erlaubt. Ich war es nicht.«

Tom hätte ihr am liebsten noch einen Schminktipp gegeben, aber er unterließ es, grüßte und ging. Gerade als er das Haus verlassen wollte, klopfte ihm jemand auf die Schulter. Er drehte sich um. Typus Versicherungsvertreter kurz vor der Rente, vermutete Tom, denn der Mann trug einen hellblauen Anzug mit rotem Schlips, hatte austernartige Säcke unter den Augen und das Gesicht glich einer zerklüfteten Karstlandschaft.

»Kripo?«

»Ja«, sagte Tom.

»Hörte ich nämlich vorhin«, sagte der Mann. Das Sonst-wäre-ich-nicht-drauf-gekommen ließ er weg, aber es gärte in ihm: »Immer einen Lutscher dabei?«

Tom lief rot an. »Wie bitte?«

»Was willst du denn wissen, Junge? Ob Krüger da war, nicht wahr?« Der Mann lachte

Aber Tom fand die Anspielung auf sein jugendliches Aussehen nicht witzig. Schönheitschirurgen und Kosmetikindustrie erwirtschafteten weltweit Milliardenumsätze, damit Millionen Menschen anderen vorgaukeln konnten, jünger auszusehen, als sie es waren. Toms Problem jedoch war immer umgekehrter Art gewesen. Obwohl hoch aufgeschossen, war es noch nicht lange her, dass er in den Klubs und Kinos Probleme bekam, wenn es »Ab 18« hieß. Der Polizist musterte den Mann abschätzig von oben bis unten. Jetzt noch ein »Feuerlocke« oder »Mohrrübenkopf« und es setzte einen Satz heiße Ohren. Und da der Kerl immer noch grinste, verlor Tom die Contenance: »Witzig, oder was?!«, schnauzte er. »Und nicht noch einmal Junge, sondern ab jetzt: ›Sie‹ oder ›Herr Kommissaranwärter‹. Verstanden?!«

»Entschuldigen Sie! War nicht so gemeint«, beeilte sich der Mann zu versichern. »Schon gut. Sie sehen halt noch recht …«

»… jung aus. Ich weiß. Also?«

»Er war an dem Abend nicht da. Definitiv! Wenigstens nicht vor drei. Da kam ich nämlich von einer Party und sein Läufer stand immer noch hochkant. Von der Putzkolonne. Die sind immer Freitagnachmittag da. Verstehen Sie, was ich meine?«

Tom hatte verstanden, bedankte sich und fuhr nach Rostock zurück.

38 Tanzmaus

Detlef Klein saß in der Untersuchungshaftanstalt Rostock und bewohnte eine Einzelzelle. Sechs Quadratmeter. Tisch, Stuhl, ein paar Bücher. Wer liest, sagte er immer, ist klar im Vorteil, aber hier fand er nicht die Ruhe dafür. Keine Zeile! Das Fenster: vergittert. Überall gab es Entwicklung, Fortschritt und Neuerungen, nur im verdammten Knast nicht. Warum Gitter? Längst gab es stahlhartes, ausbruchssicheres Glas, um einer gescheiterten Existenz Würde und einen Anschein von Normalität zu geben. Gitter! Warum kein Gitter aus stahlhartem Glas? So wollte man freiheitsliebende Menschen wie ihn klein halten und brechen. Vor Klein schon Tausende und Abertausende. So wurde man in jeder Sekunde daran erinnert, wo man war. Aber das war es nicht allein, was Klein verzweifeln ließ. Er konnte sich hier kaum drehen und wenden, nicht laufen, nicht gehen, es war, als wäre man in einem Fahrstuhl eingeschlossen. Hier würde er elendig zugrunde gehen. Untersuchungshaft! Wer weiß, wie lange er hier drin zubringen müsste, wer weiß, wie es wäre, wenn man ihn verlegen würde, wenn er mit Mördern und Vergewaltigern in einer Zelle hausen müsste, über Jahre hinweg. Klein lief die zweieinhalb Meter in seiner Zelle auf und ab. Drei Schritte. Kehrt. Drei Schritte. Kehrt. Wie eine Tanzmaus. Hier war er des Wahnsinns fette Beute, das hielt er nicht lange aus.

Klein warf sich aufs Bett und fing bitterlich an zu weinen. Später verfiel er in Apathie. Er verweigerte das Abendessen und starrte die Wand an.

Am nächsten Tag ließ er sich Stift und Papier geben und begann, einen Brief zu schreiben. Nachdem er fertig war, starrte er wieder stundenlang auf die kahle, weiße Wand, sodass der Vollzugsbeamte aufmerksam wurde und fragte, ob es ihm gut gehe. Klein bejahte: »Es geht mir so gut wie noch nie in meinem Leben.« Er verlieh dem Satz einen Unterton von Fatalismus, Endgültigkeit und einer eigentümlichen Art allumfassender Befreiung. Aber der Vollzugsbeamte verstand die Botschaft nicht und trottete von dannen.

Kurz darauf holte Klein seinen Brief heraus und überlas ihn noch einmal:

Abschiedsbrief

»Fasse dich kurz oder hilf mir arbeiten«, stand an der Haustür unseres Nachbarn. Als Sechsjähriger, eben halbwegs schriftkundig, begriff ich es nicht. Wie fasst man sich selbst kurz? ›Kurz anfassen?‹, fragte ich mich. Und warum sollte ich dem Arschloch beim Arbeiten helfen? Bei welcher Arbeit überhaupt?

Nun weiß ich es, und ich fasse mich kurz. Seit Jahren denke ich daran, dieser öden Scheißwelt den Rücken zu kehren. Die nötige Medikamentenmischung führe ich seit zwei Jahren bei mir, wohin ich auch gehe. Nun ist es so weit. Ein Selbstmörder schrieb einmal: »Warum Selbstmord? Warum nicht?!« Treffender hätte selbst ich es nicht formulieren können. Meine Leber möchte ich niemandem zumuten. Sollte jemand den anderen Schrott gebrauchen können: Den Rest spende ich gern.

Nie wieder arbeiten! Nie wieder Steuern zahlen! Nie wieder mit ekelhafter Menschenbrut kommunizieren! Nie wieder morgens aufstehen! Die Welt, in die ich eintrete, kann so schlecht nicht sein. Adieu! Fahre wohl, alte Welt!

Eins noch: Ich war es nicht! Ich war es nicht! Ich habe diesen Flachmann Steiner nicht getötet!

Und nun lasst mich in Ruhe, ihr Arschgeigen und Pissgesichter!

Euer Detlef

39 Godzilla

Der Abend hatte sich über das Land gelegt, Parler genoss den Frieden seiner Wohnung, und einmal mehr gab er Blaise Pascal recht, der da gesagt hatte, dass alles Unglück der Menschen darin bestehe, nicht still allein in einem Haus sitzen zu können. Innocenz schlief, Parler spülte ein Weinglas aus, goss ein Glas Tokaier hinein und zündete eine Kerze an. Tiefe Ruhe rings um ihn. Nur in der Ferne jaulte ein Hund. Sie hatte er gesucht: Ruhe!

Kaum gedacht, erzitterte die Decke seines Zimmers. Das schwere Stapfen eines wandelnden schweren Körpers ließ den ganzen Raum erbeben, so als drehe der Koloss von Rhodos oben seine Runde. »Buff, Buff, Buff!« Langsam, ganz langsam bewegte es sich in Richtung Fenster. Die alte Nachbarin war also da! Der Vermieter hatte ihn vorgewarnt, aber damit hatte Parler nun doch nicht gerechnet. Sie war selten zu Hause, zumeist pendelte die Frau zwischen Krankenhaus und der Wohnung ihrer Tochter hin und her. Auch lag ihr Aufenthaltsschwerpunkt im Nordzimmer, das wohl Schlaf- und Wohnzimmer in einem war. Das plötzliche Stampfen hatte etwas Beunruhigendes, beinahe Furchteinflößendes. Wer weiß, ob da oben nicht die einzig legitime Nachfolgerin von Belle Gunness hauste, argwöhnte Parler, nicht ganz ohne Ernst. Die US-amerikanische Serienmörderin hatte mindestens zwanzig Menschen auf dem Gewissen, vermutlich mehr. Jahre nach ihrem angeblichen Tod, der nie so ganz bewiesen worden war, tauchte das Foto einer Mörderin auf, die Belle Gunness wie aus dem Gesicht geschnitten war. Parler sah sie vor sich: eine riesige, kräftige, böse, finster dreinblickende, alte Frau. »Uhuuu.« Ihm schauderte es.

Verstimmt überlegte Parler, ob er seine Tochter Elisabeth im Big Apple anrufen sollte, hob den Hörer von der Basisstation und jonglierte mit ihm. Spät erst war er Vater geworden, und tragischerweise hatte er keine Zeit gehabt, die Vaterfreuden zu genießen. Als Elisabeth fünf Jahre alt gewesen war, hatte Parler seine Frau Christiane mit einem gutaussehenden, aber schmierigen und halbseidenen Finanzunternehmer in flagranti im Bett erwischt und ihn so schwer verprügelt, dass der Mann drei Tage auf der Intensivstation gelegen hatte. Parler wäre um ein Haar aus dem Polizeidienst entlassen worden, aber sein Anwalt hatte ihn rausgeboxt, sodass er lediglich degradiert wurde. Christiane war mit ihrem Liebhaber ein Jahr später nach Amerika gegangen und hatte die Tochter mitgenommen. Erst vor drei Wochen hatte er mit Elisabeth telefoniert und gespürt, dass sie sich fremd geworden waren. Ein schleichender, aber unaufhaltsamer Prozess. Im Grunde war er ein Fremder für sie.

Parler legte das Telefon wieder auf die Basisstation. Nein, das ersparte er sich heute. Wahrscheinlich fiel er ihr nur auf die Nerven. Hoffentlich kam sie nach ihm, wurde ein wilder Teenager und flippte richtig aus in der Pubertät, damit die gute Christiane ordentlich was zu tun bekommen würde.

Parler verkniff sich das mephistophelische Grinsen, das ihm auf den Lippen lag und schluckte es grimmig in sich hinein. Über ihm stapfte es hin und her. Und plötzlich bebte die Decke erneut. Ein metallisches Quietschen, wie er es aus den Tagen seiner Militärzeit kannte, denn er hatte eineinhalb Jahre in einem Doppelstockbett gelegen. Zuerst oben als Frischling, als Dachs, später, als Entlassungskader, genoss er das Privileg, unten schlafen zu dürfen. Was quietschte da so? Vermutlich ein Bett, wahrscheinlich eine Spezialstahlkonstruktion. Die Alte hatte sich hingelegt. Hoffentlich wälzte sich Godzilla nicht die ganze Nacht hin und her. Morgen würde Parler ihr ein Fläschchen Öl vor die Tür stellen.

Vor ihm lagen Fabers Notizen: ein halbes Dutzend zerfledderter Tagebücher. Er überflog das älteste von ihnen, und es erschien ihm wie die Manifestation eines geilen Satyrs:

Wir legten Bein über Bein und fickten, fickten und fickten …

Ich nahm den Schwanz zwischendurch nicht mehr raus, und mein Lümmel lümmelte die ganze Nacht in ihren weichen Fleischpolstern …

Ich machte ihr den Kleist. Ich spielte Schicksal.

›Den Kleist machte er ihr. So so …‹ Was meinte Faber damit? Der Dichter Heinrich von Kleist hatte sich im Jahre 1811 am Kleinen Wannsee bei Berlin erschossen. Zusammen mit Henriette Vogel, die an einem unheilbaren Tumor litt. Kleist hatte längere Zeit nach jemandem gesucht, der mit ihm zusammen aus dem Leben scheiden würde. Ihm selbst war auf dieser Welt nicht zu helfen, wie er in seinem Abschiedsbrief geschrieben hatte, den Parler jetzt noch einmal las. Aber meinte Faber das? Er selbst hatte sich das ja ausgespart. Es war ihm gewissermaßen abgenommen worden. Aber hatte er vielleicht eine Frau erschossen? Wohl kaum.

Als sich Parler wieder dem Tagebuch Fabers zuwandte, fiel ihm eine berühmte Erzählung Kleists ein, und eine Ahnung beschlich ihn. ›Ich machte ihr den Kleist.‹ Er schaute auf das Datum der Aufzeichnung. Das passte zeitlich nicht. Aber etwa eine Stunde später, auf der vorletzten Seite des Tagebuchs, fand Parler die Bestätigung seiner Vermutung, denn Faber hatte es zweimal getan. »Heureka!«, rief der Kommissar laut aus. »Jawoll!«

Das wurde mit einem kurzen Stampfen von der kolossalen alten Dame oben belohnt, so als schlüge über ihm jemand mit einem Vorschlaghammer auf den Boden.

»Jaja«, brüllte Parler in Richtung Zimmerdecke, »is' ja schon gut.« Hier zog er zwingend den Kürzeren. Wenn sie oben richtig stampfen würde, würde die Decke über ihm einbrechen. So viel war sicher. Auch das hatte er vorher nicht wissen können, als er die Wohnung anmietete. Ein Dinosaurier hauste über ihm. Allein dies schmälerte Parlers Freude jetzt nicht. Und da die Nacht ohnehin halb vorbei war, suchte er das nächste Tagebuch Fabers nach Orten und Umständen ab, fand jedoch nichts. Doch als er das Licht löschte, keinen Schlaf fand und alles in den letzten Tagen Gelesene überdachte, hatte er plötzlich einen weiteren Verdacht, allein dies schien unmöglich. ›Unmöglich?‹ Parler stand wieder auf, recherchierte im Internet, dachte nach und recherchierte weiter.

Erst als ein Vogelchor die Ouvertüre des neuen Morgens darbrachte, und nachdem er die Decke von Innocenz' Käfig genommen und ihm zugesichert hatte, ihm heute eine Partnerin zu besorgen, warf er sich aufs Bett und fiel in einen kurzen, festen Totenschlaf.

Der Wecker klingelte nach einer halben Stunde. Er deaktivierte ihn und stellte ihn auf zwanzig Minuten später. Ein traumreicher, unruhiger Halbschlaf überkam ihn: Die Decke stürzte über ihm ein. Klein, Kerstin und Ahab lachten das Lachen der Unsterblichen. Und eine weißhaarige Alte vom Bahnhofsvorplatz fauchte ihn böse an: »Das Schicksal wird dich ereilen!«, während die Zappastatue zum Leben erwachte, auf Parler zustürzte, die Hände um seinen Hals legte und ihn zu würgen begann. »Aaaah.« Parler schreckte aus dem bösen Traum hoch, und prompt fing der Wecker an zu tuten. Ganze eineinhalb Stunden Schlaf hatte er gefunden in dieser Nacht, aber Erkenntnisse. Unerhört! Er sprang aus dem Bett und überlegte, wie er es anfangen sollte.

40 Blackbox

Nach einem sacht frisierten Bericht über die Vernehmung Küchenmeisters gab Parler auf dem Revier Kerstin gegenüber der Vermutung Ausdruck, dass es sich bei dem Vater der siebzehnjährigen Janine nicht um den Täter handele und der Mann ein Alibi habe. Das ließe sich zwar theoretisch und mit viel Aufwand fälschen, aber er glaube nicht, dass Küchenmeister lügen würde.

Sie saßen im Konferenzraum. Tom und Pummel stießen hinzu.

Tom hielt ein Notizbuch in den Händen und sagte: »Aus dem Dialog zwischen Faber und Lattner auf der Lesung. Nur Bruchstücke, die waren zu weit weg und haben sich während des Sprechens oft so gedreht, dass man die Mundbewegungen nicht sehen konnte.«

***Lattner:** Du – – –.*

***Faber:** Du willst mich wohl verarschen, was?*

***Lattner:** Ich habe – – –.*

***Faber:** Völlig unmöglich! Die haben was vertauscht. Ich würde mich erschießen, wenn's so wäre!*

***Lattner:** Dann jag dir eine Kugel durch den Kopf, Bastard!*

»Wo hast du das her, Tom?«

»Gehörlosenzentrum.«

»Klar, die können Lippen lesen. Ausgezeichnete Arbeit!«

Ein Lächeln umspielte Toms Lippen.

»Nach einer Maklerprovision hört sich das nicht an, eher nach etwas Persönlichem.«

»Yep, äh, ja, jaa«, verbesserte sich Tom.

»Aus den Unterlagen und Kontobewegungen geht hervor, dass Faber die Provision bezahlt hat«, sagte Pummel. »Lattner hat gelogen. Übrigens hat er einen Stellplatz für einen Wohnwagen auf dem Meschendorfer Zeltplatz, also ganz in der Nähe des Fundorts von Fabers Laptop und Büste.«

»Wir sollten ihn noch einmal einbestellen«, sagte Kerstin.

»Gegen ihn läuft auch eine Strafanzeige wegen Diebstahls eines Glases«, sagte Pummel.

»Was für ein Glas?«, fragte Parler.

»Ein stinknormales Trinkglas. Aus einem Restaurant geklaut«, antwortete Pummel.

»Lattner ist gut situiert, hat der's nötig? Kleptomanie?«, fragte sich Parler laut.

»Möglich«, meinte Pummel. »Ich habe dort angerufen. Er hat dem Restaurantchef 50 Euro für das Glas geboten. Und wisst ihr was? Der hat's nicht gemacht. Aus Prinzip, meinte er.«

»Vielleicht ein Rassistenarsch«, sagte Kerstin. »Vorstrafen oder sonstige Einträge bei Lattner?«

»Null.«

»Null«, wiederholte Parler und starrte durchs Fenster in die Ferne auf eine Formation von Kumuluswolken.

»Hat sich bei Krüger was getan?«, fragte Kerstin.

»Krüger ist schon gegen elf, halb zwölf aus der Kneipe raus«, sagte Pummel. »Er hat uns angelogen.«

»Er ist vor drei Uhr nachts auch noch nicht in seiner Wohnung gewesen. Der Nachbar zwei Stockwerke über ihm hat es bemerkt. An dem Tag wurde der Flur gereinigt. Krügers Fußmatte lag noch hochkant gegen die Tür gelehnt«, sagte Tom.

»Schade, das hätte ich wissen müssen«, sagte Parler. »Aber danke, Pummel und Tom. Den knöpfe ich mir noch einmal vor.«

»Er ist gefeuert worden«, sagte Pummel. »Sie hatten lange Geduld mit ihm. Verletzliche Künstlerseele und so. Alkoholismus. Etliche Fehlschichten. Irgendwann war Schluss.«

Parler bat Pummel, nachzuschauen, ob Janine Küchenmeister in irgendeinem Kontakt zu Lattner stand, und ließ sich die Adresse des Restaurants geben, in dem Lattner das Glas gestohlen hatte. Er wandte sich zum Gehen, kehrte aber noch einmal um. »Ich brauche die Funkzellenauswertung der Handys von Janine Küchenmeister und Mario Lattner. Und frag doch mal Müller, ich brauche ein verschwommenes Foto eines alten Mercedes aus den Siebzigern, aufgenommen von einer Blackbox.« Parler zwinkerte mit dem linken Auge, lächelte und ging.

41 Andromeda

Als Simone Rehländer allein im Pausenraum des Altersheims saß und einen selbstgemachten Nudelsalat aß, erinnerte sie sich plötzlich genau an jenen Augenblick: Es war ein normaler Tag gewesen. Strandspaziergang in der Früh. Sie liebte diese stillen Momente mit sich selbst allein am Meer. Ein grauer, ein seltsam stummer Morgen. Der Nebel waberte und die Möwen schwiegen, das machte die Szenerie umso faszinierender. Nebel am Meer war selten, so selten wie der sprichwörtliche Londoner Nebel, den es nur bei Edgar Wallace gab. Und sie erinnerte sich noch genau, was sie sich gefragt hatte, als sie an diesem Morgen am Strand spazierte. Was mochte in den Seeleuten einst vor sich gegangen sein, wenn aus diesem undurchdringbar scheinenden Dunst ein Schiff auftauchte und an ihnen vorüber glitt. In den Jahrhunderten, in denen man noch an Fabelwesen, Seeschlangen und Klabautermänner glaubte. In jenen harten Zeiten, als oft nur ein Teil einer Schiffsbesatzung von einer Fahrt zurückkehrte. Und während sie in Gedanken noch weiter zurückging, in eine Zeit, in der man glaubte, die Erde sei eine Scheibe und man fiele an ihrem Rande hinunter ins Nichts, da klingelte plötzlich ihr Telefon.

Es war ein Anruf direkt aus der Hölle, ein Anruf, der sie in einen gähnenden Abgrund blicken ließ, hinein in einen schwarzen, bodenlosen Schlund. Mit dem Boten des Sensenmannes selbst in Gestalt eines fürsorglichen Arztes führte sie das Gespräch. Er teilte ihr eine Diagnose mit.

Unverblümt, ohne Schnörkel und beschönigendes Gequatsche. Krebs, das war etwas, das anderen passierte. So weit weg wie der Andromedanebel, aber es hatte ihn in ihrer Familie schon gegeben. Und auch die Mutter, die ihr am nächsten stand, war qualvoll daran gestorben.

Rehländer hatte sich früher oft gefragt: Was mögen jene fühlen, die von einer Sekunde auf die andere damit konfrontiert werden? Die plötzlich eine Nachricht erhalten und wissen, dass der Teufel selbst einen auserkoren hat. Sie hatte die Mutter nie danach gefragt. Obwohl sie zwei Jahre noch mit ihr unter einem Dach gelebt hatte, blieb das Thema, mit dem sie täglich konfrontiert war, tabu. Und das Schicksal der Mutter hatte ihr die Kraft genommen. Die Kraft, das Medizinstudium aufzunehmen. Sie blieb im Ort und pflegte die Mutter und später alte Menschen.

93 Tage lag jener Anruf nun zurück. Und noch immer ging sie arbeiten. Und noch immer war alles so, wie gehabt. Schmerzen und Medikamente, Schmerzen und Medikamente. Niemandem hatte sie es mitgeteilt. Sie trug die Last ganz allein. Geteiltes Leid ist halbes Leid, das wusste sie, aber da sie tief in die Menschen hineinschauen konnte, wusste sie, dass die meisten Heuchler waren. Sie waren froh, dass es sie selbst nicht erwischt hatte.

Was sollte sie mit dem Rest ihrer Zeit anfangen? Jeden Tag so leben, als wäre es der letzte? Ausflippen? Feiern? Reisen? Doch um noch eine Weltreise zu unternehmen, fehlte ihr schlicht das Geld. Sie ging einem harten und unterbezahlten Job nach und hatte nichts weggelegt. Was konnte sie noch erreichen? Ihr fiel nichts ein, die Zeit arbeitete gnadenlos gegen sie. Vielleicht sollte sie sich für den Darwin Award bewerben. Sich auf die denkbar idiotischste Art aus dem Genpool der Menschheit verabschieden. Einfach mit einem Feuerzeug in einen Tank hineinleuchten? Simone Rehländer lachte grimmig in sich hinein. Wofür konnte man ein Leben verschwenden? Für etwas, das man sonst nicht wagte. Wie wäre es zum Beispiel, Ankläger, Richter und Vollstrecker zu spielen. Diese Dreieinigkeit, die es nur für den Preis des kurzen Moments gab. Und sie hatte ja auch nicht mehr lange. Sie selbst, die keiner Fliege etwas zuleide tun konnte? Sie, die jede Spinne auf der Kehrschaufel nach draußen trug?

42 Napoleon

Parler hatte sich telefonisch angekündigt und darum gebeten, dass Mutter und Tochter anwesend wären, wenn er ankommen würde. Corinna Küchenmeister führte ihn ins fantastisch bepflanzte Wohnzimmer. Palmen, Schlingpflanzen und Kakteen standen für exotische Vegetationszonen: Regenwald, Subtropen und Wüste, vereint in einem kleinen Raum eines 70er-Jahre-Wohnblocks. ›In solch ein Idyll kehrt man gerne ein‹, dachte Parler und ließ sich in einem großen Fernsehsessel nieder. Janine saß im Schneidersitz auf der Couch.

»Ich wollte mich bei Ihnen beiden entschuldigen, dass wir Sie zwischenzeitlich in Verdacht hatten. Der Fall steht ganz kurz vor der Aufklärung«, sagte Parler und kam ohne Umschweife auf den eigentlichen Grund seines Anliegens. »Ich will Ihre Zeit nicht lange in Anspruch nehmen. Kennen Sie diesen Mann?«

Corinna Küchenmeister betrachtete das Bild Lattners und verneinte.

»Und du, Janine? Schau ihn dir genau an!«

»Nie gesehen.«

»Du bist dir sicher?«

»Ja.«

»Gut, das war es schon. Das war alles«, sagte Parler feierlich.

»Ja, wer ist das denn?«

»Nun, ich darf es ja eigentlich nicht sagen. Aber der Fall steht kurz vor der Aufklärung. Morgen verhaften wir ihn sowieso. Er ist mit großer Wahrscheinlichkeit der Mörder von Faber.«

Janine nahm die Farbe einer reifen Tomate an.

»Ein Asylbewerber«, fragte Corinna Küchenmeister, »in Schlips und Kragen?«

»Mutter!«, rief Janine erbost. »Das … muss doch kein Asylbewerber sein. Und überhaupt: mit Schlips und Kragen. Dürfen das nur Deutsche, oder was?«

»Es handelt sich um einen Immobilienmakler aus Rostock«, sagte Parler.

»Und was wird der bekommen?«, fragte Janine.

»Die Sterne werden ihm nicht mehr allzu häufig funkeln«, sagte Parler. »Gesiebte Luft wird er atmen, wenigstens in den nächsten 15 Jahren.«

Corinna ging raus und kam mit einer Kanne Kaffee zurück. Sie füllte die Tassen und hielt die Kanne dabei in der rechten Hand, Janine nahm die Tasse in die linke.

Parler trank aus, verabschiedete sich, und als er die Wohnungstür öffnete, sagte er kryptisch: »Janine, falls du doch mehr wissen solltest: morgen früh um zehn Uhr auf dem Revier. Egal, was du aussagen solltest, ich werde alles für dich tun, damit du fair behandelt wirst. Unsere Gesetzgebung bietet jungen Menschen ganz besondere Chancen, egal was sie getan haben. Außerdem geschehen viele Dinge im Affekt oder aus einer besonderen Notlage oder psychischen Situation heraus. Verstehst du mich? Der Mann, wie gesagt, ist sonst weg vom Fenster. Also, überlege es dir gut! Morgen um 10 Uhr. Mit mancher Bürde zu leben ist schwer, sehr schwer.«

Janine schaute ihm in die Augen. »Auf Wiedersehen.«

»Auf Wiedersehen, Janine.«

Parler starrte am Abend auf ein Glas Cognac, während Innocenz auf seiner Schulter saß und seine Flügel putzte. Sein Besitzer bot ihm die linke Hand, Innocenz sprang herauf. Parler führte den Wellensittich direkt an sein Gesicht, gab ihm einen Kuss auf die kleine Brust und setzte ihn wieder auf der Schulter ab. Er wusste, dass Janine Küchenmeister und Mario Lattner in Kontakt miteinander standen und war ungeheuer gespannt auf den morgigen Tag, an dem vielleicht gleich zwei Granaten hochgehen würden. Bei einer war er sich sicher, bei der zweiten nicht. Herausbekommen würde er es in jedem Falle, aber das konnte dauern. Nein, morgen tat er einen Schuss ins Blaue, und er hatte die Kanone bereits geladen. Vielleicht würde das die Bearbeitungszeit des Falles erheblich verkürzen, der morgige Tag die Entscheidung bringen.

Eine unbestimmte Erregung zog in einer warmen Welle durch Parlers Körper, seine Hände zitterten. Er musste etwas tun, um das wieder loszuwerden. Etwas, das Kopf und Hand gleichermaßen beanspruchte. Auch Männer haben Gefühle, sagte er sich. Und war ein grundlegendes Männergefühl nicht: Hunger? Also ging er in die Küche und öffnete eine Dose Ananas. Er setzte Innocenz in seinem Käfig ab und gab ein Stück in einen Futtertrog, der speziell für besondere Beigaben gedacht war. Parler kehrte zurück in die Küche, röstete zwei Toastscheiben vor, bestrich sie mit Butter, belegte sie jeweils mit einer Scheibe Schinken und einem Ananasring, bedeckte alles mit Käse und schob die Konglomerate in den Backofen. Zehn Minuten später holte er sie heraus, legte noch drei Preiselbeeren in die Mitte und ergötzte sich kurz an dem Anblick. Das beliebte Rezept aus den Fünfzigern war angeblich so erfolgreich im Deutschland der zweiten Hälfte des vergangenen Jahrhunderts, weil die Dosenananas für die Verfügbarkeit unabhängig vom Klima stand, das Toastbrot für Amerika und der Kochschinken für Bürgerlichkeit, wie ein Analytiker glaubte herausgefunden zu haben. In jedem Falle, befand Parler, war das Toastbrot Hawaii ein Klassiker, der gut schmeckte und jemandem wie ihm, der in die Kunst des Kochens nicht eingeweiht war, die Illusion vermittelte, ein kulinarisches Kleinod erschaffen zu können. Parler zappte sich durch die Fernsehprogramme, blieb hängen bei einer Doku über Napoleon, einen der größten Männer aller Zeiten, und verspeiste die beiden Toasts.

43 Mongolensturm

Vor der Scheibe des Verhörraums hatten sich Pummel, Tom, Kerstin und Parler eingefunden. Lattner, der wegen dringenden Tatverdachts festgenommen worden war, saß drin und trommelte mit den Fingern auf der Tischplatte.

»Kaum zu glauben, dass der Staatsanwalt da mitgespielt hat«, sagte Kerstin. Sie nickte in Richtung Lattner: »Wie lange willst du ihn jetzt noch warten lassen?«

»Gleich ist es so weit«, sagte Parler, »das hat alles System.« Der Kommissar dachte an Detlef Klein, von dessen Selbstmordversuch er kurz zuvor erfahren hatte. Wie war das möglich? Wie konnte sich ein Mensch nur so verändern? Einst die unbekümmerte Lebenslust in Person, hatte die Zeit ihm offenbar schwere Wunden zugefügt. Aber gleich das unumkehrbare Ende wählen? Wenn Klein philosophisch wurde, zitierte er, obwohl belesen, den volkstümlichen Spruch, das Leben sei wie eine Hühnerleiter: kurz und beschissen, aber er lachte stets darüber. Parler konnte sich noch gut erinnern, als Klein sich damals fürchterlich über Karsten Wolter aufgeregt hatte, der sich aus Liebeskummer beim Militär erschossen hatte. »Was für ein Idiot!«, hatte Klein ausgerufen. »Es gibt niemals einen Grund, sich das Leben zu nehmen, und erst recht nicht wegen einer Frau.« Ein Suizid passte nicht zu ihm. Das Gespräch mit Klein auf der Straße, als sie sich wiedergetroffen hatten, die Telefongespräche, sein Verhalten auf dem Revier. Er war immer noch derselbe. Irgendwas stimmte da nicht. Parler würde ihn im Krankenhaus besuchen, sobald er Zeit hatte. Der Kommissar streifte den Gedanken an Klein ab und betrat nun den Verhörraum.

Lattner hatte sich in den Stuhl gefläzt. Als er Parler sah, richtete er sich auf. »Nix zu tun?«, bellte er. »Was wollen Sie dann von mir?«

Der Angesprochene ignorierte das, setzte sich ihm gegenüber, stellt das Aufzeichnungsgerät an und fragte: »Herr Lattner, warum haben Sie vor drei Monaten in dem Rostocker Restaurant das Glas gestohlen?«

Lattner lächelte versöhnlich. »Ach, das war ein Jux. Kleiner Adrenalinkick. Als wir noch Kinder waren, war das eine Weile lang Mode. Eine Mutprobe. So ein Glas kostet einen Euro. Ich hätte dem Arschloch 20 oder 50 gegeben, aber der Dummkopf wollte mich unbedingt anzeigen.«

»Und da haben Sie es einfach mitgenommen.«

»Ja, wenn er mir so kommt, das mickrige Kerlchen. Die 50 Euro habe ich dann vor ihm fallen lassen. Bis jetzt hat er sie mir nicht zurückgegeben.« Lattner lehnte sich im Stuhl zurück und verschränkte seine Arme ineinander. »Sie verstehen schon, warum er den Tausch nicht eingehen wollte?«

Parler nickte. »Wir wissen, dass Sie mit Maximilian Faber in dem Restaurant waren. Der Kellner hat ihn auf dem Foto wiedererkannt.«

»Zufall! Ich habe Faber von draußen gesehen, und da er ja mein Geschäftspartner ist, dachte ich, schaust du kurz mal rein. Wie gesagt, er hatte ja auch noch nicht die Provision vollständig bezahlt.«

»Wir wissen«, sagte Parler ruhig, »dass er die Provision bereits bezahlt hatte, und jetzt stellt sich die Frage: Warum tauchten Sie vor seinem Haus auf? Warum belästigten Sie ihn bei der Lesung?«

»Es waren noch andere Verbindlichkeiten, die es zu besprechen galt.«

»Verkaufen Sie mich hier nicht für blöd!«, rief Parler. »Warum stiehlt man ein Glas?«

»Ich sagte es schon: Adrenalin.«

»Fabers Vorfahren kamen aus Bad Doberan. Anfang des 19. Jahrhunderts residierte in den Sommermonaten der mecklenburgische Herzog in Bad Doberan.«

»... und in China ist ein Sack Reis umgefallen«, warf Lattner ein.

»Ein Diener des Herzogs war damals ein Schwarzafrikaner aus dem Gebiet des heutigen Uganda.«

»Was wollen Sie damit sagen?«

»Dieser Mann kam als Exot bei den Damen des Städtchens unheimlich gut an ...«

Lattner grinste.

»Fünftes Jahrhundert. Mongolensturm. Katalonien. Dort treten auch jetzt noch ganz plötzlich bei manchen Menschen asiatische Gesichtszüge auf. Nach 1500 Jahren! In England wurde nach einer endlosen Kette von Rot- und Blondschöpfen ein Kind mit negriden Zügen geboren, so als ob der Nachbar aus Nairobi mit im Spiel war. War er nicht. Es war der Nachfahre eines römischen Sklaven, dessen phänotypische Merkmale nach 2000 Jahren urplötzlich wieder hervortraten.« Parler grinste. »Möchte mal wissen, was Mutti im Krankenhaus dachte, als sie sich ihren Sprössling besah. Hm … ähm?« Der Kommissar hüstelte verlegen und schämte sich kurz ob des geschmacklosen Nachsatzes. »Um es kurz zu machen. So unglaublich es klingt: Der rechtsradikale, hellhäutige, glatthaarige, hellblonde, blauäugige Faber ist ihr Vater!«

»Blödsinn!«, fauchte Lattner. Doch es klang nicht echt. »Meine Mutter ist blond und Faber sieht aus wie eine Kalkleiste. Ich habe Ihnen doch schon gesagt, dass mein Vater Angolaner ist.«

»… der zu der Zeit gar nicht in Deutschland war!«, rief Parler. »In diesen Wochen wurde Ihre Mutter, die Spielführerin der Bad Doberaner Volleyballmannschaft war, von Faber bestiegen. Das geht eindeutig aus seinen Tagebüchern hervor. Geben Sie es doch endlich zu! Wir werden ohnehin einen DNA-Test machen. Geben Sie es zu! Das kann Ihre Lage nur verbessern.«

»Quatsch!«, brüllte Lattner. »Und wenn, dann müsste ich jubeln. Ich würde den ja beerben.«

»Da gibt es nicht viel zu erben. Trotz seiner hohen Einnahmen durch seine Bestseller und vorher als Arzt war er verschuldet, denn er war spielsüchtig und hat auch anderweitig lange über seine Verhältnisse gelebt.«

»So, das wusste ich gar nicht, interessiert mich auch nicht.«

»Sie sind das Kind zweier blonder, blauäugiger Menschen, da kann man mal sehen, wie idiotisch rassistische Stereotype sind. Normalerweise wäre das im Laufe der Generationenfolgen längst rausgemendelt worden, aber selten, ganz selten, seltener als eine gute Rede in unserem Parlament, und das geht hart gegen Null, kehren diese Merkmale zurück. Und hier ist das der Fall. Ein einmaliger Fall. Ich habe es anfangs auch nicht glauben wollen. Darum haben Sie das Glas ans Berliner Carlsen-Institut eingeschickt. Zum Vaterschaftstest.« Parler geriet in Fahrt. Der Gegner war angeschlagen, jetzt musste er ihm den Rest geben. Er wurde lauter. Sein Bass dröhnte. Er war puterrot im Gesicht. Seine Adern traten hervor. »Woher wussten Sie, dass Faber ihr Vater ist?«, brüllte Parler und schlug mit der Faust auf den Tisch. »Woher wussten Sie das?«

Lattner sackte in sich zusammen, senkte den Kopf und vergrub die Hände im Gesicht. Seine Stimme wurde schleppend und weinerlich. »Meine Mutter hat es mir gesagt. Sie war zwar mit einem Angolaner zusammen, aber der war zwischenzeitlich ein halbes Jahr in Afrika. Er konnte es nicht gewesen sein. Ich habe ihr das nicht geglaubt, aber sie war sich sicher. Und als Faber dann wieder nach Wismar kam, wollte ich der Sache auf den Grund gehen.« Er wischte sich eine Träne aus dem Gesicht und blickte Parler an. »Gut, der rechtsradikale, blonde Faber ist mein Vater, das wissen wir jetzt, aber was hat das mit dem Mord zu tun?«

»Ganz einfach«, sagte Parler, »Sie hatten am Nachmittag diesen Streit mit Faber. Er verlachte Sie und sagte Ihnen vielleicht, dass er Sie nie als Sohn akzeptieren würde. Das ließ Ihnen keine Ruhe. Hass brach sich Bahn. Sie kehrten zurück und brachten ihn um.«

»Sie haben eine blühende Fantasie.«

»Sie brachten ihn um, simulierten einen Raubüberfall und fuhren die Beute an die Ostsee. Hier«, Parler knallte das verschwommene Bild einer Überwachungskamera auf den Tisch, »Sie sind geblitzt worden. Sie waren auf dem Zeltplatz Meschendorf an diesem Abend. Und sie sind gesehen worden, als Sie das Zeug von Faber runter an den Strand brachten. Ein Zeltplatzgast aus Kiel und der Zeltplatzhandwerker, Knut Schröder. Kennen Sie doch, nicht wahr?! Und jetzt Butter bei die Fische! Ich empfehle Ihnen wärmstens, augenblicklich ein umfassendes Geständnis abzulegen. Aus dieser Nummer kommen Sie nicht mehr heraus. Wir wissen, dass Sie den Mord zusammen mit Janine Küchenmeister begangen haben. Sie wird gerade verhaftet. Was meinen Sie, wie lange es dauert, bis sie umkippt? Wenn Sie jetzt ein Geständnis ablegen, wird das bei der Höhe des Strafmaßes berücksichtigt. Gestehen Sie!« Ein starkes Crescendo bis zum Fortissimo, befand er, den letzten Satz hatte er wieder hinausgebrüllt. Er ließ Lattner ein paar Sekunden Zeit und fuhr dann ruhig fort: »Warum zum Teufel haben Sie die Sachen nicht einfach im Wald verbuddelt?«

Eine lange Pause entstand. Lattner stierte auf die Tischplatte und sagte: »Keinen Spaten dabei.«

»Nicht ihr Ernst!«

»Mein Ernst!«

»Ich vermute, Sie waren bekifft oder auf LSD. Welcher Idiot wirft denn alles in die Ostsee?«

»Ich war panisch. Ich hatte Angst. Irgendwie wollte ich an die Ostsee.«

»Was ist passiert an diesem Abend?«

Lattner räusperte sich und rutschte auf dem Stuhl nach vorn. »Ich wollte ihn abends noch mal zur Rede stellen, wie Sie schon sagten, und fuhr zu ihm hin.«

Corinna, Wilfried und Janine Küchenmeister erschienen auf dem Revier. Kerstin begrüßte sie. Die Eltern flankierten ihren Sprössling. Die Mutter hielt Janine an der Hand, und der Vater hatte seinen rechten Arm um die Tochter gelegt, sodass seine Pranke ihre Schulter umfasste. Janine schaute aus einem schönen, verweinten Mädchengesicht.

»Wir ... also Janine möchte eine Aussage machen«, sagte Corinna Küchenmeister.

»Ich kam bei Faber an«, sagte Lattner, »ich wollte einen letzten Versuch wagen, mich mit ihm zu verständigen. Schließlich ist er ja mein Vater. Wenn ich geklingelt hätte, hätte er mich ignoriert. Also kletterte ich über den Zaun. So konnte ich ihn vielleicht überraschen. Aus dem Haus drangen laute Stimmen. Das Fenster war leicht geöffnet und die Vorhänge nicht zugezogen. Ich schaute also rein. Drinnen stritten Faber und Janine Küchenmeister. Janine rief: ›Das ist nicht wahr!‹ Faber: ›Oh doch! Du bist meine Tochter! Deine Mutter ist kein Kind von Traurigkeit, mein Kind. Da war sie doch schon mit diesem Proleten zusammen.‹ Er lachte. Ein widerliches teuflisches Lachen. Janine wieder: ›Das ist nicht wahr!‹ Faber: ›Das war auch meine erste Reaktion, als ich dich kennenlernte. Du hast die Intelligenz deiner Mutter geerbt, also einen IQ von Zimmertemperatur. Du bist eine Loserin, ein Missgriff, du hast nichts von mir bis auf das Grübchen am Kinn, nicht mal besonders gut siehst du aus, einfach ein Betriebsunfall. Und nun verpiss dich, ich kriege noch Besuch!‹ Janine lief weinend aus dem Haus, direkt an mir vorbei. Aber sie sah mich nicht, ich hatte mich hinter einem Gebüsch versteckt.«

Kerstin betrat den Verhörraum und flüsterte Parler zu: »Die Küchenmeisters sind tatsächlich gekommen.«

»Okay. Dauert nicht mehr lange. Ach, Augenblick … draußen.« Parler und Kerstin gingen raus auf den Flur.

»Ich komme bald mit ihm raus«, sagte der Kommissar. »Setz die Küchenmeisters ins Foyer! Sie müssen Lattner sehen! Der Wachpolizist soll mit ihm im Foyer warten!«

Kerstin nickte.

Parler betrat erneut den Verhörraum und wandte sich Lattner zu. Er legte eine bärbeißige Miene auf und fragte: »Und dann?«

»Ich kochte vor Wut«, sagte Lattner. »Das, was er meiner Halbschwester da an den Kopf schleuderte, toppte alles. Ein ›Missgriff‹. Da brach ich die Tür auf, wir stritten uns noch kurz, dann zog ich ihm die Goethebüste über den Schädel. Ich wollte ihn nicht töten. Ich habe nicht einmal besonders fest zugeschlagen. Es war ein Unfall. Er fiel unglücklich. Den Rest kennen Sie.«

»So so«, sagte Parler ruhig. »Kommen Sie mit!«

Er übergab Lattner einem Wachpolizisten und begleitete die beiden ins Foyer. Dort begrüßte er die Küchenmeisters und führte Janine in den Verhörraum.

Janine erklärte, dass sie Faber abends besucht und dass er ihre Avancen abgewehrt hatte. Dann stoppte sie ihren Redefluss, trommelte mit ihren Fingern auf der Tischplatte, inspizierte ihre rotlackierten Fingernägel wie ein Goldschmied einen Rubin.

Parler ließ ihr Zeit.

»Und plötzlich offenbart er mir, dass er mein Vater sei«, sagte sie. »›Ja, du bist mein Balg. Hier steht's schwarz auf weiß.‹ Er reicht mir den Befund so 'nes Instituts. ›Das ist nicht wahr!‹, rief ich. Darauf er: ›Das war auch meine erste Reaktion, als ich dich kennenlernte. Du bist eine Loserin, ein Missgriff, nicht mal besonders gut siehst du aus, einfach ein Betriebsunfall. Und nun verpiss dich, ich kriege noch Besuch!‹ Da dreh ich durch. Ich nehme die Büste und schlage zu. Er prallt mit dem Hinterkopf gegen die Wand, fällt unglücklich und ist tot.« Janine schluchzte. »Das habe ich nicht gewollt. Es war ein Unfall. Ich wollte noch einen Krankenwagen und die Polizei rufen, doch was hätte das genutzt?«

»Und was hast du dann gemacht?«, fragte Parler.

»Einen Überfall vorgetäuscht, die Tür aufgebrochen, Sachen entwendet und bin weggefahren.«

»Wohin?«

»Ich bin an den Strand gefahren und habe die Sachen in die Ostsee geworfen.«

»Womit?«, fragte Parler.

»Womit? Mit dem Auto.«

»Mit welchem Auto?«

»Das meiner Eltern. Ich bin nach Hause, habe mich reingeschlichen, den Autoschlüssel geholt und bin zu Faber gefahren.«

»Du … ähm … Sie … ach bleiben wir beim Du. Egal. Du brauchst ihn nicht zu schützen«, sagte Parler. »Lattner hat bereits gestanden.«

»Wer?«

Parler spielte ihr Lattners Geständnis vor.

»Er lügt, ich war's.«

»Janine«, sagte Parler sanft, »wir können ihm nachweisen, dass er dir geholfen hat. Es wäre besser, du sagst die Wahrheit!«

»Er hat mir geholfen, das ist wahr. Aber ich habe Herrn Faber erschlagen. Es war ein Unfall. Ich wollte es nicht.«

Der Kommissar hakte nach: »Er sagte, er bekäme Besuch?«

»Ja«

»'ne Ahnung, wer?«

»Nein.«

Im Nebenraum befragte Kerstin Lattner weiter. »Sie brauchen Janine Küchenmeister nicht zu schützen. Sie sitzt drüben und hat ausgesagt.«

Lattner senkte den Kopf.

»Herr Lattner, Sie wird nach Jugendstrafrecht verurteilt. Bei Ihnen fiele das wesentlich härter aus.«

»Sie ist doch mein kleines Schwesterchen.« Tränen standen in seinen Augen.

»Es wird vermutlich ohnehin mildernde Umstände geben in Anbetracht der Situation. Außerdem ist es eine Körperverletzung mit Todesfolge und kein Totschlag. Und das Jugendstrafrecht greift. Janine wird ihren Weg gehen.«

Kerstin führte Lattner zu Janine in den Verhörraum. »Wir lassen euch kurz allein«, sagte sie.

Vor der getönten Scheibe hatten sich bereits Pummel, Tom und Kerstin versammelt. Parler und Kerstin stießen hinzu. Sie starrten auf die Geschwister im Verhörraum, und wie sie da so standen, kam es Parler vor, als beobachte eine Gruppe Wissenschaftler einen Feldversuch in einem Zoo. Einer hatte für den anderen die Schuld auf sich nehmen wollen.

»Wann gibt's das schon mal?!«, sagte Pummel und wischte sich eine Träne aus dem Auge.

Die Geschwister waren sich in die Arme gefallen. »Warum hast du?«, fragten sie beide beinahe gleichzeitig.

Kerstin und Wilfried Küchenmeister saßen auf den Sitzen im Wartesaal. Parler winkte sie heran. »Ich denke, ich weiß, warum Sie ausgezogen sind, Herr Küchenmeister«, sagte er zu dem lädierten Riesen.

Der machte einen verneinende Kopfbewegung. »Das ist nicht mehr wichtig, Herr Kommissar. Ich habe meiner Frau verziehen.«

»Da gibt es nichts zu verzeihen«, sagte Parler feierlich. »Faber hat früher Tagebuch geschrieben.« Er holte ein DIN A4-Blatt heraus. »Eine Kopie. Ich fand folgende Notiz:

Letzte Woche mit der Volleyballmannschaft unterwegs gewesen. Ecktannen. Waren-Müritz. Gebadet, gesoffen und gefickt. Abends am Lagerfeuer gesessen. Gitarrengeklimper. Neil Young ideal zum Knitten abschleppen. Und so weiter. Und dann: rauschhafte Party. Wüstes Gelage. Alle schwer betrunken. Direkt im Partyzelt eingepennt. Patrizia schlief fest und lag in delikater Position. Sie hat es gar nicht mitbekommen. Habe ihr wieder den Kleist gemacht. Nummer 2. Bei Corinna Stellmacher letztes Jahr war der Kick noch größer. Sie weiß bis heute nicht, wer sie begattet hat. Sie hießen doch damals noch Stellmacher, nicht wahr? Und zeitlich passte es auch perfekt. Sie haben es nicht mitbekommen, als er …«

Corinna Küchenmeister stand starr mit sperrangelweit geöffnetem Mund und blickte an Parler vorbei in die Ferne, die wenige Meter weiter an einer Kalkwand endete.

44 Sisyphos

»Hach, ein Ende wie in einer Seifenoper«, schwärmte Pummel, die ein gelbes Kapuzenshirt mit der Aufschrift *Born to be wild* und einem schwarzen Totenkopf darunter trug. Sie zog an der linken Kordel ihrer Kapuze und schenkte Parler einen dankbaren Blick. »Und wenn sie nicht gestorben sind …«

Kerstin Ahlers klopfte Alexander Parler auf die Schulter. Von Tom ließ sich ein »Cool!« vernehmen. ›Er kann es nicht lassen‹, dachte der Kommissar, aber vergab ihm, denn so etwas hatte er auch noch nie erlebt. Was, fragte er sich, war er ohne seine Kollegen? Ohne die Techniker? Ohne die Wissenschaft? Ohne Pummel, Tom und Kerstin? Gelang es nicht, in den ersten achtundvierzig Stunden einen Fall aufzuklären, dann war das ein mühseliges Geschäft. Zähe Fleißarbeit. Ein endloses Aktenwälzen, Analysieren, Befragen, Bohren, Nachhaken, Suchen. Ein Fall bestand aus unendlich vielen Kleinigkeiten. Es galt, einen Stein hinauf zu rollen wie einst Sisyphos. In Ewigkeit. Ameisengleich ans Werk! Wieder und wieder. Ein Zergliedern, Zerfasern, Sammeln und Auflisten von Details, ein unendliches Mühen, so wie das Leben sich selbst oft nicht anders gebärdete als ein titanisches Ringen mit vielen läppischen Alltäglichkeiten. Und immer galt es als Kriminalist auch, dem mächtigen Gott Zufall einen Altar zu errichten. Und zumeist war es auch ein Kampf mit einem Dämon.

Doch der Fall Faber lag anders. Er war wie ein Geschenk des Himmels für zweifelnde Ermittler gewesen, wie ein gemütlicher Spaziergang bei Sonnenschein und lauem Wind. Ein Mordfall, den er abends bei Lektüre und einem Humpen Faxe-Starkbier gelöst hatte. Ganz nebenbei hatte er auch noch eine Ehe gerettet, zwei Menschen wieder zusammengeführt, die durch Lüge und Niedertracht auseinandergerissen worden waren. Ein unbestimmtes Glücksgefühl durchströmte Parler, und er fühlte sich wie Einstein, Sherlock Holmes und Shakespeare in einer, in seiner Person.

Es währte dies aber nicht lange, denn langsam mischten sich Zweifel in seine Freude. Der Kopf war Faber gegen den Boden geschlagen worden. Das hatten beide vehement geleugnet, und Parler hielt weder Mario Lattner noch Janine Küchenmeister für fähig, den eigenen Vater so zu töten, auch wenn es sich um einen Vergewaltiger handelte. Affekt? Ausnahmesituation? Und das Entscheidende: Er bekomme noch Besuch, hatte Faber an diesem Abend gesagt. Der Mann liebte Frauen und gelegentlich auch Männer. Es könnte also auch ein Mann gewesen sein, falls der Hinweis auf einen anstehenden Besuch nicht nur ein zusätzliches Argument war, um Janine zu vertreiben. Oder gar eine Notlüge von Janine, um ihre eigene Täterschaft zu verschleiern. Aber das glaubte Parler nicht. Möglicherweise war in der Zwischenzeit also noch eine dritte Person vor Ort gewesen und hatte ihn erst zu einem Tatort für die Mordkommission gemacht. Faber hatte eigentlich auch zu dem Ostseetörn mitkommen wollen. Er kannte die Ausflügler, unter denen ein Mörder zu suchen war. Und das Verbrechen, dem er nun zum Opfer gefallen war, geschah zeitnah zum ersten Mord. Dies alles nährte den Zweifel, und Parler war sich von Stunde zu Stunde sicherer, dass es sich anders abgespielt haben musste, als gedacht, und dass dieser Fall mit dem Mordfall Steiner verknüpft war. Obwohl als rein statistischer Wert nicht direkt relevant, sprach auch die zufällige Häufung dagegen. Mecklenburg hatte eine relativ stabile Mordrate von nur 0,4 bis 0,5 auf 100000 Einwohner. Beinahe ein Deutschlandrekord an Friedfertigkeit. Weltspitze! Und dann zwei dieser äußerst seltenen Ereignisse zeitnah in unmittelbarer geografischer Nähe. Parler war es Klein, Janine und Lattner schuldig, hier weiterzumachen …

45 Leichenstein

Der Tag war jung noch und der Himmel klar und blau. Nur eine einsame Zirruswolke schwebte hoch über dem Neuen Friedhof in Kühlungsborn. Die Birken entlang des gepflasterten Fußweges, auf dem die 34-jährige Simone Rehländer entlangspazierte, blühten immer noch. Sie kam an der kleinen Wiese der anonymen Urnengemeinschaft vorbei und verharrte kurz. Hier hatte sich vor nicht allzu langer Zeit Unglaubliches ereignet.

Ein Mann hatte die Urne seines Bruders ausgegraben, um dessen Wunsch zu entsprechen, in der Ostsee seine letzte Ruhe zu finden. Eine Seebestattung. Dies war auf dem Friedhof nicht unbemerkt geblieben. Eine Anklage wegen Störung der Totenruhe war gegen den Mann bereits initiiert worden. Dabei kam heraus, dass aber nicht das Behältnis mit der Asche seines Bruders entwendet worden war. Der Mann hatte irrtümlich die falsche aus der Erde geholt und anschließend ins Meer geworfen. Als er auf den Fehler aufmerksam gemacht worden war, buddelte er eine zweite Urne aus, diesmal die richtige. Rehländer konnte sich nicht vorstellen, was sie täte, wenn einer ihrer Lieben statt in geweihter Erde nun in einer Blechbüchse in der Ostsee läge. Nicht einmal im Tode war man vor den Zweibeinern sicher, und obwohl Rehländer das Meer liebte, eine Seebestattung auch für sich selbst vorgesehen hatte und sich beim besten Willen nicht vorstellen konnte, in der Erde zu liegen, fand sie die Vorstellung gruselig, dass die Urne einer alten Frau nun gegen ihren Willen in der Ostsee trieb. Mit einer Geldstrafe von 15 Tagessätzen war der Strolch davongekommen. Der deutsche Justizapparat hatte sich wieder einmal lächerlich gemacht.

Kopfschüttelnd ging Rehländer weiter, und ihr Blick glitt kurz an sich selbst hinab. Sie trug eine dunkelblaue Jeans und eine schwarze Bluse. Um die Hüften schlang sich ein breiter weißer Gürtel, der ihre schlanke Taille betonte.

Ein üppig umpflanzter Leichenstein, gestiftet von der Medizinischen Fakultät der Universität Rostock, trug die Inschrift *Zum Gedächtnis der Menschen, die nach ihrem Tode zur Ausbildung junger Ärzte beitrugen.* Das hatte Stil, war eine angemessene Würdigung jener, die so edel und hilfreich waren, im Dienste der Wissenschaft Präparate aus sich selbst anfertigen zu lassen. Sollte sie es ihnen gleichtun, sich auch als Anschauungsobjekt zur Verfügung stellen? Nun, das würde sie sich noch genauestens überlegen. Vieles sprach dafür, weniges dagegen. Ein paar Monate Zeit hatte sie ja hoffentlich noch.

Rehländer steuerte auf die Familiengrabstelle zu, und es streifte sie ein kühler Hauch. Der Vater als Atheist hatte auf eine Bestattung auf dem Neuen Friedhof bestanden, während die lange Reihe ihrer Ahnen zurück bis ins 18. Jahrhundert auf dem Alten Friedhof lagen. Sie nahm den mitgebrachten Rosenstrauß aus seiner Papierumhüllung heraus und legte ihn vor dem Stein nieder. Tränen standen in ihren Augen. Keiner ihrer Liebsten war eines natürlichen Todes gestorben. Auf den Tag genau fünfzehn Jahre war es her, da war ihre Mutter qualvoll dem Darmkrebs erlegen. Fünf Jahre danach war ihr geliebter Vater totgeprügelt worden. Der Täter, ein Müllmann, der kindische Liebesromane schrieb, kam mit einer Bewährungsstrafe davon, angeblich hatte ihr Vater die Schlägerei begonnen. Das musste zwingend eine Lüge sein. Ihr Vater hatte ihre Mutter oder sie nie geschlagen, war ein Muster an Fürsorglichkeit und auch sonst hatte sie nie gehört, dass er jemals gewalttätig geworden war. Nun ist jeder Mensch in Ausnahmesituation zu allem fähig, das wusste sie, aber nichts hatte im Falle ihres Vaters darauf hingedeutet. Vermutlich hatten Täter, Richter und Zeugen zusammengehalten, eben weil es sich um ihren Vater handelte. Hohn und Ungerechtigkeit. Die Rache des neuen Systems. Ein Fanal, denn er war Offizier des Ministeriums für Staatssicherheit gewesen, ein ehrlicher Idealist, der an die historische Mission der Arbeiterklasse glaubte und sich verpflichtet fühlte, auf Friedenswacht seinen Mann stehen zu müssen. Verfemt, erniedrigt und beleidigt, war er nach dem Fall der Mauer zum Trinker geworden, in einer Kneipe dann an einen gedrungenen Fettwanst namens Krüger geraten …

Vor sechs Jahren dann war ihr älterer Bruder gestorben, der lange ihr Ersatzvater gewesen war, die letzte familiäre Bezugsperson, die sie noch hatte. Ein Opel mit einem menschlichen Inhalt namens Rolf Steiner hatte seinen Wagen seitwärts gerammt. Ihr Bruder war noch vor Ort seinen schweren Verletzungen erlegen.

Was blieb ihr noch? Sie war die Letzte ihres Geschlechts. Seit dem 18. Jahrhundert hatte ihre Familie in Kühlungsborn gelebt und eine lange Kette von Bäckern hervorgebracht. Erst die Mutter hatte einen anderen Beruf gewählt, den auch sie selbst gelernt und lange ausgeübt hatte: Krankenschwester. Jetzt arbeitete sie als Altenpflegerin, eine ebenso edle wie unterbezahlte Arbeit. Was soll's! Mit ihr endete alles. Sehr bald. Sie hatte keine Kinder und würde keine bekommen, denn sie war unfruchtbar.

Ein schweres Schicksal hatte ihre Familie erfahren. Bis auf den Krebs ihrer Mutter: menschengemacht! Erledigt Täter 1: Rolf Steiner. Jetzt war es doch an der Zeit, den anderen zu richten! Den Fettwanst Krüger. Wann, wenn nicht jetzt, da er ohnehin einer der Verdächtigen bei Steiners Exekution war, wie sie herausgefunden hatte. Diese Sache musste sie selbst erledigen. Ihrem Freund würde sie nichts sagen. Er hatte genug für sie getan. Selbst war die Frau!

46 Dyspnoe

Parler nahm sich den Rest des Tages frei und kaufte in der Zoohandlung Rostock einen geräumigen Käfig und ein wunderschönes weiß-blaues, nestjunges Wellensittichmädchen. Stubenadler Innocenz musste sich noch ein klein wenig gedulden. Vorerst sollte sie im Flur wohnen und sich zuallererst an Parler gewöhnen, bevor sie mit Innocenz in Kontakt kommen würde.

Parler brachte sie nach Bad Doberan in seine Wohnung, richtete ihr neues Zuhause ein und fuhr später wieder zurück nach Rostock, um Klein im Krankenhaus zu besuchen. Auf der Fahrt überlegte er sich, welchen Namen er dem jungen Vogelmädchen, also gewissermaßen seiner Ersatztochter, geben sollte. Lisa. Das klang locker und weiblich. Lisa Stansfield, die Sängerin. Oder vielleicht Maria? Maria war ein edler, schöner, klangvoller, biblischer Name. Und in seinem inneren Ohr vernahm er plötzlich Kleins Wieselstimme: »Mensch, Parlibaby. Das geht zu weit: Maria, nach der Mutter Gottes? Das wäre pure Blasphemie. Immerhin geht es um einen Wellensittich. Nenne sie nach der Opernsängerin Maria Callas, aber dann flötet und singt sie ohne Unterlass, also auch nachts unter abgedunkeltem Käfig, wenn du pennen willst. Besser nach Maria Theresia, die österreichische Kaiserin, der Alte Fritz hat ihr ordentlich Dampf gemacht. Aber dann wimmelt's bei dir bald von vielen kleinen Wellensittichbabys, denn Maria Theresia war extrem gebärfreudig und hat 16 Gören zur Welt gebracht. Nenne sie einfach: Maria.«

Parler entschied sich für Maria. Ihn plagten Gewissensbisse: War es recht, Maria einfach zu ein paar Tagen Einsamkeit zu verurteilen? Nun, da musste sie durch. Innocenz hatte ganze vier Wochen durchhalten müssen. Grundsätzlich stellte sich die Frage, ob es überhaupt recht war, Vögel zu halten. Insbesondere Wellensittiche! Die Schwarmvögel waren gesellige, freiheitsliebende Tiere, die es gewohnt waren, am Tag Dutzende von Kilometern zu fliegen. Solche Geschöpfe in einem Käfig verdorren zu lassen, das war bei Lichte besehen: ein Verbrechen. Aber er besaß eine richtige Voliere und keinen kartongroßen Käfig, und die Medaille hatte zwei Seiten: Nach ein paar Tagen würde er Maria Gesellschaft, Freiflug und immer einen gedeckten Tisch bieten, während die Brüder und Schwestern Marias und Innocenz' draußen im australischen Outback ein hartes, entbehrungsreiches und gefährliches Leben führten: Sie verdursteten und verhungerten oft zu Tausenden, standen auf dem Speiseplan eines jeden Beutegreifers oder wurden von Farmern einfach abgeknallt. Sie kompensierten das mit wahrer Sexbesessenheit. Es war dies schlicht nötig, um den Erhalt der Art zu sichern. Parler kam also zu einem einigermaßen akzeptablen Kompromiss, aber wohl war ihm nicht, je länger er darüber nachdachte. Im Grunde müsste er sich ihnen anpassen. Sich einen ganzen Schwarm zulegen, wenigstens sechs bis acht Vögel, einen Minischwarm, der ihn dann möglicherweise als Schwarmmitglied akzeptieren, ja, aufnehmen würde.

Er lächelte, als er seinen Dienstwagen auf dem Parkplatz des Krankenhauses abstellte. Es war ein warmer, heller Tag, ein sanftes Lüftchen wehte und ein Amselmännchen hüpfte durch ein Rosenbeet in der Nähe. Er beschloss, später noch an die See zu fahren. Die Ostsee hatte 15 Grad. Höchste Zeit zum Anbaden! Er betrat das Krankenhaus und starrte auf die üppigen Brüste der dunkelblonden Rezeptionistin.

»Zimmer 315«, hauchte Schwester Karin mit Schlafzimmerstimme.

Parler bedankte sich, schenkte ihr ein Lächeln und verbeugte sich leicht, er würdigte weniger die Information, als ihre warme, weiche, sonore Stimme. Dann begab er sich in den zweiten Stock und betrat einen langen Flur, an dessen Ende ein junger, gutgenährter Polizist vor einer Tür saß und auf das Display seines Smartphones schaute. Der Kommissar trat an den Mann heran und hätte ihn schon berühren können, doch der ließ sich nicht stören. Parler zückte seine Dienstmarke. »Guten Tag, Herr Polizeimeister«, sagte er mit ironischem Unterton. »Liegt der Gefangene Klein hier in dem Zimmer?«

Der Polizeimeister nickte wortlos und vertiefte sich wieder in das Geschehen auf seinem Telefon.

›Nicht nur die Bildschirme werden immer flacher‹, dachte Parler. ›Der Schnösel benötigt auch dringend ein paar sportliche Trainingseinheiten.‹ – »Kriegen die Zähne nicht mehr auseinander, die Milchreisbubis aus der Fußpilzgeneration«, knurrte Parler so laut, dass der Polizeimeister es hören musste. Dann öffnete der Kommissar die Tür des Zweibettzimmers und schloss sie hinter sich. Im ersten Bett lag eine verwitterte Greisin und schlief. Das zweite war leer, die

Decke war zurückgeschlagen worden. Das Fenster stand sperrangelweit offen. Ein Laken war an die Heizungsrippen geknotet und führte nach draußen. »Von wegen Selbstmord!«, rief Parler erfreut aus. Mit einem kurzen Satz war er an Kleins Bett und legte seine Hand auf die Matratze. Sie war noch warm. Er stürzte ans Fenster. Noch bevor er es erreicht hatte, vernahm er vom Parkplatz her ein lautes Klirren. Der Polizist sah nach unten und glaubte seinen Augen nicht zu trauen.

Klein hatte soeben mit einem Stein die Seitenscheibe von Parlers Dienstwagen eingeschlagen.

»Klein«, brüllte der Kommissar aus Leibeskräften, »du Schwein! Was machst du da? Mein Wagen!« Er rannte aus dem Zimmer und die Treppe hinunter. Als er draußen angekommen war, rollte Klein im Polizeidienstwagen gerade vom Parkplatz. Parler rannte ihm gut 50 Meter hinterher, doch Klein war längst unerreichbar. »Mein Wagen! Klein! Komm zurück! Du Schwein!« Völlig außer Atem stoppte er und lehnte sich an einen Baum. Kurzer, flacher Atem. Dyspnoe. Aus der Hosentasche fischte er ein Asthmaspray, das er immer bei sich führte, und nahm einen tiefen Zug. Schon besser! Er rief Kerstin an. »Klein ist soeben in einem gestohlenen Wagen aus dem Krankenhaus geflüchtet.«

»Fahrzeugtyp und Kennzeichen des Wagens?«, rief sie.

›Das ist doch deiner! Das ist doch deiner!‹, nahm Parler im Geiste ihren nächsten Satz vorweg. Er rief ins Telefon: »Blauer VW Golf, Kennzeichen PO 2425.«

»Das ist doch deiner!«, rief Kerstin empört.

»Allerdings«, sagte Parler. Er hörte sie zetern und beendete das Gespräch.

Nun kam der beleibte Schutzpolizist keuchend angerannt.

Parler wandte sich ihm zu, sein Gesicht nahm die Farbe des weinroten Renault Clio an, der soeben auf der Straße vorbeifuhr, und brüllte den verdatterten Polizisten an: »Guten Morgen, Polizeimeister!«

47 Makarow

Mit 130 Metern ist der Diedrichshagener Berg die höchste Erhebung der Kühlung, einer kuppigen Hügellandschaft zwischen Kühlungsborn und Kröpelin. Simone Rehländer stand erstmals seit gut zehn Jahren wieder auf dieser jungen, nur etwa 15000 Jahre alten Anhöhe. Ihr Blick streifte über das gewaltige Panorama des Mecklenburger Landes. Nordwestlich erhob sich der Bastorfer Leuchtturm. Ein kleines Bauwerk auf einem hohen Berg, sodass es insgesamt das höchste Leuchtfeuer im Ostseeraum war. Im Westen das Ostseebad Rerik und die Halbinsel Wustrow, dahinter die Insel Poel, und als dunkles Band am Horizont die Küste an der Wohlenberger Wiek. Ganz schwach erkennbar als dünner Faden nordwestlich die Insel Fehmarn, gut 40 Kilometer entfernt von hier. Rehländers Blick glitt landeinwärts bis in die Neubukower Mulde, die Senke, in der die Kleinstadt Neubukow lag. Sie wandte sich gen Norden. Kühlungsborn, ihre Heimatstadt, lag vor dem Meer, auf dem große und kleine Schiffe fuhren und weiße Segel dahinzogen. Eigentlich hätte sie sich jetzt gerne ins Gras gelegt. Alles blühte, keimte und quoll, während sie selbst langsam verging. Es war nur ein kurzer Aufenthalt auf dieser Erde, dachte Rehländer, doch bevor sich düstere Gedanken am Rande ihres Bewusstseins formten, um wie Furien aus der Hölle in ihr zu wüten, gelang es ihr, sie abzuschütteln. Ins Gras legen, die winzigen Tierchen beobachten, die sich auf den Halmen tummelten, und die Wolken zu betrachten, ja, das wär's, doch der Tag heute war nicht dafür gemacht. Und was gaukelte die Natur den Sensiblen doch immer wieder gerne vor. Gefühllos und kalt war sie, und das Summen und Schwirren und geschäftige Krabbeln der kleinen Tierchen im Gras nichts als ein gnadenloser Existenzkampf. Irgendwie, dachte Rehländer, war es vielleicht ja auch ein verdammtes Glück, an diesem Kampf, dem Kampf des Lebens, nicht mehr teilhaben zu müssen. Sie hatte vor ihrer Geburt nichts vermisst und würde es nach ihrem Ableben auch nicht mehr tun. Und es gab nie wieder Pflichten, denen sie nachkommen musste. Nie wieder würde sie morgens aufstehen müssen, nie wieder von Krankheiten gebeutelt werden.

Vor Rehländer schlängelte sich ein Pfad hinab und verlor sich in einem Meer aus Grün und gelben Tupfern darin. Man baute sehr viel Raps an heutzutage. ›Ob das klug ist?‹, dachte sie, während sie gemächlich dem Pfad folgte. Nach zwanzig Minuten holte sie die Karte heraus, denn sie war am Ziel. Sie klappte sie auf, verglich die markanten Punkte mit der ihr dargebotenen Wirklichkeit. Ein Bach, der links von ihr murmelnd nach Osten floss, der steile Abhang westlich von ihr, die gewaltige Eiche, die einsam im Feld bei einem Teiche stand, und die drei Buchen, die eine Gerade bildeten, deren mittlere der exakte Mittelpunkt dieser Geraden war. Diese Buche musste es sein. Simone hatte sich einen verhangenen, verregneten Tag ausgesucht, da der Pfad üblicherweise von vielen Touristen genutzt wurde, was ihr verständlich erschien. Doch heute hatte der Himmel eine dunkle Wolkenwand herangefahren und drohte damit, sie zu melken, es einfach lospladdern zu lassen. Heute war sie aller Wahrscheinlichkeit nach allein hier.

Doch kaum hatte sie begonnen mit ihrer Metallsonde um die Buche zu kreisen, rief hinter ihr jemand: »Hallo!«

»Hallo«, gab sie zurück.

»Was suchen Sie denn hier? Lagert hier irgendwo ein Schatz?« Ein braungebrannter Mann mit schütterem weißen Haar und faltiger Gesichtshaut stand hinter ihr und strahlte sie mit seinen tiefliegenden blauen Augen an. Er war muskulös, trug einen kleinen Jägerrucksack auf dem Rücken, Trekkingschuhe und Lederhose. Er führte einen Wanderstecken mit sich, den er jetzt spielerisch in der Luft wirbeln ließ. Der Kerl mochte 60 sein, aber die ganze Aufmachung bis hin zu den großen, schönen Männerhänden deutete auf Kraft und Zähigkeit. ›Ein Energiepaket‹, dachte Rehländer und sagte mit verschmitztem Lächeln: »In Mecklenburg liegt noch in jedem Acker ein Silberschatz verborgen.«

Er lachte. »Ich hörte schon, der Silberschatz von König Blauzahn auf Rügen. Von einem Dreizehnjährigen entdeckt. Sagenhaft, was man noch alles so finden kann.«

»War nicht der einzige. In Weltzin, 'n Dorf im Tollensetal, ist kürzlich ebenfalls einer entdeckt worden. Und alles ordnungsgemäß an die Behörde weitergegeben worden. So sind wir Mecklenburger.«

»Ach, Sie kennen Sonden-Benny aus der Pfalz?« Er lachte.

Sie erwiderte das Lachen. »Ein Raubgräber? Böse Buben gibt es überall.«

Er schaute sie an, als würde er noch eine Erklärung erwarten, wonach sie genau da suche, aber dann fragte er: »Warum heißt die Gegend eigentlich Kühlung? Hat der Höhenzug markanten Einfluss auf das Klima rundherum?«

»Oh nein. Das kommt von Kuhle. Sie wissen, was eine Kuhle ist?!«

»Ach so«, sagte er, »hätte nicht gedacht, hier in Meckpom auf eine solche Landschaft zu stoßen. Das ist ja wenigstens ein Mittelgebirge en miniature.«

»Das sind unsere Karpaten«, sagte Rehländer. »Und Landschaftsschutzgebiet seit 1966.« Das hatte sie vor zwei Tagen zufällig gelesen.

Sie plauderten noch ein Weilchen, bis er spürte, dass es sie drängte weiterzumachen. »Ah ja«, meinte er, »aber bevor ich Sie hier weiter löchere, will ich mal los. Hat mich sehr gefreut, Sie kennenzulernen, gnädiges Fräulein.«

»Oh, gleichfalls«, sagte Rehländer. »Ein Gentleman der alten Schule.«

Er musterte sie noch auf seltsam durchdringende Art, als suche er nach einer körperlichen Ursache für die Traurigkeit in ihrem Lachen und das seltsame, kaum merkliche Zittern in ihrer Stimme.

Sie verabschiedeten sich herzlich. Simone schaute ihm nachdenklich hinterher. Schade, es war so unendlich schade, dass es nun schon so früh mit ihr zu Ende ging. Das etwa zwanzigminütige Gespräch mit dem Mann hatte ausgereicht, um ihn einzuschätzen. Ein solch drahtiger Kerl, der die ganze Welt bereist hatte, charmant und gebildet … wäre es vermutlich gewesen. Lutz Borgward war adrett und nett, aber doch recht einfach veranlagt. Obwohl er sehr gut aussah, fehlte ihm aber irgendwie das gewisse Etwas. Sie hatte ihm immer noch nicht gesagt, dass ihre Uhr bald ablaufen würde, aber noch sah es ja nicht danach aus, denn sie hatte momentan kaum Schmerzen und konnte problemlos arbeiten. Erst wenn es spürbar schlimmer werden und der Sensenmann unbarmherzig an die Tür klopfen würde, erst dann würde sie ihr Geheimnis lüften.

Rehländer zog die Sonde erneut über das Gras und schon nach zwei Metern schlug sie an. Sie holte den Klappspaten aus dem Rucksack und schaute sich ausgiebig in alle Richtungen um. Noch einmal wollte sie nicht kalt erwischt werden. Dann begann sie zu graben. In vierzig Zentimetern Tiefe stieß sie auf eine Art Plane, die mit Klebeband umwickelt war. Sie blickte sich noch einmal um, dann öffnete sie das Paket mit einem Teppichmesser und wickelte das Ölpapier darin ab. Eine Pistole des russischen Typs Makarow kam zum Vorschein. Anbei eine Schachtel mit Patronen. Ihr Vater hatte die Waffe kurz nach dem Zusammenbruch der DDR beiseitegeschafft und hier vergraben.

48 Kalte Fälle

Kerstin war apodiktisch dahergekommen: »Beide Fälle geklärt. Die Fahndung nach Klein ist jetzt nicht mehr unser Bier. Wir nehmen uns ein paar kalte Fälle vor.« Parler hatte energisch widersprochen und seiner Überzeugung lautstark Ausdruck verliehen, dass Klein nicht der Täter im Mordfall Steiner war, was zu einem bitteren Streit mit Kerstin geführt hatte. Doch es half nichts. Sie war seine Vorgesetzte: »Basta! Cold Cases! Auf deutsch: Kalte Fälle!«

Parler war in den Sportraum gegangen und hatte sich am Sandsack abgearbeitet. Es war wie 1940 beim Frankreichfeldzug, dachte er. Das britische Expeditionsheer saß in Dünkirchen fest. Es wäre ein Leichtes gewesen, die Briten zu kassieren, doch der wahnsinnige Diktator ließ die Panzer stoppen und verhalf ihnen so zur Flucht. Das Gröfazgleichnis – wie vermessen! Zum Glück konnte Kerstin keine Gedanken lesen. Durch ein paar Mauern hindurch schon gar nicht. Zum Glück waren Gedanken frei. Was war nur mit ihm los? Doch schon nach fünf Minuten Sandsacktraining und zwei Minuten am Punchingball war er wieder nach oben gegangen, hatte sich beruhigt und bei ihr für seinen Ausbruch entschuldigt. War Klein das überhaupt wert? Ja, das war er. Freundschaft, über Jahrzehnte gemacht, hielt nicht nur eine kurze Nacht. Doch was, wenn er falsch lag? Wenn sich die Restauration einer alten Verbundenheit wie ein Nebelschleier vor seinen Ermittlerblick gesetzt hatte? Die Zukunft würde es zeigen.

Und Parler verfluchte sich einmal mehr ob seiner Tat im Affekt vor Jahren, deren Spätfolgen er jeden Tag spürte. Er beschloss, den Fall nebenbei weiter zu verfolgen.

Drei Stunden später nahm ein Citroen Kerstin in der Innenstadt die Vorfahrt. Sie landete mit einer schweren Gehirnerschütterung und drei angebrochenen Rippen im Krankenhaus. Nachdem Parler, Tom und Pummel sie dort besucht und sich vergewissert hatten, dass es ihr den Umständen entsprechend gut ging, übernahm Parler die Abteilung und setzte seine beiden Mitarbeiter Tom und Pummel erneut auf den Fall Steiner an.

49 Gary Cooper

»Was haben wir?!«, fragte Parler beim Briefing im Konferenzraum, während sein Blick über die Neonröhren wanderte und die Stubenfliege suchte. Ob sie sich wieder die Hände rieb? »Den Hauptverdächtigen Klein auf der Flucht. Der findet sich schon wieder an. Den lassen wir jetzt erst mal außen vor. Weiter: Im Grunde könnte es auch jemand außerhalb der Herrentagsrunde gewesen sein, aber bleiben wir zuerst bei den Wahrscheinlichkeiten. Da ist Skipper Blomann, der letztendlich alle eingeladen hat.«

»Ja, aber auf ein Geflecht gegenseitiger Empfehlungen hin«, meinte Pummel.

»Das wir jetzt nicht mehr entwirren können«, erwiderte Parler. »Jeder der Brüder kennt hier jeden, und selbst wenn Bekanntschaften geleugnet würden, könnten sie bestehen. Was Blomann angeht: Der hat Klein erst vor ein paar Wochen das Leben gerettet. Nach eigener Aussage. Nach Barbara Techels Aussage. Nach Steiners Aussage. Es ist also zu 100 Prozent wahr. Was Blomann im Grunde ausschließt.«

»Dann bleiben – immer in der Annahme, Klein war es nicht – Borgward und Krüger«, führte Pummel den Gedanken weiter.

»Krüger hat kein Motiv«, sagte Parler.

»Doch.« Tom räusperte sich.

Der Kommissar blickte erstaunt auf. »So? Welches denn?«

»Steiner hat ihn wegen der Fehlschichten überführt. Krüger war in einer Fleischerei in Neubukow angestellt. Der

Chef dort hat Steiner auf ihn angesetzt. Der hat sich einfach krankgemeldet, stattdessen schwarzgearbeitet.«

»Ganz schön blöd«, sagte Parler. »Man sollte meinen, das hat sich mit den alten Ostzeiten erledigt.«

»Er ist daraufhin entlassen worden«, fuhr Tom fort, »war zwei Jahre arbeitslos, dann bekam er den Job bei der Müllabfuhr.«

»Wann war das?«, fragte Parler.

»Vor drei Jahren.«

»Warum hast du mir das nicht gleich gesagt?«, fragte er vorwurfsvoll.

»Wir waren mit dem anderen Fall beschäftigt.«

»Stimmt. Entschuldige!«

Tom verschränkte die Arme ineinander, lehnte sich demonstrativ zurück und fuhr mit der Zunge über die Reihe der linken oberen Backenzähne. Obwohl er den Mund geschlossen hatte, blieb es Parler nicht verborgen. Trotz der Entschuldigung war Tom verärgert, aber das gab sich wieder.

›Ein bisschen Mimose ist er schon‹, dachte Parler. »Checkt Reinhold Krüger noch einmal gründlich durch. Kontobewegungen, Schufa, seine Akte bei uns, das ganze Programm!«, forderte er.

»Geht in Ordnung, Chef!«, sagte Pummel.

Chef! Das klang wie Musik in Parlers Ohren, hatte er es doch lange nicht mehr gehört. Auch aus diesem Grunde durfte sich Kerstin ruhig etwas länger erholen. »Was haben wir über Borgward?«, fragte der Kommissar.

»Steiner war mit Barbara Techel zusammen, also Borgwards ehemaliger Freundin, woraus sich ein Motiv ergäbe«, sagte Pummel.

»Borgward sieht nicht so aus und macht auch nicht den Eindruck, dass er sich darob lange grämen würde. Hält sich selbst für Gary Cooper.« Der Kommissar grinste. »Aber kann man's wissen?«

»Borgward arbeitet in dem Altersheim, in dem Dorothea Steiner, die Stiefmutter Steiners lag«, meinte Pummel.

»In dem auch Barbara Techel arbeitet, Steiners geplante Zukünftige.«

»Auf Steiners Konto gingen regelmäßig größere Beträge von ihr ein.«

»Wir sollten uns die alte Dame mal genauer anschauen, zumal sie in der Lage ist, regelmäßig größere Beträge zu überweisen. Check mal ihr Konto, Pummel! Ich werde gleich dort anrufen und fragen, ob sie da und ansprechbar ist.«

Dorothea Steiner war Wochen zuvor ins Koma gefallen und lag nun in einem Rostocker Krankenhaus. Das hielt Parler nicht davon ab, nach Kühlungsborn ins Altersheim zu fahren.

Auf die Frage an die Anstaltsleitung, wer sich bevorzugt um sie gekümmert habe, wurden ihm Lutz Borgward, Barbara Techel und Simone Rehländer genannt. Borgward arbeitete seit vier Wochen nicht mehr im Altersheim und war jetzt Hausmeister im Seeblick, einer Villa in der Strandstraße. Barbara Techel hatte frei, aber Simone Rehländer fand er in einem Zimmer auf der zweiten Etage, just als sie das durchnässte Laken eines bettlägerigen Greises wechselte. Parler stellte sich ihr kurz vor und wartete vor der Tür, bis sie fertig war.

Als sie aus dem Zimmer trat, musterte sie ihn streng von oben bis unten und sagte süffisant: »Die Bullerei sieht man Ihnen gar nicht an. Was woll'n Se denn? Fix, fix, ich hab nicht ewig Zeit!« Sie mochte um die 30 sein, eine schlanke, sehr hübsche Brünette mit zarten Rehaugen. Ihr dunkelbraunes Haar war mithilfe einer blauen Schmetterlingshaarspange zu einem Zopf gebunden, der aufgeregt hin und her pendelte.

Parler erklärte Rehländer sein Anliegen.

»Außer von Steiner hatte sie nur zwei- bis dreimal Besuch von diesen Schriftstellern. Also, der eine ist Schriftsteller, der andere … Na, lassen wir das.«

Die Überraschung stand Parler ins Gesicht geschrieben. »Schriftstellern? Zwei? Maximilian Faber und Reinhold Krüger?«

Sie stach ihren Zeigefinger gegen Parlers Brust. Ein unsanfter Stupser. »Genau von denen, Herr Schimanski.«

»Waren die beiden zusammen hier?«

»Nein, Herr Poirot.«

»Wissen Sie, worüber gesprochen wurde?«, fragte Parler.

Sie schürzte die Lippen. »Hm, Krüger, also Herr Krüger, wollte wissen, ob er mit Frau Steiner verwandt sei. Bei Herrn Faber weiß ich nicht, Herr Maigret.«

»Ich sehe, Sie haben einige Kriminalromane gelesen. Parler, immer noch mein Name«, sagte er gereizt. »Und? Sind Sie verwandt miteinander?«

»Keine Ahnung.« Sie spreizte die Arme auseinander. »Sie sind doch von der Bullerei, nicht ich. Und nu' muss ich weitermachen. Noch was?«

Recht hatte sie, er war der Bulle, ein sehr überraschter Bulle. Wie hing das zusammen? In diesem Fall war auch wirklich alles miteinander verwoben …

Als Parler ins Freie trat und in Gedanken bei dem Fall verweilte, bemerkte er nicht, dass Simone Rehländer möglicherweise doch nicht so viel zu tun hatte, wie sie vorgab, sondern ihn vom Fenster des Flures aus beobachtete und in Gedanken bei ihm, Parler, war …

51 Neurosen

»Komm mal her, Schatz!« Simone Rehländer winkte Borgward ans Fenster. »Siehst du da unten die Alte?«

Borgward blickte hinunter. Vom vierten Stock des Wohnblocks im Ehm-Welk-Anger hatte man einen großartigen Ausblick auf die unteren Balkone des gegenüberliegenden Gebäudes. »Wer denn? Die da gerade den Balkon wischt?«, fragte er gelangweilt.

»Das macht sie jeden Tag«, sagte Rehländer. »Bei Regen, Sonne, Sturm – sie wischt jeden Tag den Balkon.«

»Und da heißt es immer: Rentner haben niemals Zeit.«

Die alte Frau wrang ihren Feudel aus, wischte den Rest trocken, verschwand mit dem Eimer im Zimmer, kehrte mit zwei Paar Schuhen zurück und stellte sie auf den Balkon.

»Das sind Balkonschuhe«, sagte Rehländer. »Sie tragen diese Schuhe nur auf dem Balkon. Wenn sie Spazieren gehen, schütteln sie danach jedes Kleidungsstück aus. Ebenso die Schuhe. Abbürsten, Ausbürsten. Neu putzen. Um dann am Ende wieder den Balkon zu wischen.«

Borgward lachte. »Putzzwang. Waschzwang. Neurosen. Warum erzählst du mir das?«

»Mein Lieber, nenne es, wie du willst. Die übertreiben es. Aber es gibt eben auch das Gegenteil, nämlich zum Beispiel einen gewissen Herrn Borgward. Jedes Mal, wenn du reinkommst, vergisst du, dir die Schuhe auszuziehen. Du stellst dich nach wie vor zum Pinkeln vor die Toilette, ich habe dir schon einhundert Mal gesagt: Setz dich hin! Kauf dir das Sitzpinklerbuch oder wie auch immer: Setz dich hin!«

»Ja, du hast ja recht«, erwiderte Borgward zerknirscht.

»Und was das Schlimmste ist: Wie lange trägst du deine Unterhosen?«

»Einen Tag.«

»Eine Woche, schätze ich. Das muss aufhören!«

Das verschlug Borgward glatt die Sprache. Plumpe Anmache. Doofe Glucke! Nörglerische Xanthippe! Das ihm, dem die Truden dieser Welt zu Füßen lagen. Ihm! Er unterdrückte den Impuls, ihr eine Ohrfeige zu geben, und starrte sie nur wortlos an.

»Und schau dir das alte Pärchen da unten an!«, sagte sie. »Sie wäscht, sie putzt, sie kocht, sie stellt ihm das Essen hin, ja, sie schneidet ihm Teile vor, sie hat ihm sogar schon mal die Nase geputzt. Das alles gibt es hier nicht. Natürlich koche ich, du kannst ja höchstens ein Stück Fett in die Pfanne hauen. Aber wenn du hier einziehen willst, teilen wir uns die übrige Arbeit, schließlich gehe ich auch arbeiten. Verstehst du das?«

»Ja, ja, das war eine klare Ansage.« Seine Wut war plötzlich verflogen. Sie hatte ja recht.

Unvermittelt legte sie ihre Hand in seinen Schritt und blickte ihn verführerisch an, doch nichts regte sich bei ihm. Tote Hose! Es war die Demütigung mit der Unterhose, vermutete sie. Sie war zu weit gegangen. Ein Spiel mit dem Feuer. Sie hätte ihm das auch schonender beibringen können, dachte sie.

»Ich habe heute keine Zeit, Maus«, sagte er, »ich muss noch Wattwürmer sammeln.«

»Heute ist Samstag. Ich dachte, wir machen es uns gemütlich?«

»Heute nicht, Schatz. Ich war seit sechs Wochen nicht mehr angeln.«

»Und wo?«

»Rerik, Seebrücke.«

»Sag, Schatz, ich habe neulich ein Buch von diesem Krüger gelesen. Du sagtest, der angelt da auch immer?«

»Krüger, nee, schon lange nicht mehr, der ist ein Einzelgänger geworden. Der hat seinen Stammplatz seit Jahren kurz hinterm Elefantenstein. Da schwört der drauf. Kannst deine Uhr nach stellen. Punkt 22 Uhr geht's los. Spätestens um eins ist er voll, um vier haut er ab und hat immer was gefangen.«

»Auch immer samstags?«

»Das ist mit zwingender Logik so, wenn man in der Woche arbeiten geht«, sagte Borgward.

»Interessant.«

52 Nacht des Jägers

Ein kleines Tief hielt Einzug im Norden Deutschlands. Es war eine kalte, stürmische Nacht. Die Wipfel der Fichten im Kühlungsborner Stadtwald wogten. Wolkenberge fuhren über ihn hinweg und gaben die bleiche Mondsichel für einen Moment frei. Eine Krähe schickte ihr heiseres »Krah« in den Wind und entschwand über den Bäumen. Dies war die Nacht des Jägers. Solche Nächte waren wie gemacht für ihn. In solchen Nächten war er immer auf der Pirsch.

Er trug eine grüne Felddiensthose, Kakijacke und Fallschirmspringerstiefel. Der Jäger war ein Chamäleon, das sich seiner Umgebung perfekt anpasste. Heute Nacht war er schon lange auf dem Waldweg gegangen, der parallel zur Häuserfront verlief. Um diese Zeit nutzte ihn nur selten ein Mensch. Er war allein und vergewisserte sich dessen noch einmal gründlich. Er drehte sich um, sein Blick wanderte langsam durch den Wald. Kein Mensch weit und breit. Also schlug er sich südwärts ins Unterholz. Hier war der Jäger eins mit der Natur, verschmolz mit ihr zu einem Individuum, einer Chimäre aus Mensch und Wald. Hier war er selbst auf wenige Meter kaum wahrzunehmen. Aber wer traute sich schon nachts in sein Revier?! Der Stadtwald lag, wie der Central Park in Manhattan, im Herzen der Stadt. Der Vergleich gefiel ihm. Stadt! Dass er nicht lachte. 7200 schwarze Seelen. Drei schmale Dörfer zu einem Häuserband um den Wald gelegt. Seinem Wald! Seinem Revier! Stadt? Was war der verdammte Central Park in New York gegen den Stadtwald von Kühlungsborn! Konnte man dort auch Rehe beobachten? Konnte man dort auch Pfifferlinge finden? Konnte man sich dort auch verirren wie in einem Märchenwald?

Kurz vor der kleinen Lichtung, etwa zwanzig Meter vor einem der Gebäude, blieb er stehen. Licht schimmerte aus dem ersten Stockwerk. Die Dame des Hauses hatte die Vorhänge nicht zugezogen. Wie immer! Der Jäger hob das Fernglas und erblickte Barbara Techel. Sie war angezogen. Verdammt! Saß an ihrem Schreibtisch, in etwas Rotes gehüllt. Wann zog sie sich aus? Entblößte ihren Schatz? Entkleidete das Schönste, was die Natur jemals geschaffen hatte: einen Frauenkörper. Das konnte noch Stunden so gehen. Würde er heute wieder nicht zum Schuss kommen? Erneut kein scheues Wild erlegen? Der Jäger fluchte leise in sich hinein und setzte das Fernglas, das er sich um den Hals gehängt hatte, ab. Es lag nun neben seiner Waffe: ein sündhaft teurer Fotoapparat mit gigantisch hoher Pixelzahl. Seit drei Stunden war er nun unterwegs und hatte noch immer kein nacktes weibliches Wesen gesehen. Was sollte er tun? Warten? Noch weiter an den Hinterfronten entlangpirschen? Die Erfahrung hatte ihn gelehrt, dass sich das nicht lohnte. Mehrere der anderen Grundstücke wurden von Hunden bewacht. Und die anderen Frauen dieses Straßenzuges zogen Vorhänge oder Rollos zu. Zivilisation hatte sie zu Krüppeln gemacht. Schämten sie sich ihrer Nacktheit? Ihrer gottgegebenen Schönheit? Es war eine perverse Welt, in der er lebte. Im Sommer bevölkerten die Zweibeiner zu Tausenden die

FKK-Strände und stellten sich auf ordinäre Art zur Schau, pimmelschwenkend und brüstependelnd, hier aber taten sie alles, um sich zu verhüllen und zu verbergen. Diese offene Demonstration des Fleisches an den Stränden regte den Jäger nicht an. Auch das beste Stück eines Entblößers hing schlaff herunter, wenn es auf eine gespielte Gleichgültigkeit der damit belästigten Damen traf. Eine Krux! Nur der Irrglaube, sich unbeobachtet zu fühlen, machte es, dass aus dem stillen, verhaltenen Gewässer in ihm eine brechende Sturzflut wurde.

Der Jäger gab Techel noch eine Viertelstunde. Vielleicht bequemte sie sich ja. Und während er weiter mit der Welt und ihren Umständen haderte, zog er den kleinen Lederbeutel mit Tabak, Blättchen und Filtern aus der Brusttasche und begann, sich eine Zigarette zu drehen. Er blickte nach oben auf die schwankenden Wipfel.

Plötzlich knackte hinter ihm ein trockener Ast. Der Jäger fuhr zusammen. Noch ehe er sich umdrehen konnte, explodierte etwas an seinem Schädel, tausend Sterne sprangen vor seinen Augen aus einem einzigen Punkte auseinander. Seine Welt löste sich in Schwärze auf. Er sackte zusammen. Zwei große, derbe Hände packten ihn und zogen ihn ins Dickicht.

53 Hitchcock

Barbara Techel hielt es nicht für nötig, die Vorhänge zuzuziehen, schließlich grenzte ihr Haus an den Stadtwald und war so vor neugierigen Blicken geschützt. Sie trug einen roten Jogginganzug und Sneakers, hatte sie doch im Keller noch ein wenig Sport getrieben. Vor drei Minuten hatte oben das Telefon geklingelt. Aber nicht der Sprint aus dem Keller in den ersten Stock war der Grund dafür, dass ihr nun der Schweiß in einem dünnen Film auf der Stirn stand.

»Ich sage es zum letzten Mal: Ich rufe die Polizei!«, rief sie in das Telefon. »Und Tschüss!« Sie beendete das Gespräch und befühlte ihren Puls am Handgelenk. Plötzlich vernahm sie ein Knacken und Knarren auf den Dielen parterre, als bewege sich jemand im Flur. Das konnte unmöglich sein! »Hallo! Ist dort jemand?«

Eine Wendeltreppe mit schmiedeeisernem Geländer führte hinunter ins Erdgeschoss. Techel nahm sie Stufe für Stufe, behutsam und leise, Schritt für Schritt den Fuß langsam aufsetzend. Als sie unten war, knipste sie das Licht auf dem Flur an. Nichts. Stille im Haus. Nur draußen pfiff und heulte der Wind. Techel überprüfte die Fenster in Küche und Toilette auf Verschluss. Die Wohnzimmertür stand offen. Hatte sie die Tür nicht vorhin erst verschlossen? Sie war sich nicht sicher, bei gewohnten, nahezu automatisierten Handlungen weilten ihre Gedanken grundsätzlich woanders. Und jetzt, nach Rolfs Tod, erst recht. Um Gotteswillen!

Als Sportschützin besaß sie eine Waffe, aber die war in einem Safe unter Verschluss im Wohnzimmer. Ausgerechnet hinter der Tür. Was nun? Hauchdünne weiße Härchen auf ihren Armen richteten sich auf. Sie spürte, wie ihr weitere winzige Schweißperlen auf die Stirn traten. Was, wenn hinter der Tür jemand stand? In der Ferne, übertönt vom Sturmgetöse, ein leises Sirren. Eine Sirene? Schnell verschluckt vom Heulen des Windes. Barbara Techel überlegte. Sie könnte jetzt einfach aus dem Haus laufen. Was hielt sie zurück? Nein, das war ihr zu albern. Sie ging einem imaginären Geräusch auf den Leim. Ein einfaches Knacken und Knarren, was war das schon?!

Hin und her gerissen verharrte Techel eine bange, lange Sekunde auf dem Flur, trat schließlich zur Flurkommode, öffnete das Schubfach und fand darin eine große Schere. Eine Szene aus einem Hitchcock-Film fiel ihr ein. Die arglose Grace Kelly wird durch einen Telefonanruf ins Zimmer gelockt. Hinter dem Vorhang verborgen – ein Mörder. Barbara Techel nahm die Schere, steckte Zeige- und Mittelfinger durch den Griff, um sie notfalls als tödlich stechenden Schlagring zu benutzen, und näherte sich vorsichtig und leise dem Wohnzimmer. In dem vom Flur aus sichtbaren Teil des Raums war niemand. Aber hinter der Tür. Lauerte dort jemand? Sie tat einen Schritt ins Wohnzimmer hinein und blieb stehen. Vernahm keinen Laut. Dann fasste sie sich ein Herz und stieß die Tür mit voller Wucht auf. Sie krachte gegen den Safe. Barbara Techel atmete auf. Es war niemand da.

54 Hocus Pocus

Techel ging in die Küche und holte eine Flasche Orangensaft aus dem Kühlschrank. Dann kehrte sie ins Wohnzimmer zurück, entnahm einer gläsernen Vitrine ein Whiskeyglas und goss Bourbon hinein. Sie setzte sich aufs Sofa, nahm zuerst einen Schluck Saft und trank danach das Glas Whiskey in einem Zug aus. Es brannte heiß in ihr, und während sie dem gedämpften Heulen des Windes draußen lauschte, wich die Anspannung einem wohligen Taumel. Sie goss sich noch ein weiteres Glas Bourbon ein, ging wieder hoch ins Zimmer im ersten Stock, setzte sich an den Schreibtisch und fuhr ihren PC hoch. Eine passende Musik musste noch her! Sie fand sie in dem Song einer Hardrockband, der lange vor Barbaras Geburt aufgenommen wurde: »Hocus Pocus« von Focus. Barbara nahm einen Schluck Whiskey, sprang auf und vollführte einen wilden Tanz im Rhythmus der Musik, in dem sie sich drehte und nach vorn und hinten trat und ihren Kopf blitzschnell kreiseln ließ, sodass ihre Löwenmähne in bizarren Arabesken durch die Luft flog. Sie fühlte sich plötzlich wild und frei, ihr Herz raste. Als die letzten Akkorde erklangen, ließ sie sich erschöpft und schweißüberströmt auf den Stuhl fallen.

Mit einem gewaltigen Knall klirrte es, das Fensterglas barst und hinter ihr zerbrach der Spiegel in tausend Scherben. Sie schrie auf und warf sich geistesgegenwärtig auf den Boden.

55 Aschekegel

Als Parler eine Stunde später mit seinem Privatwagen eintraf, illuminierten Blaulichter Bürgersteig und Straße vor Barbara Techels Haus. Der Kommissar parkte ein paar Meter entfernt, stieg aus, drehte sein Gesicht in den brausenden Sturm und wünschte sich, an der Ostsee zu sein. So war es in seiner Kindheit immer gewesen: Wenn die Menschen sich bei Regen und Sturm in ihren Wohnungen verkrochen, ging er an die See und gab sich den entfesselten Gewalten hin. Vielleicht sollte er morgen in aller Frühe …? Er scheuchte die Überlegung weg wie den Gedanken an ein Glas eisgekühlten Scotch vor einer Prüfung. Durfte nicht sein, jetzt! Die Gelegenheit kam früh genug. Und in den Fall Steiner kam wieder Bewegung, denn das hier konnte kein Zufall sein.

Ein barhäuptiger Schutzpolizist kam auf ihn zu, erklärte noch einmal, was geschehen und dass Techel unverletzt geblieben war. »Wir haben vor zehn Minuten hinter dem Haus im Wald einen stadtbekannten Spanner festgenommen. Er sagte, er sei von hinten niedergeschlagen worden. Sieht so aus, als ob das stimmt. Klaffende Wunde am Hinterkopf. Als wir eintrafen, kam er auch erst gerade wieder zu sich.«

»Danke, Obermeister. Nehmen Sie ihn in Gewahrsam! Wir werden ihn morgen verhören.« Der Obermeister nickte und ging ab.

Barbara Techel saß in sich zusammengesunken im Wohnzimmer, starrte an die Wand und hielt eine Zigarette in der Linken. Der Filter war angesengt, ein krummer Aschequader von halber Zigarettenlänge steckte an ihm. Techels schlanke, rechte Hand lag gespreizt auf dem Tisch. Sie trug noch immer einen Verlobungsring. Ihre Augen waren rot und verquollen. Sie blickte auf. Tränen kullerten an ihren Wangen herunter. Der Aschekegel fiel ab.

»Er hat auf mein Spiegelbild geschossen. Der Spiegel! Der Spiegel! Sonst wäre ich jetzt …«

»Frau Techel«, sagte Parler sanft, »wir können die Befragung auch auf morgen verschieben, wenn Sie möchten, aber können wir noch kurz hochgehen, und Sie zeigen mir, wo genau Sie gesessen haben?«

Sie stiegen die Treppe hinauf. Ein Beamter der Spurensicherung war im Raum, ein zweiter suchte draußen den Standort des Schützen. Zwei Schutzpolizisten sicherten das Haus.

»Wo saßen Sie, Frau Techel?«

Sie setzte sich an den Schreibtisch.

Parler betrachtete das Loch in der Scheibe, dann den Spiegel sowie ihren Standort. ›Sie muss heute Nacht einen Schutzengel gehabt haben‹, dachte der Kommissar. »Habt ihr schon die Patrone?«, fragte er Sebastian Müller, den Beamten der Spurensicherung, einen mürrischen, wortkargen Mann.

Der hob kurz eine kleine Plastiktüte mit einem Projektil darin.

»Gut«, sagte Parler und wandte sich wieder Barbara Techel zu. »Wann ist es genau geschehen?«

»Kurz nach halb zehn«, antwortete sie und griff nach dem schnurlosen Telefon, das auf dem Tisch lag. »Gehen wir runter, ich will Ihnen etwas zeigen!«

Im Wohnzimmer angekommen, legte sie das Gerät auf die Basisstation und spielte den Anrufbeantworter ab. Eine hässlich verzerrte Stimme kroch aus dem Lautsprecher: »Steiner ist ja schon tot. Wenn du nicht bald aus Kühlungsborn verschwindest, bist du es auch!«

»Wann war das drauf?«, fragte Parler.

»Gestern Abend?«

»Warum haben Sie uns das nicht gleich gesagt, Frau Techel?«

»Ich hätte es Ihnen heute vorbeigebracht. Ich wollte gestern ein bisschen Ruhe.«

»Wir nehmen das Telefon mit. Vielleicht gelingt es unseren Technikern, die Stimme zu entzerren.«

»Bitte!«

»Haben Sie irgendjemanden weit weg, bei dem sie unterkommen können, bis das hier vorbei ist?«

Techel schüttelte stolz ihr Haupt. »Hier ist mein Zuhause. Hier stehe und hier falle ich«, sagte sie martialisch. »Ich lasse mich nicht einschüchtern.« Doch ihre Stimme klang brüchig.

Parler hob beschwörend die Arme. »Frau Techel, auf Sie ist geschossen worden. Kann sein, dass der Täter es noch einmal versucht.«

»Ja, aber gewiss nicht heute. Ich bin übrigens Sportschützin. Ich habe eine Waffe im Haus und weiß, mich zu wehren.« Sie warf den Kopf zurück. Ihre Löwenmähne bäumte sich auf. Eine trotzige und stolze Geste der kleinen, hübschen Frau, fand Parler. Offenbar hatte sie sich wieder einigermaßen gefangen. Es war kaum zu glauben, was sie hatte durchmachen müssen. Bedrohungen. Der Tod ihres Verlobten kurz vor der Hochzeit. Und jetzt ein Attentat.

»Wie Sie wollen«, sagte Parler. »Wir werden in jedem Falle einen Funkwagen vor ihr Haus stellen. Das können Sie nicht ablehnen, Frau Techel. Das ist öffentlicher Raum.« Er überlegte, ob er sie nicht doch zwingen könnte, einen Beamten im Haus zu belassen. »Und verschließen Sie alle Türen und Fenster! Hier, meine Karte. Wenn irgendwas ist, rufen Sie mich an!«

Sie nahm die Karte, und ein prüfender Blick glitt an ihm herab. Parler glaubte, ein kokettes, kaum merkbares Lächeln auszumachen.

»Allerdings, wenn Sie …« Sie warf einen flehenden Blick auf ihn.

Ein warmer Schauer rieselte den Rücken des Kommissars hinab. Sie trug einen Jogginganzug, aber selbst in einer Ritterrüstung wäre sie noch attraktiv gewesen. »Wenn ich was?«, entgegnete er und versuchte dieser Frage ein hohes Maß an Neutralität zu verleihen.

»Wollen Sie nicht hierbleiben?«, fragte sie unverblümt.

»Ich?« Parler hatte es geahnt, trotzdem war er erstaunt. Er sah ihre edel geformten Kusslippen, die prachtvolle Löwenmähne und die üppigen ausladenden Brüste und dachte: ›Reiß dich zusammen, alter Junge! Männer sehen in allem gleich ein Signal.‹ Es war nicht nur vermessen, es war infam, und Scham überkam ihn. Ihr Lebenspartner war noch nicht einmal begraben, und er kam auf eine fixe Idee. Wie gut, dass die Gedanken frei waren, sagte sich Parler einmal mehr und schaute sich um, als könne jemand in ihm lesen. Gleichmütig entgegnete er: »Ich würde gern, aber es geht nicht.«

»Warum nicht? Ist es nicht so im Film, dass der Polizist bei der Frau, die er beschützen soll, auf dem Sofa pennt?«

»Das gibt es eben nur im Kino«, sagte er. »Ich bearbeite den Fall Ihres Mannes, also, formal, Ihres ehemaligen Freundes. Wie ich schon sagte, wir können einen Schutzpolizisten abstellen, der hier im Wohnzimmer …«

Eine Träne rann ihr über die Wange. »Nein, kein Schutzpolizist. Es ist so schade, ich hätte gern jemanden ganz in der Nähe, dem ich vertraue.« Sie fuhr sich mit den Fingern durch ihr Haar. Es vergingen fünf Sekunden in gemeinsamem Schweigen. »Können Sie das nicht verstehen?«

In Parler arbeitete es. In ihm stritten Seelen und Beschützerinstinkt und, er konnte es nicht leugnen, eine Hoffnung, die einem starken Trieb entsprang. Nein, von der Moral ganz abgesehen, es ging nicht, das könnte ihn seinen Job kosten. Die Träne! Vielleicht half es ihr ja, wenn er blieb, nachdem sie gerade Todesängste ausgestanden hatte. Mehrmals in seiner Ermittlertätigkeit hatte er sich über Dienstvorschriften und kleinliche Bedenken hinweggesetzt und so auch zwei Fälle gelöst. Doch dies hier lag anders. Ein Übernachten bei ihr war nicht nötig und würde ihn auch im Fall Steiner nicht weiterbringen. Die Träne! Der traurige Blick! Die Angst in ihren Augen … Doch wie sollte das funktionieren? Er müsste sich zuallererst auf ihre Verschwiegenheit verlassen können, doch seit wann konnte man Menschen vertrauen? Wer wusste besser als er, dessen Beruf ihn dazu verdammte, die Abgründe der Spezies auszuloten, wie es um dieselbe bestellt war, auch wenn Barbara Techel vermutlich zu den edleren Exemplaren gehörte. Was für eine Frau! Aber nein, Dienst war Dienst und Schnaps war Schnaps.

»Bitte!«, hauchte sie flehend.

56 Verbotene Früchte

Parler verließ das Haus, wies den zum Schutz von Barbara Techel abgestellten Beamten ein, setzte sich in seinen Wagen und fuhr los. Einhundert Meter weiter bog er rechts ein und stellte das Fahrzeug in der Querstraße ab. Wie gut, dass er mit seinem VW Passat hier war. Dann ging er zurück, überquerte die Fahrbahn und schlug sich in die Büsche und Fichten des Stadtwaldes. Auf Höhe des Hauses Techel ging er in Wartestellung, denn der Wachpolizist vertrat sich vorn die Beine und konnte bis hinten zum Stadtwald schauen. Der 49-jährige Parler hockte nun zwischen den Bäumen wie ein verliebter Teenager mit liebestoll vernebeltem Gehirn, der wartete, bis die Eltern der Angehimmelten schlafen gingen, um seine Geliebte zu besuchen. Nur dass es nicht um eine heiße Liebesnacht ging, sondern um einen unbequemen Schlafplatz auf einem Sofa, der ihn seinen Job kosten konnte. Seine Existenz stand hier auf dem Spiel! Die Situation erschien ihm plötzlich unwirklich, denn erst jetzt erfasste er sie in ihrer ganzen Tragweite und Absurdität. Wahnsinn! Auch wenn, nach Nietzsche, in jedem Wahnsinn etwas Vernunft lag. In diesem hier nicht. Er konnte die Situation jetzt noch bereinigen, indem er einfach wieder den Weg zurücklaufen würde, den er gekommen war. Doch etwas in ihm wollte nicht mehr zurück. Was war das, fragte er sich, eine Sehnsucht, der er nachgab? Adrenalin? Der Reiz verbotener Früchte? Ein Kick? Das Spiel mit der Gefahr? Ein platter Trieb, der ihn trieb? Wenn auch ohne jede Aussicht auf Erfolg? War es das einfache, schöne Bedürfnis, einem Menschen beizustehen, der in Not war? Er wusste noch nicht, was hier überwog. Aber nun war er hier und saß im Gebüsch hinter Barbara Techels Haus. So wartete er, bis der Polizist verschwunden war und rief sie an. Sie bestätigte, dass sich ihr Bewacher wieder in seinen Wagen gesetzt hatte. Parler verharrte ein paar Sekunden, wusste, was lange bedacht wird, wird bedenklich, nahm sich ein Herz, sprang über den Zaun und drückte die Terrassentür auf, die ihm Barbara Techel geöffnet hatte. Er schloss sie von innen wieder ab und schlüpfte durch den Vorhang.

»Keine Angst. Doppelglasfenster. Durch den Sturm würde man von draußen nicht mal hören, wenn ich die Anlage voll aufdrehe.«

Alle Vorhänge waren zugezogen. Sie machten es sich auf dem Sofa bequem, Barbara Techel zündete eine Kerze an, stellte Weingläser auf den Tisch, holte eine Flasche Burgunder und goss ein. Und während Parler ihr erklärte, wie es um die Ermittlungen stand, schwenkte sein Auge zwischen rebensaftgefülltem Weinglas und Barbara Techel, die ein reizvolles Nachthemd trug, hin und her. »Hinter dem Haus wurde ein stadtbekannten Spanner festgenommen, der es vermutlich aber nicht war.«

»Ja, Sie hatten mir das erzählt.«

»Sind Sie manchmal bei nicht zugezogenen Vorhängen ...?« Er streckte seine Hände so nach vorne, als hielte er eine Schüssel in der Hand. Es war dies eine fordernde Geste.

»Nackt?« Sie lachte erstmals an diesem Abend und entblößte ihre wunderschönen alabasterweißen Zähne. »Aber natürlich!«, setzte sie hinzu. »Sieh an! Was es nicht alles gibt. Schleicht nachts durch den Wald und beobachtet Frauen. Selbst wenn ich das gewusst hätte, hätte mich das nicht gestört. Wenn das dem armen Mann gefällt. Mich sollte eher stören, wenn er nicht mehr spannt.«

»Tja«, Parler lächelte, »es gibt nichts, was es nicht gibt, aber stimmt schon, das ist nun alles wirklich nichts Besonderes. Na, jedenfalls ist der Spanner offenbar von dem Täter überrascht worden.«

Sie schaute ihm tief in die Augen. »Schön, dass du hier bist!«

Er nickte und fragte sich immer noch, was er hier verloren hatte. »Aber morgen in aller Frühe muss ich wieder los. Haben Sie … hast du einen Wecker?«

Sie holte einen Wecker aus dem Schrank. »Für wann soll ich ihn stellen?«

»Um 5 Uhr. Noch wenn es dunkelt.«

»Dann haben wir ja genug Zeit«, sagte sie unvermittelt. »Er hätte es so gewollt. Es lindert vielleicht das Leiden ein wenig.« Und noch ehe Parler »Was?« fragen konnte, sagte sie: »Freue mich auf einen schönen Fick mit dir.« Das verschlug Parler glatt die Sprache. Noch ehe er sie wiederfand, war sie bei ihm und küsste ihn auf den Mund. Ganz zart. Nur Lippen auf Lippen, wie getupft.

»Aber …«

»Nein, nein«, sagte sie, »ich brauche heute Nacht nur einen Beschützer, einen Mann, der bei und in mir ist.«

Er fuhr mit der Hand durch ihr Haar. Sie küssten sich erneut, diesmal wild und heftig. Zungen fanden einander. Sie ließ sich fallen und zog ihn herunter. Als er nach kurzem Spiele in sie eindrang, wusste er, dass sich der Einsatz gelohnt hatte.

57 Hintergrundgeräusche

»Der Bankencheck hat ergeben: Dorothea Steiners Vermögen ist erheblich. Sie ist reich. Alles geerbt. Aktien, Immobilien. Und wer viel hat, hat auch noch viel Glück: Sie hat vor drei Jahren die fünf Millionen bei der Norddeutschen Klassenlotterie abgeräumt«, sagte Pummel.

Pummel, Parler und Tom saßen im Konferenzraum. Der Kommissar unterdrückte ein Gähnen, trank einen Kaffee und füllte die Tasse erneut. Seine Augen bildeten schmale Schlitze. Falten zogen tiefe Schnitte durch sein Gesicht. Zu allem Übel hatte er auch noch vergessen, sich zu rasieren. Parler spürte Pummels vorwurfsvolle Blicke und ahnte, dass sie ahnte. Nur, welchen Fisch er da geangelt hatte, das wusste sie nicht. Noch nicht. Wie konnte er nur? Man geht zu Grunde, wenn man immer zu den Gründen geht, hatte er bei Nietzsche gelesen, jetzt galt es nur, kühlen Kopf zu bewahren und weiterzumachen. Diese wunderbaren Stunden ekstatisch gelebten Lebens in der vorangegangenen Nacht konnte er später noch zur Genüge Revue passieren lassen. Parler konnte immer noch locker dreimal hintereinander, und sie hatte ihm das nicht schwer gemacht. ›Nicht schlecht für einen alten Mann‹, dachte er wieder und überlegte kurz, wo er diesen Satz, den er mehrfach innerlich zitiert hatte, schon einmal gehört hatte, denn es handelte sich um ein Filmzitat. ›Yep‹, sein Gesicht hellte sich kurz auf: ›Zwei stahlharte Profis‹. Der alternde Murtaugh alias Danny Glover schlug seinen Freund Martin Riggs alias Mel Gibson nieder, und der legendäre, kleine, simple Satz ward geboren. Parler war ein Filmkind des ausgehenden 20. Jahrhunderts.

Barbara Techels Mann war erst ein paar Tage tot, und sie gab sich einem Wildfremden hin. Die Indianer vom Stamm der Navajo trauerten ganze vier Tage, aber Barbara Techel und Alexander Parler lebten im Mitteleuropa des 21. Jahrhunderts. Es mochte eine unkonventionelle, aber kluge Strategie sein, ihre Trauer zu bewältigen, quasi das Leben zu feiern, ihn selbst aber konnte die begangene Dummheit den Job kosten. Er hatte jahrelang überlegt, den Polizeidienst zu quittieren, denn das Wühlen in den Niederungen der menschlichen Natur hatte ihn desillusioniert, ausgesaugt und aufgerieben. Aber nun, da die Pensionierung ganz fern am Horizont sichtbar wurde, lohnte sich das nicht mehr. Und wieder überflutete ihn eine Welle von Scham dem Toten gegenüber, auch wenn der es nicht mehr mitbekam.

»Boaaaah eh. Das nenne ich Gerechtigkeit. Wo was ist, da kommt auch noch ein ordentlicher Batzen dazu«, rief Tom und erntete einen missbilligenden Blick von Pummel.

»Sie ist«, fuhr sie fort, »insgesamt mindestens zehn bis zwölf Millionen schwer.«

Tom schnalzte mit der Zunge.

Parler ließ die Lehne seines ergonomischen Bürostuhls nach hinten wippen, sodass er nun auf die Neonröhren des Konferenzraums starrte. »Das ändert alles«, rief er aus. »Geld! Der größte Hebel dieser Welt. Der Motivklassiker schlechthin. Pummel, beantrage Einsicht in ihr Testament! Wollen wir doch mal sehen, wer da den großen Reibach macht.«

»Hat sich vielleicht erledigt«, rief Tom triumphierend. »Ich habe die Stimme entzerrt.«

»Lass hören!«, sagte Parler.

Tom startete die Audiodatei. Ein sonorer Bass sagte: »Steiner ist ja schon tot. Wenn du nicht bald aus Kühlungsborn verschwindest, bist du es auch!«

»Eindeutig Borgwards Stimme!«, sagte Parler.

Pummel nickte. »Soll ich eine Fahndung nach Borgward rausgeben?«

Der Kommissar wiegte den Kopf, starrte kurz aus dem Fenster auf das Himmelsgrau und sagte: »Spiel's noch einmal!«

»… Sam«, ergänzte Pummel lachend.

»Wie oft hast du ›Casablanca‹ gesehen?«, fragte Parler.

»15-, 20-mal vielleicht«, erwiderte Pummel.

Tom spielte es noch einmal ab und der Kommissar glaubte, in dem Hintergrundrauschen verschiedenartige Geräusche wahrgenommen zu haben. »Hört ihr was?«

Sie hörten nichts.

»Vielleicht täusche ich mich, aber ich habe ein extrem feines Gehör. Gute Arbeit, Tom, aber bringe es noch einmal in die KtU! Die sollen mal versuchen, die Hintergrundgeräusche zu verstärken!«

Das »Ja« Toms geriet zu einem Grunzlaut.

»Krüger argwöhnt, mit Dorothea Steiner verwandt zu sein«, sagte Parler. »Und warum hat sich Faber für sie interessiert? Beide könnten um ihren Reichtum wissen und sie beerben wollen. Vielleicht wollte sie Mäzenin für Faber spielen. Mein Instinkt sagt mir, dass Dorothea Steiner die

Schlüsselfigur sein könnte. Sie war nicht Steiners leibliche, sondern seine Stiefmutter. Versucht mal, einen Stammbaum von ihr aufzustellen! Standesamt, Kirchenregister, Webseiten usw. Könnte wichtig werden.«

»Okay!?«, sagte Pummel.

Im Unterton lag eine unausgesprochene Frage, die Parler sogleich beantwortete. »Ich nehme euch so viel Büroarbeit ab, wie möglich, damit ihr euch nebenbei auf den Stammbaum konzentrieren könnt. Aber jetzt knöpfe ich mir erst mal Borgward vor.«

»Chef!«, rief Pummel.

»Ja?«

»Nachtarbeit ist schädlich. Mittlerweile ist klar, dass die Krebsrate von Nachtarbeitern signifikant höher ist als bei den anderen. Und weißt du, was wirklich schädlich ist?«

»… dann am nächsten Tag gleich weiterzuarbeiten?«

»Genau erfasst, Alex.« Sie zwinkerte ihm zu.

»Aber nicht, wenn es nur einmal geschieht«, konterte Parler. »Drum wird Nachtarbeitern empfohlen, immer nur maximal drei Tage hintereinander zu arbeiten. Dann geht es halbwegs.« Sagte es, zwinkerte ihr zu und beeilte sich, der Hölle Pummels' gebündelter Vorwürfe zu entkommen.

58 *Betreten verboten!*

Parler fuhr nach Kühlungsborn. Borgward wohnte im zweiten Geschoss eines Wohnblocks in Ostteil des Ortes. Wie erwartet, traf er ihn dort nicht an. Er wollte Borgward an seiner neuen Arbeitsstelle überraschen, daher hatte er vorher nicht angerufen. Als Parler jetzt erstmals seit den Achtzigerjahren des vergangenen Jahrhunderts die Strandstraße entlangfuhr, kam er aus dem Staunen nicht mehr heraus. Ein Comeback der Superlative! Die bröckelnden, verrottenden, grünspanbesetzten Villen waren aufwändig saniert worden und erstrahlten wieder in ihrer ganzen ehemaligen Pracht. Um sie sich noch kurz anzuschauen, stoppte er an einem schneeweißen Brillanten der Bäderarchitektur. Wie es sich für eine Hubertusburg gehörte, prangte ein Hirschgeweih am Giebel. Ein paar hundert Meter weiter stand die Villa Seeblick.

Borgward hatte Mittagspause und war nicht im Hause. Eine betagte Reinigungskraft riet Parler, auf der Promenade zu schauen. Dort sitze ihr neuer Kollege öfters, mampfe seine Stullen und schaue aufs Meer hinaus. »Gehen Sie doch mal in Richtung Grenzturm!«

»Wie bitte?«

»Grenzturm. Denkmal aus der DDR-Zeit. Richtung Marina.«

Augenblicklich war Parler der Grenzsoldat, der in brütender Hitze inmitten eines FKK-Strandes unter Tausenden von Nackedeis auf einem solchen Wachtturm in Felddienstuniform und Stiefeln an einem riesigen Binokular sitzend, Ende der Achtzigerjahre seine Militärzeit verbracht hatte.

»Schauen Sie sich den Turm ruhig mal an!«, sagte sie. »Ist ein Museum unten drin. Sehr informativ.«

»Danke.« Parler machte sich auf zur Strandpromenade, die mit ihren fast drei Kilometern Länge eine der längsten Deutschlands war. Touristen flanierten auf der Meile. Der Tag war warm, grau und feucht. Wie zum Trotz, das Wetter verlachend, trug man bevorzugt weiße, gelbe oder hellblaue T-Shirts und Hemden, als fordere die weiße Stadt einen Dresscode ein. Von Borgward keine Spur.

Zwischen Promenade und Strand lag ein Strandgrasfeld, und als sich Parler in Richtung See wandte, fiel sein Blick auf ein Schild: *Betreten verboten!* Daneben führte ein Trampelpfad zum Strand. Fein säuberlich ausgetreten, im exakten 90-Grad-Winkel, wie mit dem Lineal gezogen. Man lebte nun also im Zeitalter der kürzesten Wege, konstatierte Parler, der nächste offizielle Strandzugang war ganze 30 Meter entfernt.

Er spazierte in Richtung Osten und nach wenigen Metern hörte er im angrenzenden Wäldchen einen Mann und eine Frau streiten – diese Stimmen kannte er doch! Er näherte sich langsam. Da die Bank, auf der die Streithähne saßen, längs des Weges stand, bemerkten sie ihn nicht.

»Es wird Zeit, dass du ein Mann wirst«, rief Simone Rehländer.

Die Demütigung hatte Borgward wohl verstummen lassen, mutmaßte Parler, denn sekundenlang herrschte Stille.

»Ach, davon hängt also ab, ob ich ein Mann bin?«

»Tue es!«

»Nicht so laut!«, beschwor er sie. Er blickte sich scheu um und entdeckte Parler. »Ach, sieh mal einer an! Der Sheriff.« Borgwards Tonfall hatte augenblicklich die beim Verhör offenbar nur zur Schau gestellte, selbstsichere, überhebliche Form angenommen.

»Ach, schau an, die Bullerei!«, rief Simone Rehländer.

»Kann man also nicht einmal in Ruhe Mittag machen?!«, setzte Borgward hinzu.

Im Beisein von Rehländer wollte Parler Borgward nicht befragen. Gewinnbringender wäre es wahrscheinlich auch, den Mann zu verunsichern, dachte der Kommissar, indem er ihm einfach ganz offensichtlich eine Lüge auftischte. Dass er nur wegen ihm vor Ort war, bekam Borgward spätestens mit, wenn die Reinigungskraft an seinem Arbeitsplatz es ihm sagen würde. »Was für ein un-glaub-li-cher Zufall!«, sagte Parler gedehnt. »Ich wollte nur mal hier spazieren gehen. Lang ist es her. Ich war schon seit den Achtzigern nicht mehr in Kühlungsborn. Unglaublich, was sich alles verändert hat. Wie die Stadt blüht und gedeiht.«

»Ja, ja. Sehr schön hier«, sagte Borgward und zog eine Grimasse, die ein Lächeln simulieren sollte.

Parler wünschte einen guten Tag und rief Pummel an, auf dass sie Simone Rehländer durchchecke …

59 Epikur

Lohnte es sich noch, nach Rostock zu fahren? Er hatte versprochen, seine Kollegen bei der Büroarbeit zu unterstützen. Vor 14 Uhr würde Parler nicht in der Dienststelle sein. Einiges konnte er auch von zu Hause aus erledigen. Außerdem hasste er nichts mehr als Büroarbeit, und so suchte er nach einem Grund und einer Möglichkeit, noch ein wenig Feldforschung zu betreiben.

Klein! Ja, das war's. Wo konnte er sein? War er in die Anonymität einer Großstadt geflüchtet? Hatte er sich gar ins Ausland abgesetzt? Es nützte ihm nichts. Irgendwann ging jeder den Zielfahndern ins Netz. Was ein Leben in der Illegalität bedeutete, konnte sich Klein nicht vorstellen: teuer und ungeheuer stressig. Keinen Kontakt zu Verwandten und Bekannten. Niemals! Und immer sitzt die Angst im Nacken. Und Klein würde älter und älter werden. Parler konnte ihm am besten helfen, indem er ihn festnahm.

Klein und Parler kamen beide ursprünglich aus Meschendorf. War der Flüchtige dort oder in Rerik untergeschlüpft? Wenn ja, bei wem? Der Kommissar setzte sich in seinen Wagen, startete den Motor und fuhr los. Vor Bastorf erblickte er den Leuchtturm. Als Kind war er oben gewesen, bevor das Bauwerk für Besucher wieder gesperrt worden war. Die Aussicht war göttlich, und Parler beschloss, sobald er Zeit haben würde, den Turm zu besteigen. Kurz vor Rerik bog er rechts ab, fuhr am Friedhof und am Zeltplatz vorbei auf die Straße nach Meschendorf und nahm schließlich einen matschigen Feldweg, der direkt zur Ostsee führte und an einem Windrad endete.

Parler stieg aus und ging zum Steilufer. Der Himmel trug grau, die Ostsee blaugrau. Sie lag still wie eine Löwin beim Mittagsschlaf. Es hatte stundenlang genieselt, ein leichter, sanfter Niesel, und noch immer erfüllte ein feiner Schleier die Luft. Sein Herz begann zu klopfen, als er auf den schmalen Pfad an der Küste trat. Hier war er erstmals als Sechsjähriger entlanggelaufen. Mit einem provisorischen Speer aus einem Haselnussast, denn er hatte Kaninchen auf dem verwaisten Zeltplatz in Meschendorf jagen wollen, wohlwissend, dass ihm das nicht gelingen würde. Als er einem niedlichen Flauschepelz unverhofft dann tatsächlich ganz nahegekommen war, hatte er den Speer nur halbherzig geworfen, voller Hoffnung, nicht zu treffen. Warum hatte er ihn überhaupt geworfen? Der sechsjährige Parler hatte ein ganzer Mann sein wollen, ein gefährlicher, harter Jäger. Er lächelte und drosselte sein Schritttempo bis zu einem gemächlichen Schlendern, wandelte jetzt auf altem Pfade, der sich am Ufer entlangschlängelte. Hier kannte er jeden Stein und jeden Baum. Der stetige Ansturm des Windes hatte die Äste der jungen Bäume am äußersten Rand der Küste landwärts gebeugt, sodass sie ein grünes Dach über dem Weg bildeten. Regennass hingen sie jetzt herab, träge und schwer. Adergeflechte aus winzigen Wasserströmen lagen auf den Blättern, flossen an ihre Spitzen und wuchsen zu dicken Tropfen, die vereinzelt auf Parler herabfielen. Es war ihm, als trügen die Äste Trauer, als kullerten Tränen herab. Und plötzlich wurden seine Augen feucht. Er wusste nicht, woher es kam. War es die Sehnsucht? Zurück zum Startschuss vor einem halben Jahrhundert?

Hinter der Teufelsschlucht stieg Parler auf einem Pfad hinab, vorsichtig und langsam, wie ein Bergsteiger Fuß auf Fuß perfekt platzierend, sonst geriete der Abstieg zu einer üblen Rutschpartie die Steilküste hinab. Es glückte, er erreichte unversehrt den Strand. Eine große Möwe zog ihre Kreise in elliptischen Bahnen, drei Blessrallen schwammen in Ufernähe, und als Parler durch den Seesand stapfte, sah er ihn: einen riesigen, quaderförmigen, in zwei spiegelgleiche Stücke gebrochenen Stein im Wasser: der Zwilling. Auch ihn hatte er schon als kleiner Junge bestaunt.

So stand er nun am Zwilling und hielt kurz Andacht. Als der Kommissar sich anschickte weiterzulaufen, warf er einen kurzen Blick auf das Steilufer und glaubte seinen Augen nicht zu trauen. Am Fuße des Steilufers, mit einem grünen Parka perfekt getarnt und eingepasst in die Landschaft, saß eine kleine, hagere Gestalt und blickte ihn stumm an. Es war Detlef Klein. Er saß auf einem kerzengeraden Baumstamm, den die letzte Sturmflut bis nach hinten ans Steilufer getragen hatte. Wie lange hatte er schon hier gesessen? Und warum war er nicht geflohen? Dachte er ernsthaft, Parler würde ihn wieder laufen lassen? Hatte er eingesehen, dass eine Flucht sinnlos war? Er trat näher und setzte sich neben Klein. Sie richteten ihren Blick auf das Meer und den Stein.

So saßen sie schweigend ein paar Minuten, bis Parler sagte: »Von wegen Selbstmord!«

»Für wen hältst du mich? Dachtest du, ich wollte mir die Kugel geben, Mann?! Ich bin erst 50. Kurz genug, so ein Leben.«

»Allerdings.«

» Ja. Allerdings, seit ich 50 wurde vor drei Monaten, denke ich gelegentlich an den Tod.« Er blickte Parler an.

»Ich bin erst 49«, antwortete er.

»Noch drei Monate oder so, nicht wahr?! Warte ab, Alter!«

»Epikur gilt immer noch: ›Der Tod geht uns nichts an: Sind wir, ist er nicht. Ist er, sind wir nicht.‹ Wer hat dir Unterschlupf gewährt?«

»Vergiss es!«

»Wo ist der Wagen?«

»Tessmannsdorfer Tannen.«

»Schäden?«

»Nur die Scheibe.«

»Bezahlst du!«, rief Parler aufgebracht. »Den verbrauchten Sprit bezahlst du auch. Und das ist natürlich das Geringste. Idiot! Und was soll das jetzt? Was bringt dir das?«

Klein schoss einen entrüsteten Blick auf ihn ab. »Das ist doch deine Schuld, dass ich hier sitze. Warum hast du den wirklichen Mörder noch nicht eingelocht? Weißt du wenigstens schon, wer es war?«

»Alles deutet auf dich«, sagte Parler.

»Mach keine Witze!«

»Mir ist nicht nach Witzen zumute. Warst du das gestern in Kühlungsborn und hast auf Barbara Techel geschossen?«

»Wie bitte? Natürlich nicht.«

»Das wäre ja auch ein Ding gewesen. Junge, Junge. Warum bist du überhaupt abgehauen?«

»Ich halte das da drin nicht aus. Nenn es meinetwegen Knastphobie, Klaustrophobie oder weiß der Fuchser. Ich bin nicht wie du. Immer so rational. Ohne Gefühl. So logisch, so perfektionistisch.«

»Ja, allerdings. Das stimmt«, sagte Parler und dachte an seine unverantwortliche, idiotische Chaosaktion in Sachen Barbara Techel, die ihn um seinen Job bringen konnte. So schön sie auch war. Wenn der wüsste! Er blickte Klein in die Augen: »Mensch, wenn man sich schon verpisst, dann in die Großstadt. In die Anonymität. Ein Wunder, dass dich noch keiner verpfiffen hat. Aber das ist ja nun auch egal.« Parler holte ein paar Handschellen aus der Tasche. »Tut mir leid, aber ich muss dich mitnehmen. Es ist zu deinem Besten. Wir werden den Täter finden. Bis dahin machst du Urlaub in U-Haft. Da kommst du mal ein bisschen zum Nachdenken.«

»Schau mal da, der Sandregenpfeifer!«, sagte Klein.

Parler blickte auf die Wasserkante. Ein Sandregenpfeifer simulierte eine Verletzung, um eine große Silbermöwe vom Gelege abzulenken. Interessiert schaute der Kommissar zu. »Das ist ja fast schon ein Gleichnis.« Er hatte sich wieder Klein zugewandt.

Der war bereits einige Meter entfernt und sprintete auf den Aufgang zu, einen illegal angelegten Trampelpfad.

Parler nahm die Verfolgung auf.

Klein hatte den Aufgang bereits erreicht und arbeitete sich mit Händen und Füßen schnell die Steilküste hoch.

Parler war immer noch flink und erklomm nun ebenfalls auf allen Vieren den Aufgang. Der Abstand zwischen beiden verringerte sich schnell. Parler war Klein dicht auf den Fersen. Als der ganz oben bereits mit dem Kopf über die Ebene ragte und auf den Weg lugte, der sich dort entlangschlängelte, war er bereits in Griffweite seines Verfolgers. Und just als Parler Kleins Bein packte, rutschte er aus, und da die Steilküste hier in einem Winkel von 70 Grad abfiel, rutschte er gemächlich, aber unweigerlich die schmierige Bahn bis ganz unten hinab. Der feuchte Lehm an ihm klebte wie Sirup.

Klein stand oben und feixte sich einen.

Parler war vom Kopf bis zu den Füßen mit Lehm vollgekleistert.

»Hast dich schön vollgekleckert, Parlibaby. Siehst aus wie ein abstraktes Kunstwerk«, rief Klein. Sein Gesicht nahm eine ernste Miene an, mitleidig rief er: »Hast du dir was getan? Alles in Ordnung?«

»Geht schon«, rief Parler. »Das hilft dir auch nicht weiter, du Vollpfosten. Ich kriege dich schon.« Er zog sein Smartphone aus der Jackeninnentasche wie ein Waffe aus dem Holster, schaute nach oben und glaubte plötzlich, einen gehässigen, ja, bösen Zug in Kleins Gesicht ausfindig gemacht zu haben. Er musste sich irren.

»Pass auf, Parlibaby. Du steckst dein Handy wieder in die Tasche …«

»Vergiss es!«

»… und ich nehme deinen Wagen nicht wieder. Der steht doch bestimmt am Windrad.«

Parler überlegte, ob er auf den Deal eingehen sollte. »Okay. Ich gebe dir zwei Stunden. Bis dahin wirst du es ja geschafft haben, dich von hier zu verpissen. Und unser kleines Rendezvous bleibt unter uns.«

»Auf Ehre und Gewissen!«, rief Klein.

»Auf Ehre und Gewissen!«

Klein hob die Hand zum Gruß und verschwand.

Zwei angegraute Pfadfinder, befand Parler. Er steckte das Telefon wieder weg. Klein wollte flitzen, sollte er. Er würde schon angekrochen kommen. Oder Parler fand den wirklichen Täter vorher. Der Kommissar zog sich Hose, Hemd und Unterhemd aus, wusch den Lehm in der See ab, und da er schon mal hier war, sprang er ins kalte, herrliche Ostseewasser und schwamm ein paar hundert Meter.

60 Macht

Gegen 23 Uhr kam Parler nach Hause, zog Hemd und Hose aus, hüllte sich in einen Jogginganzug und warf sich aufs Sofa. Innocenz zog das Köpfchen aus dem Gefieder und sah ihn traurig an. Parler sprang auf, um sich eine Flasche Bier zu holen. In der Küche hörte er hinter sich den Sehnsuchtsruf des Amselmännchens, das bevorzugt in der Kastanie vor dem Haus logierte und ihm erfolgreich die Nerven ruinierte, diesmal aber in der Version von Innocenz. »Gut gecovert, Innocenz«, rief er. In der Küche saß Maria. Innocenz und Maria sie wussten längst voneinander. Nach den größeren und kleineren Widernissen des Tages war es an der Zeit, etwas Gutes zu tun. Da Maria sich bereits am zweiten Tag an Parler gewöhnt, auf seinen Arm gesetzt und ihn vollgequatscht hatte, war es glücklicherweise früher als erwartet soweit, die beiden Vögel zusammenzuführen. Doch konnte man das Maria zumuten? Weibchen wurden in der Regel ein klein wenig größer als Männchen, aber Maria war noch nestjung, ein zartes Geschöpf, während Innocenz ein würdiger Herr im besten Alter war. Was, wenn er sie nicht akzeptierte und sich auf sie stürzte? Oder sie gleich besteigen wollte wie ein plündernder mittelalterlicher Landsknecht? Aber Parler kannte seinen gutmütigen Innocenz, also wagte er es, denn notfalls konnte er eingreifen. Also öffnete er den Käfig, Maria flog auf die Türöffnung und kletterte auf das Käfigdach. Parler bot ihr den Arm, sie hüpfte rauf und er ging ins Wohnzimmer. Nun sahen sie sich erstmals. Beide blickten sich kurz stumm und irritiert an. Plötzlich startete Maria und flog direkt auf Innocenz zu. Der ergriff in panischem Schrecken die Flucht, und Maria jagte ihn drei Runden durchs Zimmer. Innocenz flog völlig erschöpft auf Parlers Arm. Er suchte Schutz. Sein Besitzer drehte sich mit dem Vogel zur Wand, sodass Maria nicht folgen konnte, und beruhigte den Zwerg. »Ja, du Armer! Das ist eine ganz Böse, nicht wahr?!« Parler konnte es nicht fassen. Ehrliche Enttäuschung bemächtigte sich seiner. »Oh Mann!«, seufzte er. »Innocenz, du Pfeife! Saufen kannste wie ein Mann, aber vor so 'ner jungen Trude haste Muffe.« ›Welche Macht doch Frauen oft über Männer haben‹, dachte Parler. Und im gleichen Atemzuge: diese Rehländer! Wie die mit diesem Borgward umsprang …

61 Komischer Vogel

Parler saß im Konferenzraum, wartete auf seine Mitarbeiter und wünschte sich bei Sturm und Regen an die Ostsee. Der Fehler mit Barbara Techel ging ihm nicht aus dem Kopf. Sie hatte ihn jetzt gewissermaßen in der Hand. Dann hatte er Klein ziehen lassen. Ein weiterer kapitaler Fehler. Tat ihm die herrliche, gesunde, frische Seeluft nicht gut?

Die Tür ging auf. »Treffer!«, rief Pummel. »Simone Rehländer, gelernte Krankenschwester, umgeschulte Altenpflegerin, hat vor sechs Jahren ihren Bruder bei einem Verkehrsunfall verloren. Er hatte einem Opelfahrer die Vorfahrt genommen. Der rammte seinen Wagen frontal. Peter Rehländer starb. Der Opelfahrer hieß …?«

»Lass mich raten? Steiner.«

»Volle Punktzahl für den Kandidaten.«

»War Steiner schuld?«, fragte Parler und beantwortete seine Frage gleich selbst. »Offenbar nicht, sonst hätten wir …«

»Genau!«, unterbrach Pummel ungeduldig. »Sie gab ihm aber die Schuld und ging in der Gerichtsverhandlung auf ihn los.«

Parler pfiff durch die Zähne. Das gab dem Fall möglicherweise eine neue Wendung und deutete einmal mehr auf Borgward als Täter.

»Sie ist sogar aktenkundig. ›Körperverletzung‹.«

»Körperverletzung. Das bildhübsche Persönchen? Klar, warum nicht. Auch mit 65 Kilogramm kann man einem Gegner schwere Verletzungen zufügen.«

»Wartet, bis ihr meine Neuigkeiten hört!«, rief Tom, dem der Techniker die Version des Drohanrufs mit verstärkten Hintergrundgeräuschen überspielt hatte.

Tom startete das Audioprogramm: Ein Pfeifen. Stille. Dann: ein leises »Steiner ist ja schon tot« von Borgward, und ein leises, aber hörbares Meeresrauschen. Ein leises »Wenn du nicht bald aus Rostock verschwindest …« von Borgward darübergelegt, leise, aber hörbar: klassische Musik. Borgward: »… bist du es auch«. Dahinter: Stimmengewirr, Geschirrklappern. Stille. Tom schaltete das Audioprogramm aus.

»Ein Zusammenschnitt verschiedener Situationen«, stellte Pummel fest.

»Raffiniert!«, sagte Parler anerkennend. »Jemand hat damit gerechnet, dass wir die Stimme entzerren, vermutlich aber nicht, dass wir die ganz schwachen Hintergrundgeräusche verstärken. Wer tut das und warum?«

»Um Borgward eine Bedrohung und Erpressung unterzuschieben«, sagte Pummel, »und dafür kämen alle anderen infrage. Krüger, jetzt auch noch Simone Rehländer. Wer hätte die Möglichkeit dazu, Borgward in verschiedenen Situationen aufzunehmen?«

»Techel«, meinte Tom.

»Quatsch!«, sagte Parler und machte eine abwehrende Geste.

»Warum sollte sie das tun?«, fragte Pummel. »Theoretisch könnte sie ja sogar das Attentat auf sich selbst simuliert haben, wenn sie draußen noch einen Helfer hat. Und …«

»Lächerlich, Tom!«, unterbrach Parler. »Schon fast eine Verhöhnung des Opfers. Meinst du, sie lässt auf sich selbst mit einem Scharfschützengewehr schießen, auch wenn sie einen Meter daneben sitzt?«

»Vielleicht ist auch sie im Testament bedacht worden und erbt alles für den Fall, dass Rolf Steiner etwas zustößt. Auch sie hat die alte Dorothea Steiner gepflegt«, beharrte Tom.

»Aus die Maus für diese These, Tom«, sagte Pummel. »Sie ist nicht bedacht worden. Ich war heute Morgen beim Notar. Steiner erbt alles!«

Eine Pause entstand.

»Alles!«, nahm Parler den Faden wieder auf. »Das habe ich mir schon gedacht.« Er war erleichtert. Zwar hatte er versucht, sich zurückzuhalten, damit ja keiner auf die Idee käme, ihm liege etwas an Barbara Techel, aber so ganz war ihm das nicht gelungen. »Verdammt! Das wäre doch zu schön gewesen«, schauspielerte er.

»Dann macht ein von ihr organisierter Anschlag auf Steiner keinen Sinn, denn sie würde erst erben, wenn sie verheiratet wären. Sie und vielleicht ein potenzieller Helfer hätten noch eine Woche warten müssen.«

»Sie fällt also auch weg«, konstatierte Pummel. »Rein theoretisch wäre es möglich, dass Borgward auch mit eingerechnet hat, dass wir die Hintergrundgeräusche so klar isolieren können, und will so den Verdacht von sich ablenken.«

»Auch das ist möglich«, sagte Parler. »Halten wir fest: Techel und Blomann fallen raus. Immer vorausgesetzt, dass es nicht jemand von außen war. Entweder Krüger, Borgward, Simone Rehländer oder Klein. Oder gleich zwei dieser Personen. Wir haben noch immer nichts in der Hand.« Parler ballte die Faust. »Es ist doch wie verhext! Was macht der Stammbaum?«

»Morgen Abend sind wir vielleicht fertig«, sagte Pummel.

»Ich helfe euch«, sagte der Kommissar und ließ seinen Kugelschreiber zwischen Zeige- und Mittelfinger hin und her wippen. »Immer vorausgesetzt, dass es keiner von außen war«, wiederholte Parler halblaut für sich. Dann sagte er: »Warum eigentlich immer: vorausgesetzt? Wir übersehen irgendetwas. Vielleicht gibt es da noch irgendwo jemanden, den wir nicht auf der Rechnung haben. Es hätte ja grundsätzlich auch jemand sein können, der von der Tour wusste, der dann abends über das Salzhaff kam.« Parler zog die flache, horizontal gehaltene Hand vor seiner Kehle entlang. »Ich werde mir die Fälle von Steiner noch einmal vornehmen, vielleicht …«

Ein Anruf unterbrach ihn. Er nahm den Hörer ab, und während er abwechselnd ein müdes »Ja« und »Tatsächlich?« hervorbrachte, verfinsterte sich sein Gesicht zusehends. »Danke!« Er legte auf. »Eine angebrochene Packung Einwegspritzen ist in Kleins Wohnung gefunden worden. Kerstin hatte ja vor ihrem Unfall noch die Wohnungsdurchsuchung bei Klein beantragt. Die Spritze, die angespült wurde, die ich später am Strand gefunden habe, die stammt aus dieser Packung. Seine Fingerabdrücke sind auch dran.« Parler stieß einen tiefen Seufzer aus. »Oh Gott! Wie man sich täuschen kann.« Er ließ den Kugelschreiber auf den Tisch fallen. »Verdammt!« Und auf Pummels fragenden Blick hin: »Macht den Stammbaum noch zu Ende!« Er verließ den Raum. Seine Augen waren feucht geworden.

Tom und Pummel blieben sitzen.

»Jo«, sagte Tom. »Das war's wohl.«

»Tut mir fast leid!«, sagte Pummel. »Ich habe den zwar nur einmal erlebt, aber irgendwie mochte ich ihn auch, diesen komischen Vogel namens Klein.«

62 Alarmanlage

Barbara Techel wischte sich eine Träne aus dem Gesicht, während sie telefonierte. »Auf mich ist ein Mordanschlag verübt worden«, schluchzte sie in die Muschel. »Ja, ich wäre um ein Haar tot gewesen. – Keine Ahnung. Vermutlich hat das noch mit Rolf zu tun. – Ich bin ja auch bedroht worden. Du musst kommen! Wir müssen reden! – Morgen Abend. Vorn am Haus steht ein Funkwagen. Der Polizist patrouilliert gelegentlich am Zaun entlang. Du musst hinten reinkommen! – Warte im Wald in der Nähe! Ich sage dir, wann er vorne ist. Ich lasse die Tür auf. Heute ist eine Alarmanlage installiert worden. Morgen, sagen wir: gegen sechs.« Sie legte auf und dachte an die Nacht mit Parler. Sollte sie ihn anrufen?

63 Gekrakel

Seit 20 Minuten skypte Parler mit seiner zehnjährigen Tochter, die er zuletzt vor drei Jahren gesehen hatte. Die Wunde der Trennung von seiner Familie verheilte langsam, nur die Abwesenheit seiner Tochter Elisabeth schmerzte noch. Die Mutter, ehemalige Christiane Parler, interessierte ihn nicht mehr. Wo man nicht mehr lieben kann, da soll man vorübergehen, der Philosoph hatte recht. Ausgerechnet einen Investmentbanker hatte sie sich gekrallt, auch noch einen windigen und gierigen Wegelagerer in Nadelstreifen, der im grauen Kapitalmarkt tätig war.

Nachdem Elisabeth Parler nun ihr neuestes Smartphone vorgeführt, Bilder ihrer Freundinnen und ihr Zeugnis gezeigt hatte, sagte das kleine blonde Mädchen mit dem Pagenschnitt: »Schau mal, Papa, wie wir jetzt wohnen!« Sie nahm den Laptop und ging mit ihm ans Fenster. Auf dem Monitor floss ein gepflegter Rasen einen Hügel hinab, inmitten dieses Meeres aus Grün umlagerte ein üppiger Steingarten einen Swimmingpool.

›Wer weiß, wie viele Anleger der Strolch um seine Spargroschen gebracht hat‹, dachte Parler, ›um ein solches Anwesen zu erwerben. Aber wenn meine Tochter dadurch in gesicherten, guten Verhältnissen aufwächst, ist das zu verkraften.‹

»Hast du eine Frau, Papa, oder bist du jetzt ganz allein?«

Parler warf einen Blick auf Innocenz, der interessiert zuschaute. »Nein, ich habe eine sehr schöne Beziehung.« Er lachte. Aber tatsächlich reichte ihm der kleine Vogel als Geselle, als Kompagnon gewissermaßen fürs Erste, aber er wusste, dass er auch ihn bald an Maria verlieren würde. Sie saß in separatem Käfig direkt neben Innocenz und beachtete ihn nicht. Das würde sich ändern. Und augenblicklich fragte er sich: ›Habe ich das jetzt ernst gemeint?‹ Er dachte an Barbara, an ihre Löwenmähne und ihren Geruch. Es wurde höchste Zeit, sich wieder eine Frau zu suchen.

»Bist du jetzt schon der Boss bei euch auf Arbeit?«, fragte Elisabeth.

Parler war vor drei Jahren degradiert worden. Mehr als ein Hauptkommissar war nicht mehr drin. »Bald werde ich Polizeichef«, sagte er mit ernster Stimme.

»Willst du die Mutti auch noch sprechen?«, fragte Elisabeth.

»Nein«, rief er schnell, »danke! Hörst du es klingeln? Ich muss auflegen, Süße. Küsschen.«

»Küsschen, Papa.«

Parler schaltete den Laptop aus, verbot sich den Gedanken an seine Tochter und wie schön alles jetzt hätte sein können im Kreise seiner Familie, er holte seinen blechernen Flachmann aus der Jackentasche und nahm einen kräftigen Schluck Chantrè. Wehret den Anfängen! Es galt, jetzt gar nicht erst nachzudenken über sein verkorkstes Leben. Und dieser kräftige Schluck bewahrte ihn davor. Die letzte Palisade gegen aufkommende Schwermut. Parler steckte die Taschenflasche wieder in seine Jacke. Er hatte zu tun. Die Tagebücher Fabers endeten abrupt ein Jahr vor seinem gewaltsamen Tod, also knöpfte er sich jetzt dessen Notizbücher vor. Teilweise unleserliches Gekrakel, wie es nur ein Linkshänder zustande brachte, der in seiner Kindheit mit Gewalt auf Schreiben mit der rechten Hand getrimmt worden war. Er überflog die Bücher. Las quer. Eine Sammlung von Anekdoten und tatsächlich Geschehenem.

64 Notre-Dame

Die goldene Lohe am Horizont war längst erloschen. Grau thronte der Himmel über der Erde und blieb noch recht lange hell, während das Meer finsterer und finsterer wurde. Es war, als entstiege die Nacht der See. Und als sie emporgestiegen war, verdunkelte sie zeitlupenhaft auch den Himmel bis er endlich von der Schwärze des Weltraumes eingenommen war.

Viele Menschen liebten Sonnenuntergänge, Reinhold Krüger liebte die Stunde danach. Vier Angeln standen im Abstand von etwa zehn Metern wie schief in den Seesand gepflanzte winterkahle Stauden, und im Meerwasser glommen vier Posen wie Glühwürmchen. Umlagert von einem eingerollten Schlafsack, einem Behälter für die noch zu fangenden Fische, einem Rucksack mit Angelzeug und zwei Flaschen Bier, einem Paar Watstiefel, einer Flasche Doppelkorn, einem Stullenpaket und einer Dose mit Ködern saß Krüger auf einem Campingsitz, in einen dicken Wollkragenpullover und eine Militariajacke gehüllt. Er hielt eine Thermosflasche in der Rechten, schraubte sie auf und nahm einen kräftigen Schluck Grog, der heiß und feurig brennend durch die Speiseröhre in seinen Magen floss. Für den Notfall hatte er sich den Schlafsack mitgebracht.

Drei Tage zuvor war Krüger fristlos von der Stadtreinigung gekündigt worden. Wochenlang waren sie im Clinch gewesen, die Fahrzeugbesatzung und der Kleinwagenfahrer, der seine Karre immer wieder an der Stelle geparkt hatte, die sie benötigten, um mit dem großen Müllwagen in die Einfahrt des Wohnkomplexes zu gelangen. Sie hatten es dieser Nachtjacke aus Flitzpiepenhausen erklärt und ihn gebeten, er möge sich einen anderen Platz suchen, es gebe ja genug hier, der böse alte Kerl war aber rationalen Argumenten nicht zugänglich und parkte aus reiner Bosheit immer wieder an dieser Stelle. Nichts half. Auch die Androhung von Schlägen nicht.

Nun ließ sich das Problem unter Umständen auf bürokratischem Wege lösen, aber das dauerte gewiss noch ein paar Tage. Und als der Herr Kleinwagenbesitzer vor knapp einer Woche erneut nicht nur nicht reagierte, sondern sie auch noch verlachte und auf sein Recht pochte, und sie wieder vor demselben Problem standen und zufällig einen vierten Mann mit dabei hatten, den sie in der Goethestraße abliefern sollten, hatten sie im Angesicht des störrischen Fahrers die Gelegenheit beim Schopfe ergriffen. Er, Krüger, war gedrungen und von Natur aus ein Kraftmensch, Müller war Bodybuilder, Thorwitt war früher Gewichtheber und Webers Bizeps sprengte alle XXL-T-Shirts. Und als wäre das noch nicht genug: Sie alle waren über zwei Zentner schwere, echte deutsche Müllmänner. Ein Dreamteam. Vier Mann, vier Ecken. Sie hatten den Wagen gepackt und ihn zwischen eine Buche und einen Betonpoller getragen. Krüger hatte eine Woche zuvor die Idee gehabt, extra einen Zollstock mit zur Arbeit genommen und es ausgemessen. Vielleicht hatte er deshalb gedrängt, es zu tun. Die Idee hatte ihm gefallen und er wollte es nicht umsonst gemacht haben. Und siehe da: Der Wagen hatte zwischen Buche und Poller genau 4,5 Zentimeter Platz. Passgenau. Gar nicht so einfach, die Ente da wieder rauszukriegen. Bevor ein Abschleppdienst helfen konnte, mussten erst ein paar große Äste abgesägt werden. Er bräuchte eine Fußballmannschaft oder einen Gabelstapler. Aber der Gabelstapler musste noch ein paar Tage warten. Direkt davor hatte das Tiefbauamt einen Graben ausheben lassen. Der musste zuerst wieder zugeschüttet werden, denn vom Bürgersteig aus kam er nicht ran.

Krüger lachte kurz auf. Ja, sie hatten sich amüsiert und kräftig abgelacht und der Fahrer hatte gekreischt und noch lange hinter ihnen her spektakelt. Doch das Lachen war Krüger schnell vergangen. Der Alte hatte noch auf dem Gehweg einen Herzinfarkt erlitten und lag noch immer auf der Intensivstation. Während Krügers Kollegen nur eine Abmahnung erhielten, wurde er selbst gekündigt. Das Maß war voll gewesen. Teufel Alkohol hatte ihn schon seit Jahren im Griff und ihn auch um viele reguläre Arbeitstage gebracht. Was nun?

Die Sache hatte ein Gutes. Er hatte jetzt Zeit zum Schreiben. Und er war ja schon erfolgreich gewesen. Krüger wusste, sein Äußeres hätte Victor Hugo als Vorlage dienen können für seine großartige Figur des Glöckners von Notre-Dame. Dass nun ausgerechnet er, der die vollzogenen Geschlechtsakte in seinem Leben an einer Hand abzählen konnte, erfolgreich Liebesromane verfasst hatte, mochte ein Treppenwitz seiner persönlichen Geschichte sein oder eben gerade deshalb nicht. Die Schmonzetten, die er als Reinhold Krüger herausgegeben hatte, liefen nicht besonders, aber die Liebesromane, die er unter dem Namen Kathy P. Bush als E-Book veröffentlicht hatte, verkauften sich wie geschmiert. Wie gut, dass niemand wusste, dass sich hinter diesem Pseudonym ein tapsiger Müllmann verbarg und keine kultivierte Frau. Frauen interessierten sich für Frauen, sie nahmen ihresgleichen diesen Liebesquatsch auch viel eher ab als einem Mann. Männer würden diesen Schmalz auch nicht lesen. Die Wahl des Alias entsprang einer gewissen Genialität, die er sich nicht absprach. Wenigstens wenn es um die Vermarktung ging. Kathy erinnerte an die weltweit bekannte Autorin Kathy Reichs, Bush verband man mit den ehemaligen Politikern. Wenn der Filius der Familie auch relativ unbeliebt und eine Nullnummer war, so hatte diese doch immerhin zwei Präsidenten der Vereinigten Staaten von Amerika hervorgebracht. Darüber hinaus ergab sich die Assoziation zur Sängerin Kate Bush. Dass P. deutete auf die Autorin Poppy J. Anderson, ein Star unter den Liebesromanautorinnen, die Myriaden lustiger Liebesgeschichten als E-Book verkauft hatte. Außerdem hatte das P. Stil. Poppy J. Anderson, Jay P. Morgan, der Stahlmagnat, John F. Kennedy, der ehemalige Präsident. Schillernde Namen mit abgekürzten Mittelnamen. Dann noch ein knallbuntes, ansprechendes Cover: Das war der Zuckerguss auf einem wohlmundenden Kuchen aus Liebesgedöns, Intrigen und dem alten Rein-Raus-Spiel.

Damit hatte er einen Coup gelandet, aber ließe sich das wiederholen? Nein, der Markt war fast dicht und heiß umkämpft. Die Biester wurden langsam auch immer anspruchsvoller. Ihm waren längst die Ideen ausgegangen, er hatte sich schlicht ausgeschrieben, und das Sujet ödete ihn schon lange an. Vielleicht sollte er einen Ernährungsberater schreiben. Zwar hatte er keine Ahnung von richtiger Ernährung, aber das hatten die Autoren der Ernährungsberater auch nicht. Nur so konnte man mit Sicherheit die Bestsellerlisten stürmen. Alle Jahre wieder gab es ein neues Ernährungsdogma, und alle paar Jahre die neuen bahnbrechenden ultimativen Ratgeber. Hier konnte er sein Marketing-Knowhow zum Einsatz bringen. Wie wäre es mit dem 35-jährigen Ernährungsspezialisten Dr. Best, mit Hochglanzkörper und Strahlegebiss, und seinem 105-jährigen Co-Autoren Dr. Schlank, der immer noch wie 40 aussah, hatte er doch sein Leben lang die Ernährungsregeln beherzigt, die er selbst in frühester Jugend aufgestellt hatte und die nun eindrucksvoll von der Wissenschaft bestätigt worden waren. Er musste wenigstens einen Adonis mit Doktortitel vorschicken. Das fiel auf …

Was blieb ihm? Wer stellte ihn noch ein? Er war nun bald 50 Jahre alt, schon weit in der zweiten Lebenshälfte. Keine Rücklagen, keine Frau, keine Kinder, niemand, der ihm noch nahestand. Es blieb ein Vegetieren am Existenzminimum. Und da war jene Melancholie in ihm, die ihn immer mal wieder erfasste und die ihn oft schon zum eigenen Ende gedrängt hatte. Wurde es nicht langsam Zeit, abzuwandern, bevor ihn auch noch körperliche Gebrechen ereilten?

Sich solcherlei Gedanken hingebend, hatte Krüger nicht bemerkt, wie sich eine Frau ihm langsam von hinten näherte. Plötzlich huschte sie an ihm vorbei, stellte sich vor ihn und sagte: »Sie sind Reinhold Krüger, nicht wahr?«

»Immer noch«, sagte er. »Wer will das wissen?«

Sie nickte, zog eine Pistole aus der Jackentasche und richtete sie auf ihn. »Sie sind der Mörder meines Vaters!«

Krüger blickte gleichmütig auf die Waffe, begriff sofort und sagte: »Es war Notwehr.«

»Stehen Sie auf!«, rief Rehländer. »Ich will Ihnen in die Augen schauen, wenn ich Sie erschieße.«

»In die Augen schauen?«, fragte Krüger erstaunt. »Das ist gar nicht so einfach im Dunkeln. Ich habe hier eine Taschenlampe. Leuchten Sie mir ins Auge, oder soll ich mich selbst anstrahlen?«

»Seien Sie nicht albern, Mann! Wollen Sie mich verarschen?« Sie entsicherte ihre Pistole.

»Erschießen Sie mich ruhig! Sie tun mir nur einen Gefallen. Ich bin froh, wenn es zu Ende ist.«

Sie trat näher und richtete die Waffe auf seinen Kopf.

Krüger zeigte keine Angst, schien eher gelangweilt.

»Nehmen Sie Ihre verdammten Hände hoch!«, rief Rehländer. »Schön langsam!«

Krüger, dem die Arme locker herabhingen, hob sie langsam an, und urplötzlich schlug er ihr die Waffe aus der Hand, gab ihr einen sanften Schubs, der sie unsanft in den

Sand warf, und hob die Waffe auf. »Stehen sie auf!«, befahl er.

Mühsam rappelte sich Simone Rehländer auf.

»Ich werde Ihnen jetzt noch einmal genau erklären, wie das damals in der Kneipe gewesen ist. Und wenn Sie dann immer noch wollen, können Sie mich erschießen …«

65 Stasi und Dissidenten

Die See lag tiefschwarz unter schwarzem Himmel. Die Nacht war kalt und still, die Möwen schliefen schon lange.

»Also, um es noch einmal zusammenzufassen: Klein provoziert ihn, berechtigt, verpisst sich dann aber. Irgendwann geht ihr Vater im Vollsuff grundlos auf mich los, vermutlich weil ich vorher mit Klein zusammen war. Er schlägt mich, ich schlage zurück, nur ein einziger Faustschlag. Ohne auszuholen. Er fällt um und ist tot. Das Gericht hat mich freigesprochen. Es tut mir unendlich leid, glauben Sie mir!«

In ihr arbeitete es. Sie war bei der Gerichtsverhandlung damals nicht anwesend gewesen, da sie über Monate hinweg nach einem Unfall bettlägerig war. War sie jahrelang einem Irrtum aufgesessen? Erst jetzt ergab sich ein klares Bild. Der Freund ihres Vaters hatte offenbar gelogen. Sie wusste nicht, warum. Aber er gelogen hatte. Das wurde ihr nun klar.

»Und nun können Sie mich erschießen. Sie tun mir einen Gefallen«, sagte Krüger fast feierlich. Er streckte seinen linken Arm aus. Seine Hand war gespreizt und der Handrücken nach oben gerichtet. Wie ein Omelett auf dem Tablett eines Kellners lag die Pistole auf seinem Handteller. Der Lauf war auf ihn selbst gerichtet. »Bitte sehr, gnädige Frau! Genieren Sie sich nicht!«

Sie zögerte ein paar Sekunden lang, aber dann nahm sie die Pistole an sich und spürte unendliche Scham. Es musste so gewesen sein, wie Krüger es erzählt hatte! Sie war jahrelang den Märchen des Freundes ihres Vaters aufgesessen.

Wie war das möglich? Weil sie ihn schon von Kindheit an kannte? Und warum hatte er gelogen? War es der alte Hass zwischen Stasileuten und Dissidenten?

»Warum«, fragte sie, »tue ich Ihnen einen Gefallen, wenn ich sie erschieße?«

66 Griechische Göttin

Innocenz' und Marias Käfig waren abgedeckt. Nur die bleiche Mondsichel stand im Fenster und sah Parler zu. Er las quer in Fabers Aufzeichnungen und Interpretationen von Historikern, Architekten und Fabers Kommentaren dazu. *Der Herzog stellte uneigennützig die ersten Geldmittel zur Gründung des Seebades aus seiner Privatschatulle zur Verfügung und förderte seine Entwicklung mit ganz besonderer Vorliebe, er machte Doberan zu seiner Sommerresidenz und suchte es in jeder Weise großzügig zu verschönern und auszugestalten …*

Fabers Kommentar: *An Elogen auf den alten Schwerenöter Friedrich Franz fehlte es nicht. Wo steht geschrieben, woher er die Kohle nahm? Er opferte die Söhne des Landes. 1 000 Söldner für den Kampf gegen einen Aufstand in Holland. 37 000 Taler jährlich, 25 für einen Gefallenen und für drei Gefallene ebenfalls 25! So war es immer! Alte Männer an den Hebeln der Macht. Die ewig Schuldigen.*

Faber hatte ausnahmsweise mal recht, dachte Parler, stand auf, ging zu Innocenz' Käfig und hob vorsichtig die Decke. Köpfchen im Gefieder. Der Vogel schlief, aber säuselte kaum hörbar etwas vor sich hin. Das hatte er sich schon oft gefragt. Träumte Innocenz? Mittlerweile deutete alles darauf hin, dass Tiere träumen können. Und wenn sie es konnten, dann hatte Chaoten-Wellensittich Innocenz die wildesten, hollywoodreifen Träume.

Parler widmete sich wieder Fabers Aufzeichnungen und stieß kurz darauf auf eine Passage, die so gar nichts mit den vorherigen Sätzen zu tun hatte: *Juchheissassa! Jucheissassa! Die Alte will mir tatsächlich einen Teil ihres Vermögens vermachen. Und wie ich jetzt herausbekommen habe: Es geht um eine siebenstellige Zahl. Großartige Mäzenin, wenn sie es denn wahrmachte. Für einen Pipifax: Widmung und Einarbeitung ihrer Familiengeschichte. Aber das mache ich doch gerne, Großmutter! Erinnert das nicht an Arno Schmidt, dem Reemtsma die Kohle für den nicht verliehenen Nobelpreis auszahlte? Oder an jenen exzellenten Poeten, der als Honorar von seinem Verleger eine Kiste Gold verlangte? Doch da blieb der Wunsch Vater des Gedankens, während Doro ganz real war.*

›Famos!‹ Und nach ein paar Seiten und weiteren Ausflügen in die Geschichte der Stadt kam Faber noch einmal auf Dorothea Steiner zurück: *Noch hat sie ihr Testament nicht geändert. Und sie ist topfit. Ein Spring-ins-Feld. Wer weiß, ob die Alte nicht noch fünfzehn Jahre macht. Dranhängen! Dranbleiben! Wohlan! Wohlauf, altes Herz!*

›Verdammt!‹ Parler überflog die Seiten in rasantem Tempo. Es folgten noch ein paar historische Anekdoten, aber keine weiteren Hinweise auf Dorotheas Absichten. Dann endeten die Aufzeichnungen in Fabers Notizbuch. Parler sah auf das Datum. Kurz danach war Dorothea ins Koma gefallen. Vielleicht durch Fremdeinwirkung?

Die Geisterstunde hatte soeben geschlagen, aber der Kommissar sprang auf und rief im Altersheim an. Er hatte Glück. Der Nachtdienst gab ihm die gewünschte Information. War das die Möglichkeit? Parler warf sich in die Matte, fand aber keinen Schlaf. Alles deutete auf eine Täterschaft, die er nicht für möglich gehalten hatte. Und als er gegen Morgen doch noch in kurzen und tiefen Schlaf fiel, weckte ihn der Molli eine Stunde später unbarmherzig. Ein Federknäuel saß auf der Querstange am Kopfende seines Bettes. Normalerweise steckte Innocenz sein Köpfchen ins Gefieder, mittlerweile tauchte er unter den Flügel, sodass er aussah wie ein gelb-grüner Watteball auf zwei kleinen Füßchen, auch Ständer genannt. Parler hatte vergessen, den Käfig wieder abzudecken. Innocenz erwachte und straffte sich. Der Besitzer warf seinem Vogel einen dankbaren Blick zu. »Ich habe dich zwar dazu verurteilt und gezwungen hier zu sein, aber ich danke dir dafür.«

Er öffnete auch Marias Käfig, sprang unter die Dusche und schnappte sich zehn Minuten später seine Jacke. In Gedanken öffnete Parler seine Wohnungstür und erschrak. Er trat mit einem großen Schritt sofort den Rückzug an, denn vor ihm stand eine gewaltige menschliche Statue: ehern, kerzengerade, unnahbar, riesig an Gestalt. Eine faltige, sehr schwer in die Jahre gekommene griechische Göttin, durchfuhr es ihn. Ihre Augen schleuderten Blitze. Parler räusperte sich und fühlte sich gar nicht wohl in seiner Haut.

»Der Vermieter sagte, sie seien Junggeselle«, donnerte sie.

»Geschieden.«

»Da haben Sie sich aber ganz schön rangehalten.«

»Wie meinen Sie das?«, fragte Parler in einer Mischung aus Unverständnis und Staunen.

»Bei Ihnen ist ja abends immer etwas los. Geht ja immer hoch her bei Ihnen.«

Er starrte auf ihre Adlernase. Hatte sie da was verwechselt?

»Na, Sie sind ja noch jung«, sagte sie versöhnlich.

»Jung? Das ist gut. Was meinen Sie überhaupt?«, wagte er erneut zu fragen.

»Die lauten, spitzen Schreie abends. Der tägliche Damenbesuch. Geht schon in Ordnung.«

»Ach, Sie meinen meine Wellensittiche. Ja, die haben abends Freiflug.«

Sie unterdrückte ein Lächeln. Es fiel ihr schwer. »Ach so, dann noch einen schönen Tag.« Sie stapfte nach oben. Es erschien Parler, als bebe der Flur.

»Ihnen auch«, rief er ihr hinterher.

67 Hongkong

Der frühe Bernsteinsammler findet den Bernstein, hatte sich Carsten Lehmann aus Dresden gedacht, denn er war um sechs Uhr aufgestanden. Im Urlaub! Und da es vor Tagen schwer gestürmt hatte, standen die Chancen für sein Vorhaben gar nicht so schlecht. Er hatte sich einen dünnen Stock zurechtgeschnitzt, mit dem er, langsam in Richtung Meschendorf wandernd, immer wieder im grünen Seetang wühlte, der auf dem Strand in Wassernähe ruhte. Am Vortag hatte er den riesigen Bernsteinbrocken im liebevoll gepflegten Reriker Heimatmuseum gesehen und sofort Feuer gefangen. Er wusste, wie viel Wert ein solcher Koloss in etwa hatte, die Bernsteinpreise waren gestiegen, nicht ganz so wie im alten Rom, wo sie dem Goldpreis entsprachen, aber immerhin. Einen solchen Brocken wie im Reriker Heimatmuseum fand man wohl nur alle 50 Jahre einmal an diesem Teil der Ostseeküste. Wichtig war es, überhaupt erst einmal einen zu entdecken, auch wenn es nur einer in Murmelgröße wäre. Lehmann blickte auf. Herrliche Weiten. Menschenfrei. Familie Lehmann hatte ihren Urlaub extra in die Vorsaison gelegt, weil man jetzt noch ruhig am Strand entlangschlendern konnte, während in der Hauptsaison die Liegedichte hier das Tausendfache der Bevölkerungsdichte Hongkongs betrug, wie er neulich seinem Arbeitskollegen versicherte. Lehmann wusste, dass er maßlos übertrieb, aber ein bisschen Wahrheit steckte in jeder Übertreibung.

Menschenfrei? Nicht ganz. Etwas entfernt saß ein dicker Mann mit bombastischem Schädel in einem Campingstuhl, während daneben eine dunkelhaarige Frau in einem Schlafsack lag. Beide schliefen. Angler, die eingepennt waren. Ob das so geplant war? Die Sehnen an den Angeln hingen schlaff herab. Und nun sah Lehmann auch die möglichen Gründe für die Nachtruhe morgens um acht am Strand: zwei leere Bier- und eine leere Schnapsflasche. Keine Fische im Behältnis, das offenbar dafür vorgesehen war. Unglaublich, dachte Lehmann, taten so, als angelten sie, dabei wollten sie sich nur am Strand die Rübe zuschütten. Die Leute heutzutage!

68 Peitschenklatschen

Kurz nach Arbeitsbeginn hatte sich der Techniker der Spurensicherung bei Parler gemeldet und gesagt, dass er Einbruchsspuren bei Klein entdeckt habe, allerdings nur geringfügige. »Muss ein Profi gewesen sein. Für das Schloss brauchst du eine Schlüsselkarte. Kommst du als Nullachtfünfzehn-Einbrecher nicht rein.«

In Parler arbeitete es. War es womöglich Klein selbst, der seinen Schlüssel vergessen oder verlegt hatte? Könnte ein anderer eingebrochen sein, um Klein die Spritzenpackung unterzuschieben? Vielleicht in Vorausahnung einer Hausdurchsuchung?

Der Kommissar erledigte Papierkram. Die Schreibtische seiner Mitarbeiter standen verwaist. Frühstück. Parler schaute auf die Uhr. Um 9.30 Uhr, gleich nach der Pause, war ein Treffen im Konferenzraum anberaumt.

Der diffuse Lärm, den die Mitarbeiter der anderen Abteilungen im provisorischen Großraumbüro zwangsläufig machten, war erträglich, ja, sogar beruhigend, deutete er doch auf Aktion, auf Tätigkeit, auf gediegene Arbeitsatmosphäre, aber immer wieder wurde er unterbrochen durch lautes Gelächter oder Rufen oder eine laute Stimme, einen empörten Ausruf. Parler fiel ein, was er bei Schopenhauer gelesen hatte über *den unverantwortlichsten und schändlichsten Lerm, das wahrhaft infernale Peitschenklatschen, in den hallenden Gassen der Städte … Dieser plötzliche, scharfe, hirnzerschneidende und gedankenmörderische Knall muß von Jedem, der nur irgend etwas, einem Gedanken Aehnliches im Kopfe herumträgt, schmerzlich empfunden werden. ... Daß nun aber ein Kerl, der mit ledigen Postpferden, oder auf einem Karrengaul, die engen Gassen einer Stadt durchreitend, mit einer klafterlangen Peitsche aus Leibeskräften unaufhörlich klatscht, nicht verdiene, sogleich abzusitzen, um fünf aufrichtig gemeinte Stockprügel zu empfangen, Das werden mir alle Philanthropen der Welt, nebst den legislativen, sämmtliche Leibesstrafen, aus guten Gründen, abschaffenden Versammlungen, nicht einreden.* Parler grinste. Wenn der Alte polterte, war er einfach unschlagbar. Ausschließlich um der Vermeidung des Lärmes wegen, trug Parler sich beinahe täglich für den Konferenzraum ein. Er packte sein Zeug zusammen, räumte seinen Schreibtisch auf und ging hinein. Als er diesen betrat, rief er anerkennend: »Donnerwetter!«

An der Tafel stand Pummel mit einem Zeigestock. Sie hatte einen Stammbaum über fünf Generationen hinweg skizziert samt Geburts- und Sterbejahren, Kreuzen und Verbindungslinien. »Wir hatten Glück«, sagte sie, »von dem Namen gibt's in der ganzen Gegend nur zwei Vererbungslinien. Dorothea Steiner, geboren am 18. Oktober 1926 in Alt Gaarz, also das heutige Rerik, geborene Hünemörder ...«

»Für diesen Namen verdient sie eine Entschädigung«, kommentierte Parler. »Klar, warum sie den Namen Steiner behalten hat. Weiter bitte!«

»Fangen wir von ganz vorn an«, sagte Pummel. »Stammvater Otto Hünemörder. Vier Kinder, zwei schon im frühesten Kindesalter verstorben. Bleiben Paul und Fritz. Fritz heiratet Marga. Gemeinsame Tochter: unsere Dorothea. Ich konnte das jetzt nicht näher verifizieren, aber wenn Dorothea glaubte, sie hätte keine Verwandten, dann wird sie Fritzens und Margas einziges Kind gewesen sein. Von Fritz und Marga haben wir auf die Schnelle keine Sterbeurkunden gefunden. Das deutet darauf hin, dass sie weggezogen sind. Ebenso Dorothea. Spät heiratet sie einen Oskar Steiner, der seinen Sohn Rolf mit in die Ehe bringt. Dorothea selbst bleibt kinderlos. Vor fünfzehn Jahren kehrt sie an die Ostsee zurück. Über Fritzens Bruder Paul haben wir nichts finden können. Vielleicht im Krieg verschollen oder aus der Gefangenschaft nicht mehr zurückgekehrt. Aber seine Frau Thekla gebar ihm zwei Kinder. Wilhelm, Baujahr 1927, stirbt 1944 als blutjunger Soldat …«

»Flakhelfergeneration«, rief Tom. »Mein Opa …« Er erntete einen missbilligenden Blick von Pummel und verstummte.

»Mit ihrem verbleibenden zweiten Kind Anna«, fuhr Pummel fort, »geht sie weg aus Rerik. Aus vermutlich diesem Grunde weiß Dorothea nichts von ihrem Verbleib in den Kriegswirren. Tochter Anna lernt später vielleicht bei einem Besuch in Rerik Günther Techel kennen. Sie ziehen wieder an die Ostsee. Zwei Kinder, Thomas und Oskar, gehen daraus hervor, bevor sie früh verstirbt. Thomas ertrinkt bei einem Fluchtversuch über die Ostsee. Oskar Techel heiratet eine Kerstin Huber. Beide sterben am selben Tag, vielleicht ein Verkehrsunfall. Es ist, als liege ein Fluch über der Familie.«

Parler starrte sinnierend aus dem Fenster. Draußen dräute eine finstere, schwarze Wolkenwand. Die passte zum oft furchtbaren Schicksal dieser Generationen, in dem Wahnsinn des ach so brutalen 20. Jahrhunderts. Es waren furchtbare Bilder, die wie ein Schwarzweißfilm vor Parler abliefen: Krankheit, Krieg, Ertrinken, Tod …

Pummel hatte es hinreißend vorgetragen. Parler und Tom klatschten kurz Beifall, und der Kommissar warf einen bewundernden Blick auf seine Kollegin. Was war er ohne sie?

Als hätte sie das gehört, lächelte Pummel. »Jetzt kommt's! Trommelwirbel: einziges Kind der beiden ist …?«

»Barbara Techel«, sagte Parler.

»Barbara Techel! Woher weißt du …?«

»Eine Vermutung. Sie hat Dorothea im Altenheim gefunden.« Ein Schwindel erfasste ihn, und es war ihm, als taumele er wieder, schwer übermüdet, bei 40 Grad auf rutschigen Urwaldpfaden im brasilianischen Regenwald, die Orientierung verlierend. Sah sich erschöpft in der Nacht daniederfallen, übernächtigt, überwach, wehr- und regungslos. Hörte ein Geräusch, als zöge jemand einen Sack durch den Dschungel. Wendete den Kopf. Sah eine gewaltige, tellergroße Vogelspinne auf sich zu marschieren und auf sein Gesicht klettern. Barbara Techel, mit der er eine fantastische Nacht verbracht hatte. Barbara Techel, zu der er sich hingezogen fühlte. Aber das besagte ja noch nichts. Dann war sie halt die einzige Tochter. Na und?!

»Was ist mit dir? Du bist ganz blass«, sagte Pummel besorgt.

»Öh, dann ist …«, Parler rechnete es blitzschnell aus, »das ist der sechste Verwandtschaftsgrad. Barbara Techel ist also die Großnichte … zweiten Grades unserer guten alten Dorothea.«

»Und alles deutet darauf hin, dass sie die einzige Blutsverwandte ist.«

»Krüger?«, fragte Tom.

»Gehört einer anderen Hünemörderlinie an. Rolf Steiner bekäme sechs von den zehn Millionen. Und weil Barbara blutsverwandet ist, also einen Pflichterbteil von 40 Prozent erhält, wären das vier Millionen für sie. Steiners sechs Millionen Euro könnte sie zum Beispiel mit ihrem Spießgesellen geteilt haben, also Klein«, sagte Pummel.

»Oder Borgward«, sagte Parler.

»Bevor ich es vergesse«, sagte Pummel, »wir haben die Verbindungsnachweise bekommen. Nichts Auffälliges, jeder rief jeden irgendwann mal an. Interessant ist vielleicht, dass Barbara Techel mit Udo Blomann in regem telefonischen Kontakt stand, der aber nach dem Mord an Steiner völlig abbrach.«

»Mit Blomann? Der Steiner nachweislich das Leben gerettet hat kurz vorher? Zufall«, sagte Parler.

»Denke ich auch«, meinte Pummel, »wollte es nur gesagt haben.«

»Also«, sagte der Kommissar, »noch einmal: Wenn es ihr bei der Heirat mit Steiner darum gegangen sein sollte, an das Vermögen zu kommen, so ist es nach dieser Information genau umgekehrt! Sie müsste ihn loswerden. Es ging also um sechs Millionen Euro. Das könnte sie irgendwann mitgekriegt haben.«

»Sie hat es mitgekriegt«, erwiderte Pummel. »Vor einem halben Jahr hat sie eine Anfrage an das Standesamt gestellt. Und Antwort bekommen. Aber das ist noch nicht alles: Sie hat es Schwester Rehländer in einer geschwätzigen Minute bei der Frühstückspause erzählt. Darum scheidet Blomann als Komplize definitiv aus. Schließlich hat er, lange nachdem sie es wusste, Steiner das Leben beim Segeln auf der Ostsee gerettet.«

»Frage mich, wie sie rausgekriegt hat, dass sie verwandt mit ihr ist«, sagte Parler. »Egal, ihr fahrt nach Kühlungsborn und nehmt sie fest! Sagt dem Wachpolizisten vor Ort erst Bescheid, wenn ihr da seid. Aber er soll vorsichtig sein!« Parler lüftete sein Jackett und klopfte mit den Knöcheln auf seine Dienstwaffe, die in einem Schulterhalfter ruhte. »Und vergesst eure Waffen nicht!« Er kniff ein Auge zu.

Das Telefon klingelte. Der Kommissar nahm ab. »Geortet? – Wo ist er? – Gut, danke!« Parler legte das Gerät auf die Ladestation zurück. »Müller hat Klein geortet. Er hat sein Handy angeschaltet. Er ist auf dem Schutower Ring und fährt Richtung Bad Doberan. Pummel, bevor ihr nach Kühlungsborn fahrt: Informiert die Kollegen in Bad Doberan! Straßensperre! Und zwei unserer Rostocker Beamten sollen ihm folgen. Wir wissen nicht, was für einen Wagen Klein benutzt. Hoffentlich lässt er das Telefon an. Ich selbst fahre auch. Ehrensache! Diesmal greife ich ihn mir. Außerdem halte ich ihn noch immer für unschuldig«, rief Parler, sprang auf und lief aus dem Raum.

Tom drehte den Kopf ruckartig in Richtung Tür, als köpfte er einen Ball ins Netz. »Hätte er sich sparen können.«

»Was?«, fragte Pummel.

»Der Typ ist zu schnell für ihn.«

Auf dem Flur begegnete Parler Kerstin. »Ah, du bist wieder fit«, rief er. »Schön!«

»Oh ja, ich habe mich schon auf euch gefreut. Wie weit seid ihr ge…?«

»Keine Zeit!«

»Was ist denn los?«, rief sie erbost.

»Lass dir das von Pummel erklären!«

Verdutzt blickte sie ihm hinterher. Sie stieg die Treppe rauf. Tom und Pummel kamen ihr entgegen. »Wo wollt ihr hin?«

»Keine Zeit«, sagte Pummel, blieb aber stehen.

»Na, nun hört doch wohl alles auf«, rief Kerstin. Gedankenfetzen schwirrten ihr durchs Hirn. Das Duzen über die Beamtenhierarchie hinweg, das sie eingeführt hatte, entpuppte sich nun als Fehler. Innerhalb von ein paar Tagen hatte hier jeder den Respekt verloren. Oder intrigierte Parler? Oder hatte man sie abgesägt? »Also hört mal, ich bin eure …«

»Du kannst gleich mitkommen«, unterbrach Pummel, »wir nehmen jetzt eine Verhaftung vor.«

69 Blaulicht

Parler stieg in den Wagen und brauste mit quietschenden Reifen los. Klein hatte mit Blomann telefoniert, der irgendwo in Rerik oder Umgebung, vermutlich aber auf dem Salzhaff oder der Ostsee war. Das hatte der Kommissar den anderen gegenüber nicht erwähnt. Also fuhr Klein vermutlich zu Blomann. Möglicherweise wollte er, dass der Skipper ihn über die Ostsee außer Landes brachte. Er wollte sich nach Skandinavien verpissen. War das die Möglichkeit?

Vor ihm, ein schwarzer, alter BMW, hielt zu lange an Ampel. Er hupte, überholte ihn kurz darauf, der Fahrer zeigte ihm den Stinkefinger. Parler demonstrierte, dass er diese Handbewegung auch beherrschte.

An der nächsten Ampel hielt der Fahrer, stieg aus und kam wutentbrannt auf ihn zu. Ein bulliger Kerl in seinen Zwanzigern.

War das die Möglichkeit? Wollte der ihn jetzt angreifen, weil er auf Stinkefinger mit Stinkefinger reagiert hatte? ›Keine Zeit für dich, aggressive Rotznase!‹, dachte Parler. ›Ist auch besser für dich.‹ Er hielt seinen Dienstausweis aus dem Fenster.

»Interessiert mich nicht, ob du ein Bulle bist«, rief der Mann und schwankte leicht, während er nähertrat. Der Kerl war besoffen.

Parler zog seine Dienstwaffe aus dem Holster und richtete sie auf ihn.

Der blieb augenblicklich stehen und wurde plötzlich sehr nüchtern. Völlig verdattert wurzelte er vor Parlers Wagen.

Also doch nicht besoffen!

»Setz dich in deine Karre und verpiss dich, du Arsch, sonst lege ich dich um!«, brüllte Parler.

Der Mann flüchtete in sein Auto und fuhr los.

›Das wird der Junge so schnell nicht vergessen‹, dachte Parler und grinste. Linkerhand auf dem Bürgersteig war niemand. Parallel rechts stand ein Toyota. Der Fahrer schaute ihn an, lächelte, nickte und zwinkerte ihm zu. Nichts gesehen, bedeutete die Geste. Hinter dem Japaner ein Fiat. Die Fahrerin trug eine Sonnenbrille und starrte stur geradeaus. Sie hatte nichts gesehen. Parler fuhr los. Hielt der Toyotafahrer dicht, würde das kein Nachspiel haben. ›So weit kommt es noch‹, dachte Parler, ›dass ein grenzdebiler Analphabet, der seine zerebrale Formung in einer Baumschule erfahren hat, dich zur Strecke bringt, alter Junge.‹ Jetzt hieß es erst einmal: Gefahr im Verzug!

Dem stand der Feierabendverkehr entgegen. Blech reihte sich an Blech. Um schneller durch die reißenden Ströme des Straßenverkehrs zu kommen, setzte Parler das Blaulicht aufs Dach, scherte aus und gab Gas. Nun kam er zügig voran. Hinter dem Schutower Ring stoppte er kurz und nahm das Signalzeichen wieder rein. Der Verkehr floss schnell dahin und Parler passte sich ihm an. Er dachte an die Aussage des Technikers. »Ein Profi.« Blomann war gelernter Schlosser. Er hatte den Vatertagsausflug nach Wustrow gelenkt, dirigiert. Der Kontakt zu Barbara war abrupt abgebrochen. Sie waren klug und wussten, dass die Polizei die Nachweise prüfen würde. Es sah ganz so aus, als ob niemand von ihrem näheren Kontakt miteinander wissen sollte. Aber felsenfest gegen die Komplizenschaft Blomanns stand immer noch die Rettungsaktion für Steiner, bei der der Skipper sein Leben aufs Spiel gesetzt hatte, zu einem Zeitpunkt, als Barbara Techel längst gewusst hatte, dass sie Alleinerbin sein würde. Das ergab keinen Sinn. Es wäre doch zu schön gewesen, wenn sein alter Freund aus Kindertagen, Detlef Klein, unschuldig wäre. Aber er war es wohl nicht. Und Barbara? Letztlich hatte sie doch ein starkes Motiv. Parler hoffte inständig, dass sie nicht hinter dem Mord stehen würde. Und im Grunde und bei Lichte besehen, war es auch unwahrscheinlich und zutiefst unlogisch, denn warum hatte sie nicht einfach einen Haushaltsunfall inszeniert, wenn sie Steiner loswerden wollte? Stattdessen hatte sie mit dieser Himmelfahrtsaktion auch ihren Komplizen in Gefahr gebracht. Auch das ergab keinen Sinn.

Und wie Parler es auch drehte und wendete, es wurde immer klarer, dass Klein der Täter war, und der Kommissar schalt sich, dass er sich so getäuscht hatte in ihm und ausgerechnet er es nun sein würde, der den alten Jugendfreund zur Strecke brachte. Doch wieder nagte der Zweifel an ihm. Barbara. Warum sie keinen Haushaltsunfall inszeniert hatte? Weil das aufgefallen und möglicherweise rausgekommen wäre. Denn sie hätte ja irgendwann schwer geerbt, das, was Steiner sonst bekommen hätte. Wenn das kein Motiv ist …? War nicht mehr so einfach heutzutage, jemandem einen Föhn in die Badewanne zu pfeffern, ohne dass es rauskäme. So kann sie die Schuld auf einen anderen schieben, auf Klein, das perfekte Opfer. Klein war eine Pappnase, vorbestraft und hatte ein Motiv. Mit scheinbar hieb- und stichfesten Beweisen. Vielleicht wollte sie auch noch weitergehen. Die Drohung. Borgwards Stimmenzusammenschnitt. Vielleicht hatte sie den auch noch auf der Rechnung. Aber wer weiß. Hypothesen und Vermutungen. Es blieb alles immer noch offen.

70 Apokalyptische Reiter

Als Parler Rostock hinter sich gelassen hatte, strukturierte sich die schwarze Wolkenwand, die vor einer Stunde in der Ferne gewachsen war. Vier schwarze, schwere Wolken zogen nebeneinander von Westen wie apokalyptische Reiter heran. Kurz bevor er Bad Doberan erreichte, fuhren sie über ihn hinweg, schwere Tropfen prasselten auf die Windschutzscheibe. Parler passierte die Todeskurve, warf einen kurzen Blick hoch auf den Buchenberg, wo der Backenzahn, das große Denkmal für die Gefallenen des Ersten Weltkriegs, thronte, und verfiel für Augenblicke dem Gedanken, welch verdammtes Glück die jüngsten Generationen doch hatten, diesen Gemetzeln entkommen zu sein. In Parler war immer noch das Schicksal von Dorotheas Familie präsent, fiebrig, mit wackelnden, rasenden Bildern. Und als er wenig später Kröpelin passierte, diese graue, kleine Stadt zwischen Neubukow und Bad Doberan, in der noch im Jahre 1666 vier Hexen verbrannt worden waren, Kröpelin, dieses einst bekannte Städtchen des Handwerks, diese weithin gelobte Hochburg der Schuhmacher, da dachte Parler an das verdammte Glück, zehn Kilometer weiter, direkt ein paar Meter neben der Ostseeküste aufgewachsen zu sein, sodass er das Meer täglich sehen konnte. Ein scheinbar winziger, aber gewaltiger Vorteil, der für jemanden, der das Meer liebte, unendlich wog.

Und Parler fuhr weiter, während er ständig Kontakt mit den Einsatzkräften hielt. Klein hatte die Straßensperren passiert oder umfahren. Sie hatten ihn nicht erwischt und konnten jetzt ruhig Feierabend machen, das Problem würde er jetzt selbst lösen.

71 Herr über Leben und Tod

Nach dieser seltsamsten aller Nächte ihres Lebens war Rehländer gegen acht Uhr morgens im Schlafsack Krügers erwacht, hatte sich von ihm verabschiedet und sich mit alkoholgetränktem, schwerem Kopf noch zur Schicht geschleppt. Sie trank nie. Allenfalls ein Gläschen Sekt zu Silvester. Aber dieser Irrtum, dem sie jahrelang aufgesessen war, und der Groll, den sie in dieser Zeit mit sich rumgeschleppt hatte, das waren Gründe genug gewesen, sich einmal richtig zu betrinken und beides hinunterzuspülen. Wer war sie gewesen, und was war aus ihr geworden? Um ein Haar hätte sie ein menschliches Leben ausgelöscht, fast wäre sie zur Mörderin geworden. Sie, die keiner Fliege etwas zuleide tun konnte? Einer Fliege nicht, bei manchen Menschen lagen die Dinge anders … Wie vermessen! Wie hatte sie nur so etwas planen können? Verblendet, wie einst ihr Vater. Und dann hatte sich das gestern Nacht verkehrt und aufgeklärt, und in ihr klarte es auf, wie Nebel, wenn der heiße Stern seine Strahlen schickte.

Und ausgerechnet ihrem potenziellen Opfer hatte sie sich nun anvertraut in dieser Nacht. Er war der erste Mensch überhaupt, der von ihrer Krankheit erfahren hatte. Nie hatte sie sich das eingestanden, aber wie groß musste ihre Verzweiflung sein? Was hatte der Krebs aus ihr gemacht? Einer zweiten Sache musste sie noch nachgehen, einem ungeheuerlichen Verdacht, den sie schon lange hegte. Als sie vor Wochen, ein Mittwochmorgen war es, die Tür zum Zimmer von

Dorothea Steiner geöffnet hatte, war Schwester Barbara gerade dabei, den Kopf der alten Dame auf ihr Kissen zu betten. Es hatte so ausgesehen, als hätte sie das Kissen, das ja unter ihren Kopf gehörte, gerade erst unter denselben gelegt. Das wäre nicht ungewöhnlich gewesen, ein Kissen kann man aufschütteln, glatt streichen, wechseln, nur dass eben Dorothea Steiner zu diesem Zeitpunkt schon im Koma gelegen hatte. Just vor einem Moment, wie Schwester Barbara beteuerte. Rehländer war darüber hinweggegangen, wenn sie aber, nachdenklich geworden, die letzten Jahre Revue passieren ließ, so fiel doch auf, dass sich Todesfälle häuften, wenn Schwester Barbara Dienst hatte. Im Pflegebereich hatte es in den vergangenen Jahrzehnten mehrere spektakuläre Verbrechen gegeben. Taten, in denen sich Pflegekräfte zu Herren über Leben und Tod erhoben hatten. Mordtaten. Rehländer wusste, dass Barbara Techel jegliche Empathie völlig fremd war. Ein kalter Hauch ging von ihr aus, wenn auch erst auf den zweiten Blick. Wie war die Frau nur zu einer Tätigkeit gekommen, die Liebe zu den Mitmenschen voraussetzte? Die Lehrstelle als Webdesignerin hatte sie abbrechen müssen, da ihr Lehrbetrieb pleitegegangen war. So griff sie bei dem zu, was der Markt noch hergab: Altenpflegerin. Eine Fehlbesetzung war sie. Eindeutig. Und Rehländer traute ihr alles zu …

Doch wie sollte sie das, was sie vermutete, beweisen? Was, wenn sie ihr Unrecht tat?

Rehländer trat in ihr Wohnhaus, in dem es scharf nach Reinigungsmitteln roch, und öffnete ihren Briefkasten. Ein

Schreiben der onkologischen Klinik lag drin. Sie riss den Umschlag auf und las mit wachsendem Erstaunen: *... lässt sich eher an eine primäre kutane Zellproliferation denken, die sich aktuell unter dem Bild einer lymphomatoiden Papulose präsentiert. In Kenntnis der Klinik und des Verlaufs lässt sich unsere favorisierte Diagnose eines CD8-positiven zytotoxischen Lymphoms keinesfalls mehr aufrechterhalten und wird hiermit ausgeschlossen.* Hieß das nicht ...? Das hieß doch ...?! Ihr schwindelte. Ein schwarzer Schleier legte sich vor ihre Augen. Der Brief glitt aus ihrer Hand. Es gelang ihr, sich auf die Stufen zu setzen. Sie atmete tief ein und aus. Das war das Leben? Noch einmal!

72 Pulp Fiction

Detlef Klein fuhr mit 150 Kilometern in der Stunde die geneigte Fahrbahn einige hundert Meter hinter Westhof herunter und drosselte dann seine Geschwindigkeit. Im Deck lag der Soundtrack aus »Pulp Fiction« und Klein grölte den Statler-Brothers-Klassiker »Flowers On The Wall« mit seiner Wieselstimme mit: »Countin' flowers on the wall; That don't bother me at all; Playin' solitaire till dawn with a deck of fifty-one; Smokin' cigarettes and watchin' Captain Kangaroo; Now don't tell me I've nothin' to do.« Klein fühlte sich wie der Boxer Butch Coolidge alias Bruce Willis, der soeben den Killer Vincent Vega alias John Travolta auf dem Klosett umgelegt hatte. »Ihr kriegt mich nicht! Den alten Detlef kriegt ihr noch lange nicht!«, brüllte Klein in die Windschutzscheibe, während die Bäume am Straßenrand an ihm vorüberflogen. Klein hatte alte Kontakte reaktiviert und wusste nun, wo er unterkommen könnte, so für zwei, drei Jahre.

Er wusste nicht, dass Parler ihm dicht auf den Fersen war und soeben Kröpelin hinter sich gelassen hatte.

73 Erpressung

Lutz Borgward näherte sich im Schutze des Kühlungsborner Stadtwalds Techels Haus. Direkt vom Wanderweg aus führte im Winkel von 90 Grad ein Pfad durchs Dickicht. ›Seltsam, ein Wildpfad? Nein, eine Reihe von Fußspuren. Klar, von hier war der Attentäter gekommen und nach ihm viele Polizisten.‹ Borgward nahm sein Smartphone und wählte ihre Nummer. »Ich bin's.«

»Du kannst kommen«, sagte sie. »Der Polizist ist vorn und sitzt im Wagen.«

Borgward zögerte. Statt um neun hatte sie das Treffen auf 15 Uhr verschoben. Am helllichten Tag. Was wollte sie von ihm? Dass er nicht auf sie geschossen hatte, hatte er ihr bereits versichert. Und das war ja auch zutiefst logisch. Wer brachte die Kuh um, die er melken wollte?! ›Aber Gottchen‹, dachte Borgward, ›die läppischen 100000 Euronen für sein Schweigen. Peanuts!‹ Sie kannte ihn lange und gut genug, um zu wissen, dass er sich damit begnügen würde, und nicht, wie die meisten Erpresser, das Objekt seiner Begierde irgendwann erneut würde schröpfen wollen. Er war Lutz Borgward, und der stand zu seinem Wort. Eine Falle? So dumm wäre sie niemals. Schließlich hatte er sich rückversichert und zusätzlich stand hier auch noch die Polizei direkt vor dem Haus. Borgward wischte letzte Zweifel beiseite, kletterte auf den Zaun und sprang, die Arme seitlich wie Flügel spannend, herunter. Er ging mit schnellen Schritten auf das Haus zu. Die Terrassentür stand einen Spalt offen.

Als er eintrat, bemerkte er, dass die Tür aufgebrochen war. ›Was, zum Teufel, wird hier gespielt?‹, dachte er und witterte die Gefahr, doch es war schon zu spät.

Barbara Techel stand mit gezogener Pistole hinter ihm. Er tat den Mund auf, um seiner Empörung Ausdruck zu verleihen, doch sie hatte ihren Zeigefinger vertikal auf den Mund gepresst und zischte: »Leise! Ganz leise!«

Er kam dem nach.

»Und reinkommen! Rumdrehen, ganz langsam! So ist es gut.«

»Was zum Henker soll das?«

Just als Borgward diese Frage stellte, kamen Pummel, Kerstin und Tom an Techels Haus an und klärten den Wachpolizisten über die beabsichtigte Verhaftung auf. Über Funk erreichte sie in diesem Moment die Nachricht, dass ein Nachbar gesehen habe, Techel habe die eigene Hintertür aufgebrochen und vor wenigen Minuten wäre ein Mann reingegangen.

»Verdammt! Klingeln?«

Pummel schüttelte den Kopf und beschrieb mit dem Finger einen Bogen.

Kerstin und Tom nickten, zogen wortlos ihre Dienstwaffen und gingen schnell ums Haus herum.

74 Hoover-Staudamm

Schweigend gingen Schwester Annegret Hoffmann und Diplommediziner Wilfried Wallmann den Flur im 3. Stock des Krankenhauses entlang. ›Vollidiot!‹, dachte Schwester Annegret und fasste fester den Entschluss, doch noch Medizin zu studieren. Ein gutes Abitur hatte sie gemacht, aber die Umstände ließen es damals nicht zu, danach sofort ein Studium zu beginnen. So riss sie nebenbei eine dreijährige Ausbildung zur Krankenschwester herunter. Jetzt, nach zehn Jahren Arbeit in diesem Beruf, bereute sie das qualvoll. Es war nicht die Härte der Arbeit, die ihr zu schaffen machte, nicht die schlechte Bezahlung, nicht die ständigen Nachtdienste. Es waren Typen wie Wallmann, die sie zur Weißglut trieben. Sie war es, die ihnen alles beibrachte, wenn sie als Frischlinge aus den Hörsälen kamen mit einem Diplom in der Tasche und von Null und Nix eine Ahnung. Aber irgendwann kippte es dann doch. Dann schlugen die sechs Jahre Studium so verheerend ein wie der Faustschlag eines Schwergewichtsboxers auf den Plexus solaris. Mancher Absolventenschnösel lernte schneller, mancher langsamer. Wallmann hatte langsamer, sehr viel langsamer von ihr gelernt. Jetzt aber hatte er das nötige Rüstzeug und also gleich spielte er sich auf wie weiland Sauerbruch. Nur dass es sich bei Sauerbruch um einen genialen Chirurgen gehandelt hatte. Und irgendwann würde er verschwinden und ein neuer Wallmann auf den Plan treten. Und noch einer und noch einer. In Ewigkeit. Nein, morgen würde sie es in Angriff nehmen. Morgen erfolgte der Startschuss zum großen Unternehmen. Diesen Entschluss hatte sie heute endgültig und unumstößlich gefasst, als der Schnösel es einmal mehr gewagt hatte, sie in rüdem Tone ungerechtfertigt zurechtzuweisen. Da war etwas in ihr explodiert. Eine Flut von Schimpfwörtern hatte sich in den Pausenraum ergossen mit einer Gewalt, als wäre ihr Mund die geborstene Mauer des Hoover-Staudamms. Mit hochrotem Kopfe hatte er ihr ein Disziplinarverfahren angedroht und sich entfernt. Sie war ihm hinterhergelaufen, hatte sich entschuldigt, und sie hatten sich geeinigt, wenigstens für diese Schicht. Er aber war Arzt und sie eine Schwester, wenn auch eine sehr gute. Langfristig saß er am längeren Hebel, auch weil sich die Schwestern untereinander nicht grün waren. Es waren nur sehr wenige Wallmanns unter den Ärzten, die meisten machten dem weißen Kittel alle Ehre, aber diese wenigen waren genug. Egal, morgen ging sie das an. Tat einen ersten Schritt in Richtung Medizinstudium. Sie war 29 und hatte noch genügend Zeit. Schwester Annegret ballte die kleine Faust, der Kampf begann nun.

Dann öffnete sie die Tür zur Intensivstation und ihr Blick fiel unwillkürlich auf das edel gealterte Antlitz der Dorothea Steiner, und sie sah, dass die Frau die weit geöffneten Augen schloss. Unmöglich! Das konnte nicht sein, denn die steinalte Dorothea lag im Koma. Nach sieben Zwölfstundenschichten in sieben Tagen begann Annegret zweifellos zu halluzinieren. »Sie liegt jetzt seit sechs Wochen hier«, sagte Annegret und deutete auf das Bett, in dem Dorothea Steiner lag.

»Das wird nichts mehr«, erwiderte Wallmann. »Prognose infaust. Ist ja auch ein steinaltes Fossil.«

Annegret Hoffmann trat ans Bett von Dorothea, starrte auf die verschlossenen Augen, und noch ehe sie einen Blick auf die Monitore werfen konnte, öffnete die Patientin die Augen und krähte: »Wo bün ik hier in de leiwe Herrgotts Nam'. Wat gifft dat tau äten, Kinnings?«

75 Oskar

»Dich wollte ich eigentlich raushalten«, sagte Barbara Techel in ernstem Tone. »Aber ich habe schon vermutet, dass du es irgendwann raffst und mich vielleicht erpressen willst.«

Die Situation erschien Borgward unwirklich. Jetzt bedrohte ihn seine Barbara, mit der er so viele heiße Nächte verbracht hatte, mit einer Pistole. ›Wie seltsam es doch manchmal kommt im Leben‹, dachte er. »Wie bist du drauf gekommen, dass sie deine Verwandte ist?«, fragte Borgward neugierig.

»Irgendwann lag die Akte der alten Schachtel auf dem Tisch. Ich hatte Vorfahren auf Wustrow, ich lese den Geburtsort, und da fiel es mir wie Schuppen aus den Augen. Ein bisschen Recherche und es war klar.«

»Sie weiß gar nichts von dir?« Borgward runzelte erstaunt die Stirn.

»Woher denn?! Das habe ich geflissentlich beiseitegelassen.«

»Sie kann noch zehn Jahre im Wachkoma liegen. Vielleicht wacht sie auch bald wieder auf.«

»Meine Bewerbung als Schwesternhelferin in dem Krankenhaus läuft.« Sie zog die gestreckte Hand waagerecht am Kehlkopf entlang.

Ihr kalter Blick, die böse Geste. Borgward wachte auf. »Du bist ein Teufel.« In seiner Stimme schwang abgrundtiefe Verachtung.

»Du bist nur ein Problem.«

»Ich habe mich rückversichert«, sagte Borgward gelassen. »Wenn ich es bis morgen früh nicht stoppe, geht eine Mail mit dem genauen Tatablauf am Strand an die Polizei, die Presse und so weiter. Ich habe mehrere Briefe deponiert. Unter anderem bei meinem Rechtsanwalt. Ich liefere ihnen auch dein Motiv. Darüber hinaus erzähle ich von deiner Beziehung zu Blomann. Dann bist du fällig. Willst du das? Den Rest deines Lebens in den Knast?«

»Alles irrelevantes Zeug. Keinerlei Beweise für nichts. Das Geschwafel eines Irren, eines Erpressers, eines Verbrechers.«

»Damit kommst du nicht durch.«

»Oh doch!«, sagte sie selbstsicher. »Du hast auf mich geschossen. Man wird die Waffe in deinem Schuppen finden. Du hast mich telefonisch bedroht. Und jetzt bist du hier eingebrochen.«

»Damit kommst du niemals durch«, wiederholte Borgward.

»Ich bin bisher immer damit durchgekommen.« Sie lachte.

»Bisher immer?« Borgward schluckte. »Was soll das heißen?«

»Faber! Ich habe ihn noch besucht, nachdem der Schwarze und diese Göre da waren.«

»Was? Warum?«

»Er wollte von meinem Erbe abschöpfen.«

»Zwei Morde!«

»Sechs, mein Lieber, sechs! Steiner, Faber plus vier Exemplare Friedhofsgemüse im Stift.«

»Was?« Borgward schluckte. Die Eiseskälte, die von ihr ausging, machte ihm klar: Es stimmte! Sie erzählte die

Wahrheit. Er hatte es mit dem Leibhaftigen in schöner Weibsgestalt zu tun. »Warum erzählst du mir das?«, fragte er.

»Mitteilungsbedürfnis. Bin ja auch nur ein Mensch.« Sie grinste und zündete sich eine Zigarette an.

»Du verdammter Teufel!«, empörte sich Borgward und tat einen Schritt auf Techel zu.

»Bleib stehen! Sonst kracht es.«

»Warum hast du die alten Menschen …«

»… mit Kissen erstickt? Ich durfte sie beerben. Also drei von ihnen. Der vierte wurde frech. Da habe ich ihm den grünen Punkt verpasst. Aber es waren nur vier. In England hat der gute Dr. Shipman über 200 Leute über die Klinge gehen lassen. Ich bin also nur ein ganz kleiner Fisch.«

»Was bist du nur für ein widerlicher Mensch!«, stellte Borgward in einer Mischung aus Ekel und abgrundtiefer Indignation fest.

»Keiner weiß besser als du, wie wir den Launen mancher Alten ausgesetzt sind.«

»Was? Blödsinn!«, protestierte Borgward.

»Leise! Sonst knallt es.«

»Die meisten sind sehr nett.« Borgward versuchte ruhig zu bleiben, gleichgültig zu klingen. Er durfte sie nicht reizen. »Es ist wie überall.«

»Wir knüppeln wie die Stinte«, fuhr sie fort, »wühlen in Urin und Kot. Und was ist es der Gesellschaft wert? Einen Hungerlohn!«

»Ich habe den Job immer gern gemacht. Und werde auch bald wieder dort anfangen. Hausmeister ist nicht mein

Ding.« Borgward brach der Schweiß aus allen Poren. Ihm war plötzlich etwas klargeworden, so wie ihm noch nie zuvor in seinem Leben etwas so kristallklar gewesen war: Sie beabsichtigte allen Ernstes abzudrücken, sie wollte ihn töten, denn sonst würde sie ihm jetzt das alles nicht erzählen. Er musste etwas tun. Sich ihr langsam und unmerklich nähern. Vielleicht konnte er sie mit einem Sprung überraschen. Musste Zeit gewinnen. Fragen stellen. »Wer fragt, der führt«, hatte man ihm in einem Rostocker Callcenter eingetrichtert. Damals, als er sich kurz als Telefonverkäufer versucht hatte. »Warum bist du dann Altenpflegerin geworden?«, fragte er.

»Anfangs hat es mir Spaß gemacht. Was soll's? Es ist so kurz, so ein Leben. Dreimal umdrehen und wir sind's, die am Stock laufen oder das Bett durchliegen, vor dem wir jetzt noch den Schieber leeren. Die paar Tage will ich schon noch genießen.«

»Du hast sechs Menschen umgebracht!«

»Es wird auch noch ein siebter und ein achter.«

»Warum am Strand? Damit war er ja automatisch verdächtig.«

»Es sollte eleganter ablaufen. Blomann sollte ihn abspritzen, hat es aber vermasselt. Darum erschlug er ihn. Aber es hat auch so funktioniert. Du siehst ja, dass Klein gejagt wird. Der ideale Blitzableiter. Hatte auch ein Motiv …«

»Das werden die Bullen schon rauskriegen.«

»Glaube ich nicht. Wir haben sogar noch eine Spritze in seiner Wohnung deponiert.«

»Spritze? Wozu?«

»Vergiss es!«

»Und was soll das mit sieben und acht?«

»Nummer sieben wird mein Freund Blomann, der mich auf meinen Wunsch hin beschossen hat. Männer sind Weicheier! Und: Ihr seid ja so abgrundtief knüppelknochendumm. Blomann dachte ernsthaft, ich verschwende mich an so eine Rübezahlattrappe.« Sie lachte. »Nummer acht? Schau mal in den Spiegel! So, genug gequasselt. Aber wenigstens einer sollte es mal wissen. Ich hätte mit der Schauspielerei einen Oskar verdient! Als ich dich anrief, kullerten mir tatsächlich die Tränen aus den Augen.« Barbara Techel brach in ein heiseres Lachen aus. Dann verzog sich ihr Mund zu einem dünnen Strich. Ihre Wangen färbten sich rötlich. »So, Darling, so long. Zeit, voneinander Abschied zu nehmen.« Techel stand mit dem Rücken zur Terrasse und spannte den Hahn der Waffe. Die Melodie von »Farewell to Cheyenne« aus Ennio Morricones »Spiel mir das Lied vom Tod« erklang. Ihr Smartphone klingelte. Sie nahm es gerade in die linke Hand, um zu schauen …

Plötzlich flog die Tür hinter ihr auf. Pummel, Tom und Kerstin stürmten mit gezückten Pistolen in das Wohnzimmer.

»Hände hoch!«, rief Pummel.

»Waffe fallen lassen!« Kerstin stand hinter Techel.

Tom postierte sich links von ihr, Pummel auf der rechten Seite.

Borgward die Waffe ins Gesicht haltend, trat Barbara Techel an ihn heran, an ihm vorbei und drehte sich hinter ihm um, sodass sie die drei Ermittler im Auge hatte. »Gut, dass Sie kommen!«, rief sie mit zitternder Stimme. »Er wollte mich umbringen.«

»Dann legen Sie die Waffe hin!«, sagte Kerstin ruhig.

Techel senkte die Pistole, aber plötzlich hob sie den Arm wieder. »Sie wollen mich verklapsen, was?!«, rief sie.

»Waffe runter! Hände hoch!«, rief Pummel und legte ein paar Dezibel drauf. »Waffe runter!«

»Legen sie die Waffe auf den Boden!«, rief Kerstin. »Spielen Sie doch kein Theater!«

76 Sturmflut

Klein passierte das Ortsschild Reriks und fuhr die Hauptstraße hinunter. Er stoppte am Schmiedeberg, einem Rudiment eines uralten slawischen Burgwalls, der bei der großen Sturmflut 1872 zu zwei Dritteln vom Meer geholt worden war. Wie gerne hätte er dieses Spektakel mit eigenen Augen betrachtet. Als die Ostsee gewütet hatte wie nie zuvor. Klein überprüfte noch einmal den Inhalt seines Rucksacks: Pass, Geld, Smartphone, Zahnbürste, Klamotten. Er stieg aus dem Wagen, ging zur Haffbrücke und sondierte die Lage. An diesem grauen, regnerischen Tag waren nicht viele Menschen unterwegs am Salzhaff.

An der Brücke startete ein Mann den Motor seiner Jacht. Er wollte offenbar auslaufen.

Das war Kleins Chance. Als der Bootsbesitzer sich anschickte, die Leinen zu lösen, bot Klein seine Hilfe an. »Warten Sie, Skipper, ich werfe ihnen die Bugleine zu!«, sagte er.

Der Mann auf der Jacht unterdrückte ein Lächeln. Es war dies wohl der Stolz, mit dem Ehrentitel »Skipper« in die Gemeinschaft der Fahrensleute aufgenommen worden zu sein, mutmaßte Klein. So war er nur noch argloser. Klein nahm das Tau vom Pfahl und wartete, bis der Bootsbesitzer, der jetzt auf dem Heck seines Flitzers stand, die Heckleine abgenommen hatte.

Urplötzlich sprang Klein ins Boot, griff ans Steuer und gab Gas.

Der völlig überraschte Skipper flog in hohem Bogen vom Heck ins Wasser, tauchte unter, tauchte wieder auf, schüttelte den Kopf und starrte verblüfft auf die Heckwelle, die sein Motorboot schuf.

Hohnlachend raste Klein davon. »Kriegst ja wieder, deinen Motorstinker«, rief er laut in den Wind.

77 Beamtentriathlon

Einen Kilometer westlich von Kieler Ort lag die POSEIDON vor Anker. Blomann saß auf dem Boden an die Kajüte gelehnt. Ihm war, als schwänden seine Sinne. Er hatte die Angel fallen lassen, als er, das Telefon ans Ohr gepresst, mitanhörte, was sich da im Hause Techel abspielte. Seine Barbara sagte: »Gut, dass Sie kommen! Er wollte mich umbringen.« – »Waffe runter! Hände hoch!«, rief eine herbe Frauenstimme. – »Wir haben alles gehört«, eine weitere Stimme. »Es ist zwecklos. Legen sie die Waffe auf den Boden!« – Stille. Dann krachten drei Schüsse. Ein Körper fiel zu Boden. – »Bist du verletzt, Pummel?«, rief die Frauenstimme. – »Geht schon. Nur ein Streifschuss am Arm. Ruf einen Krankenwagen! Sie wird es überleben. Schultergelenk und Hüftschuss.« – »Barbara Techel, Sie sind hiermit festgenommen! Sie haben das Recht zu schweigen, sich einen Anwalt zu nehmen …«

»Schockschwerenotverflixtundverdammtnochmal!«, fluchte Blomann, um urplötzlich zu schluchzen und in einen Weinkrampf zu verfallen. »Es ist gelaufen. Vorbei! Alles vorbei! Sie haben mir das Liebste auf dieser Welt genommen.« Er vergrub die Hände im Gesicht, bis Motorengeräusch ihn aus seiner minutenlangen Benommenheit riss.

Ein Motorboot näherte sich.

Blomann wischte sich die Tränen aus den Augen, erfasste das Fahrzeug mit dem Fernglas und erkannte Klein darin. »Was, zum Henker …?«

Das Boot näherte sich schnell und legte sich längsseits.

Blomann hängte die Bordleiter raus. »Was machst du hier, Klein? Woher weißt du, dass ich hier bin?«

»Du hast gesagt, du wolltest heute angeln. Da wusste ich, dass du im Haff bist.«

»Was willst du?«

»Die Bullen sind hinter mir her, du musst mich nach Dänemark bringen!«

Blomann verfiel in ein schleppendes, schweres Gelächter. »Du hast wohl nicht mehr alle Latten am Zaun!«

»Die Bullen glauben, ich hätte Steiner umgebracht.«

»Wissen die, dass du hier bist? Ist dir jemand gefolgt?«

»Nein. Ich bin ausm Knast getürmt.«

»Das weiß ich.« Blomann bekam erneut einen Heiterkeitsanfall. »Vollkoffer!«

Klein überging das. »Ich habe Bekannte in Dänemark. Die können mich erst mal 'ne Weile verstecken.«

»Warum willst du denn über See? Die Landgrenzen sind heutzutage löchriger als ein Schweizer Käse.«

»Das ist mir zu heiß.«

»Dann musst du schwimmen«, sagte Blomann.

Ein entferntes Surren wurde lauter. Ein weiteres Motorboot näherte sich.

»Ich halte das nicht aus im Knast. Ich gehe kaputt da drin. Vielleicht überführen sie in der Zwischenzeit Borgward. Vermute, er war es. Ich war es jedenfalls nicht, glaub mir!«

»Ich weiß.«

»Wie? Du weißt?«

Blomann richtete plötzlich einen Revolver auf Klein. »Flossen hoch! – So ist es gut. – Hände auf den Rücken! – Rein in die Kajüte!« Mit einem Tampen fesselte Blomann Klein die Hände auf dem Rücken und stieß ihn unter Deck. In der Kajüte band er seine Beine mit einem derben Strick an der Handfessel und an der Sitzbank fest. »Jetzt biste ein hübsches Paket, Klein.« Dann nahm Blomann sämtliche Messer in der Kajüte an sich, brummte »Bei dem kann man nie wissen« und ging an Deck.

Wenige Minuten darauf war Parler heran. Er enterte mit gezückter Pistole den Halbtonner wie ein Seeräuber aus dem Goldenen Zeitalter der Piraterie.

Blomann lag mit blutender Halswunde an Deck, die Augen geschlossen. Parler blickte sich um, keine weiteren Personen waren auf dem Schiff zu sehen. Aus der Kajüte drangen Kleins Hilfeschreie. Der Kommissar steckte seine Waffe ins Holster, kniete nieder, prüfte Blomanns Puls und hielt die flache Hand dicht über dessen Nase. Er lebte, war nur besinnungslos. Die Augendeckel klappten auf. Parler schrak zurück. Blitzschnell schlug Blomann ihm die Faust ins Gesicht. Er kippte seitlich weg. Knockout. Der Schlag hatte ihn punktgenau auf die Kinnspitze getroffen.

Als er wieder zu sich kam, lag er gefesselt am Boden.

»Fischblut, Herr Kommissar«, sagte Blomann und strich es sich vom Hals. »Ich bin ein exzellenter Segler, aber ein noch viel besserer Angler.«

»Sie sind verhaftet, Blomann«, krächzte Parler.

»Immer für einen Scherz gut, der Herr Kommissar.«

Plötzlich flog die Kajütentür auf, mit einem martialischen Urschrei sprang Klein heraus, warf Teller und Tassen auf Blomann, sprang auf ihn zu und schoss eine Serie unplatzierter Schwinger auf ihn ab.

Blomann machte sich nicht die Mühe auszuweichen und schlug den Angreifer mit einem einzigen Fausthieb nieder.

Klein lag an Deck und streckte wie ein lebendes X alle Viere von sich.

Blomann fesselte ihn erneut. »Wie bist du da rausgekommen?«, rief Blomann, als Klein aus dem KO erwachte. »Hätte mir denken müssen, dass du Gummigelenke hast, Zappelphilipp!«

»Ja, ich bin ein Akrobat, und ich habe auch nichts gegen eine saftige Prügelei.«

»Dann solltest du ausnahmsweise auch mal gewinnen, Klein!«, rief Parler.

Blomanns Telefon klingelte. »Am Apparat.« Er stieg in die Kajüte, kam kurze Zeit später wieder raus und brüllte in das Gerät: »… in nicht durchgängig nummerierten Scheinen. Und wenn Barbara Techel nicht bis spätestens zehn Uhr morgens an Bord ist, werde ich Klein und ihrem Kollegen Parler ein Seemannsgrab bescheren. Und ich denke, es ist klar, ich habe hier Radar. Wenn sich ein Boot nähert, merke ich das. Wenn Sie Kampftaucher engagieren wollen, machen Sie einen Fehler. Ich bin nicht nur bewaffnet und drücke sofort ab, wenn jemand kommt. Ich werde Ihre Freunde jetzt auch mit jeweils einer Ladung TNT beglücken und hier einen Totmannschalter in der Hand halten. Verstehen Sie?! Und jetzt sehen Sie zu, dass Sie die Kohle zusammenkriegen! In eine Stunde melden Sie sich wieder! Wiederhören!«

»Wo wollen Sie denn hin, Blomann? Das ist doch völlig sinnlos! In die norwegischen Wälder? In die Slums von Kalkutta? Es ist vorbei.«

»Vorbei ist es erst, wenn nichts mehr geht«, rief Blomann trotzig. »Ohne Barbara macht das Leben keinen Sinn mehr für mich.« Er ergoss sich in Tiraden des Selbstmitleides.

Parler konnte es kaum noch ertragen und fragte, was er sich schon lange fragte: »Sagen Sie, Blomann, warum haben Sie Steiner im März das Leben gerettet?« Und während er fragte, ertastete er plötzlich ein Feuerzeug in der Gesäßtasche. Das war die Chance. Doch es steckte tief. Er konnte es nicht greifen.

»Mir blieb keine Wahl«, sagte Blomann und begann eine Pfeife zu stopfen. »Steiner musste sterben, um des höheren Zweckes willen, aber ich wollte mein Gewissen nicht mit einem Mord belasten. Daher sollte es ein Unfall sein. Wir zwei machen einen Törn auf der Ostsee.« Blomann entzündete den Tabak, sog an der Pfeife und paffte eine Weile. »Ich habe ihm eine aufblasbare Schwimmweste verpasst, die ich natürlich vorher mit kleinen Löchern versah. Wie würde ich ihn sauber und ohne Hand an ihn zu legen in den Teich pfeffern? Eine Halse musste her! Ich sage zu ihm: ›Du kannst schon mal die Fock fieren, Steiner. – Ja, die Leine locker lassen. Binde danach bitte das Bändsel ab, das an der

Backbordwante hängt.‹ Also bewegt sich Steiner in Richtung Wante. Ich lege das Ruder schnell um. Just in dem Moment, als der Großbaum rüberschlägt, bemerkt Steiner, dass ein Schnürsenkel offen ist. Er bückt sich, und der Großbaum fährt über ihn hinweg. Steiner richtet sich wieder auf und starrt verdutzt auf den Großbaum, der jetzt ja Backbord ist. Shit happens! Neuer Versuch. Später auf der Kreuz: Steiner steht wieder zwei, drei Meter hinter dem Mast an der Reling und schaut aufs Meer. Ich reiße das Ruder herum. Plötzlich dreht sich Steiner um, sieht, wie der Großbaum auf ihn zufährt und duckt sich ab. Der Großbaum fährt über ihn hinweg. ›Hast du das gesehen? Der Balken hätte mich fast erschlagen!‹, sagt er zu mir. Ich zu ihm: ›Steiner! Ich war starr vor Schreck! Um Himmelswillen! Beinahe hätte es einen Unfall gegeben. Das ist übrigens kein Balken, sondern der Großbaum.‹ Der Kerl hatte sieben Leben. Jetzt musste ich selbst Hand anlegen. Mir blieb keine Wahl. Steiner steht an der Reling und schaut aufs Wasser. Ich pirsche mich von hinten heran, will ihm einen Schubs geben, rutsche aus und schlage der Länge nach aufs Deck. Steiner wendet sich um, hilft mir auf. ›Entschuldige, mir war die Ölflasche für den Salat aus der Hand gefallen. Habe vergessen aufzuwischen.‹ Seine Faulheit hat ihm das Leben gerettet. Ich gab auf. Die See wollte den Kerl nicht. Sie mag keine Landratten. Doch plötzlich, nach dem Mittagessen und einer halben Flasche Korn: Steiner sitzt leicht angedüselt auf der flachen Reling … und geht über Bord! Über Bord! Ich glaubte, meinen Augen nicht zu trauen. ›Nichts wie weg‹, dachte ich nur. Ich will mich grad vom Acker machen, da höre ich Motorengeräusch. Schockschwerenotverflixtundverdammtnochmal! Ein Motorboot hielt direkt auf uns zu. Mir blieb keine Wahl. Ich warf ihm einen Rettungsring zu und machte einen Aufschießer. Der Rettungsring trieb weg. Ich sprang notgedrungen hinterher. Steiner sagte dann: ›Blomann, du hast mir das Leben gerettet. Das werde ich dir nie vergessen!‹ Ich, gequält: ›War doch Ehrensache!‹ Und da ein Unheil nicht selten allein kommt: Das Motorboot hatte inzwischen wieder abgedreht. Sie hatten uns vermutlich nicht einmal gesehen. Ist das zu fassen! Das Leben ist ungerecht.«

Klein sagte in einfühlsamem Ton: »Selbst den Klügsten gelingt nicht immer alles. Und wie du das eingefädelt hast! Das Wort genial ist keinesfalls übertrieben. Und wenn ich ehrlich bin: Pecunia non olet. Geld stinkt nicht. Ich hätte das genauso gemacht. Im Grunde kann ich dich gut verstehen.«

Blomann war ehrlich erstaunt. »Ja?« Plötzlich bellte er: »Verarschen kann ich mich selbst. Im Übrigen ging es nicht um Geld, sondern um einen höheren Zweck.«

»Ich bin ganz Ohr«, sagte Parler, dem es gelungen war, das Feuerzeug aus der Tasche zu fischen. Er begann, den Kabelbinder durchzuschmelzen.

»Wustrow, meine Sehnsucht! Das Land meiner Ahnen. Ein Teil wird Naturschutzgebiet bleiben, da bin ich mir sicher. Ein Paradies! Aus dem östlichen Teil wird vermutlich eine Ballermann-6-Meile erschaffen. Aber dazwischen hätten wir uns von der Kohle ein riesiges Grundstück abgezweigt. Barbara und ich! Da wäre zusammengewachsen, was zusammengehört, und das gleich in mehrfacher Hinsicht. Wir, als letzte Bastion zwischen Touristenburg und der Natur. Und da, wo unsere Vorfahren lebten, genau da hätten wir unsere Kinder großgezogen.«

»Ich kann es nicht fassen!«, sagte Parler. »Blomann, du lebst in einer Parallelwelt. Wie kann ein erfahrener Segler und Käpt'n einen solchen Blödsinn zusammenschwafeln, angefangen von der völlig realitäts- und weltfremden Wustrowkiste. Keinen Quadratzentimeter Wustrow wirst du erhalten, es sei denn für zwei Wochen in einer gemieteten Ferienwohnung.«

»Na dann, eben woanders«, sagte Blomann trotzig. »Die Welt ist groß. Hauptsache, ich wäre mit Barbara zusammen gewesen.«

›Du armer Tropf!‹, dachte Parler, aber er war selbst auf sie hereingefallen, darum unterließ er es, ihn zu verspotten. Der Kommissar kokelte den Rest des Kabelbinders durch, die Fessel riss, seine Arme waren nun frei. Er legte sich langsam und von der Seite auf den Rücken, zog blitzschnell die Beine an, und mit einer einzigen Kraftanstrengung sprang er auf, schlug Blomann, der an der Reling stand, mit einer fließenden Bewegung die Rückhand ins Gesicht und nahm dem Fallenden die Waffe ab.

Blomann ging über Bord. Blasen kollerten von unten bis an die Wasseroberfläche. Zehn Sekunden verstrichen.

»Nanü«, rief Parler, »wo is' er hin?« Da schoss Blomann ein paar Meter entfernt aus dem Wasser und schüttelte Haupt- und Gesichtshaar.

»So schubst man jemanden richtig über Bord, Blomann«, rief ihm Parler zu. »Sei froh, dass wir die Pläne deiner Freundin durchkreuzt haben! Das hättest du nicht überlebt.« Dann befreite er sich von den Fußfesseln und warf Blomann einen Rettungsring raus. Als er Kleins Fesseln löste, kommentierte er das mit dem Wort: »Widerwillig.«

»Das hast du sehr gut gemacht«, rief Klein und klopfte Parler auf die Schulter. »Ich muss dich loben. Ganz ernsthaft. Hätte es nicht besser machen können. Wie sieht's aus? Könnt ihr mich nicht als Zivilbeschäftigten einstellen? Dann können wir Beamtentriathlon spielen.«

Parler warf ihm einen bösen Blick zu.

»Kennst du nicht?«, sagte Klein. »Dann will ich es dir erklären: Beamtentriathlon besteht aus drei Disziplinen: Löcher-in-die-Luft-starren, Kaffeeumrühren und Steuergelder verbraten. Aber mal ganz im Ernst: Wir sind immer noch ein gutes Team und ich verfüge über geniale Fähigkeiten.« Er zwinkerte Parler zu und bildete eine geometrische Strecke, indem er die Arme ausbreitete und die Finger im Fingergrundgelenk anwinkelte. »So weit von normalen Menschen entfernt. Also in unausrechenbarer Entfernung.«

»So, so«, sagte Parler.

»Ich kann …«

»Halt doch endlich mal die Klappe, Klein!«

ENDE

Foto: ©privat

Der Autor

Gero Große, 1964 im Ostseebad Rerik geboren, studierte Veterinärmedizin an der Humboldt-Universität zu Berlin und Deutsche Philologie an der Technischen Universität Berlin. Er unternahm ausgedehnte Reisen durch Südeuropa, Afrika und Kanada und schreibt in seiner Freizeit Krimis. Er lebt in Berlin und ist in einer Bundesanstalt des öffentlichen Rechts tätig. Die »Wustrower Himmelfahrt« ist sein drittes Buch.

Marc Kayser
Schwarzer Falter
ISBN 978-3-356-02012-0
12,99 Euro

Man muss es töten, um es loszuwerden.
Kühlungsborn: Ein Motorradfahrer raste über die Seebrücke, versank in der Ostsee, galt seitdem als vermisst. 25 Jahre später meldet sich ein Anrufer bei der Rostocker Polizei, der sich »Schwarzer Falter« nennt. Er behauptet, nicht nur sich, sondern auch drei weitere Menschen umgebracht zu haben. Die Kriminalpolizei sowie David Lux, Polizeireporter im Ruhestand, nehmen die Verfolgung auf. Sie treffen auf jemanden, der skrupellos mordet und sich tarnen kann wie ein Chamäleon. Lux ahnt nicht, dass er selbst auf der Todesliste des Schwarzen Falters steht.

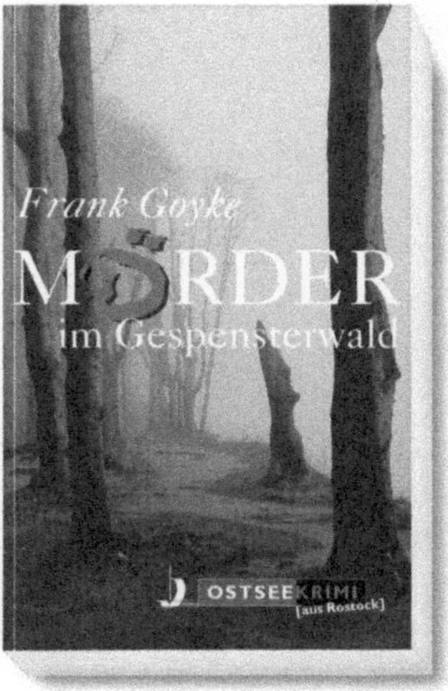

Frank Goyke
Mörder im Gespensterwald
ISBN 978-3-356-01483-9
12,99 Euro

Ach, wäre Barbara Riedbiester doch liegen geblieben, auf ihrem Sofa, an diesem brütenden Sommertag, mit ihrem schnurrenden Kater auf der Brust und den fernen Klängen der Hanse Sail vor dem Fenster. Doch bei einem vierfachen Mord zählt ein freier Tag eben nichts. Im Gespensterwald von Nienhagen ist eine Stockholmer Familie regelrecht massakriert worden. Ein Raubüberfall auf Spaziergänger scheint unwahrscheinlich. Geht es um alte Münzen aus Mecklenburgs Schwedenzeit, für die sich eines der Opfer interessierte? Oder hat der Mord an zwei Kindern und ihren Eltern ein sexuelles Motiv? Als auch noch die Tochter eines ortsansässigen Bauunternehmers spurlos verschwindet, kommt das Kommissarenduo Riedbiester und Uplegger (nicht nur wegen der Höchsttemperaturen) gehörig ins Schwitzen.

Liebe Leserin, lieber Leser, wir freuen uns über Ihre Bewertung im Internet!

Die Deutsche Nationalbibliothek verzeichnet diese Publikation in der Deutschen Nationalbibliografie; detaillierte bibliografische Daten sind im Internet über
http://dnb.de abrufbar.

1. Auflage 2020
Herstellung: Hinstorff Verlag GmbH
Lektorat: Henry Gidom
Coverfoto: ©Dirk Peters, Ketzin
Druck: GGP Media GmbH, Pößneck
Printed in Germany
ISBN 978-3-356-02289-6

e-BOOK